KB062438

로크미디어가
유혹하는
재미있는 세상
ROK
MEDIA
로크미디어

예지몽으로
히든랭커

예지몽으로 히든랭커 28

2023년 3월 17일 초판 1쇄 인쇄
2023년 3월 22일 초판 1쇄 발행

지은이 이현비
발행인 강준규

기획 이기헌 왕소현 박경무 강민구 조익현
책임편집 백승미
마케팅지원 이원선

발행처 (주)로크미디어
출판등록 2003년 3월 24일
주소 서울시 마포구 마포대로 45 일진빌딩 6층
Tel (02)3273-5135 **Fax** (02)3273-5134
홈페이지 rokmedia.com **E-mail** rokmedia@empas.com

값 9,000원

ISBN 979-11-354-7928-1 (28권)
ISBN 979-11-354-9382-9 04810 (세트)

로크미디어

예지몽으로 히든랭커

이현비 게임 판타지 장편소설

28

CONTENTS

뜻하지 않은 만남

다음 날 아침, 남문에서 동행하기로 한 용병들과 만난 가온은 곧장 인적이 드문 곳으로 향했다.

"여긴 왜 온 겁니까?"

이곳에 말이 준비되어 있을 줄 알았던 네 용병은 아무것도 보이지 않는 주위를 돌아보면서 의아한 얼굴이 되었다.

가온은 대답을 하기 전에 투명 날개를 장착했다.

"이, 이게 대체 뭡니까?"

사람들의 입이 떡 벌어졌다. 갑자기 가온의 어깻죽지에 거대한 날개가 생겼으니 기함을 할 수밖에 없었다.

"비행 아이템입니다, 던전을 공략하고 획득한."

"아! 그래서 말을 타고 이동하지 않겠다고 한 거군요. 그런데 온 경은 그렇다고 치더라도 저희는요?"

"그건 따로 준비되어 있습니다."

가온은 아공간에서 자신의 몸에 장착하는 전용 구조물을 꺼내 용도를 설명해 주었다.

"……괜찮은 거죠?"

얼굴이 하얗게 질린 아이린이 조심스럽게 물었다.

"우리 전사들이 지금까지 사용해 온 물건입니다. 구조물의 재질은 와이번 본이고, 몸을 고정시키는 데 사용하는 끈은 오우거 힘줄입니다. 사고 날 일은 전혀 없습니다."

가온의 설명에 다른 질문은 없었다. 그저 인상이나 덩치답지 않게 덜덜 떨 뿐이었다. 그래도 살아온 이력이 있어서 두렵다는 말은 하지 않았다.

하지만 이륙해서 곧바로 기류를 타고 안정적으로 비행하기 시작하자 다들 환호성을 지르기 시작했다.

"세상에! 내가 날고 있다니!"

"우와아아! 끝내준다!"

"미쳤다! 이건 미친 거야!"

"끼아아아악!"

얼마 후 안전하다는 사실을 확인하고 완전히 여유를 찾은 네 사람은 비로소 손톱만큼 작게 보이는 지상의 풍경을 구경하기 시작했다.

가온은 그런 네 사람의 변화를 살펴보면서도 남쪽을 향해 빠르게 날아갔다. 중간에 기류를 타기 위해서 고도를 낮추거나 올렸지만 네 사람은 더 이상 놀라지 않고 대신 신이 난 아이와 같은 얼굴을 하며 비행을 즐겼다.

3시간 후, 가온의 눈에 상당히 규모가 큰 시티가 들어왔다.

"저기가 팔탄입니까?"

"성벽 주위를 따라서 수많은 대가 있는 것을 보니 팔탄이 맞습니다."

팔탄은 마탑의 세력이 강력해서 마법사의 숫자도 그만큼 많았다. 그래서 몬스터 웨이브가 벌어지면 마법사들이 제대로 활약할 수 있도록 성벽 안쪽을 따라서 마법사들이 올라갈 수 있는 높은 대를 설치해 두었다는데 그건가 보다.

"그럼 내려갑시다."

이대로 날아가면 아마 난리가 날 것이다.

일부러 보급을 챙기지 않았다. 팔탄에서 보급을 하는 한편 마탑에서 제작한 마법 용법과 아이템들을 구할 생각이었다.

가온은 거대한 나무들로 인해서 팔탄 쪽에서 잘 보이지 않는 계곡 쪽으로 착륙했다.

"미쳤다! 두 달 거리의 팔탄을 불과 서너 시간 만에 올 수 있다니!"

"평생 거칠게 살아오면서 온갖 경험을 다 했지만 너무나 참신하고 충격적인 경험이었습니다. 절대로 첫 비행의 느낌은 못 잊을 것 같습니다."

"하아, 왜 땅이 흔들리는 거 같지? 아무튼 끝내주는 경험이었습니다."

"온 님, 우리 이거 다시 탈 수 있는 거죠?"

몸을 고정한 끈을 풀자 아직 상기된 얼굴을 하고 있는 네 사람이 이구동성으로 감상을 토해냈다.

"이런 아이템이 있었으니 수시로 아니테라 시티에 다녀올 수 있었던 거군요."

"저희는 모처에 텔레포트진을 설치해 놓은 줄 알았습니다. 그래도 말이 안 되긴 했지만요."

"상급 마정석 문제 때문에 텔레포트진은 말이 안 된다고 내가 그랬잖아."

"전 온 경의 주위에 전설에나 등장하는 공간이동 능력자가 머무르고 있다고 생각했는데, 이런 갓급 아이템을 가지고 계실 줄이야. 정말 놀랐어요!"

그동안은 생각을 못 했는데 이들을 포함한 용병들은 자신이 신출귀몰하게 움직이는 것을 두고 말이 많았던 모양이다.

"자, 1시간 정도는 족히 걸어야 할 것 같으니 출발합시다!"

얘기는 가면서 해도 된다. 의족을 하고 있는 로랑이 좀 안됐지만 마나를 사용하는 능력자이기에 크게 마음을 쓰지 않아도 될 것이다.

팔탄 시티 역시 다른 시티처럼 출입이 자유로웠다. 생각보다 훨씬 더 안전한 곳인지 외성과 내성 사이가 무척 넓었는데 농지나 목초지들과 함께 꽤 많은 마을까지 보였다.

"이번에 세 번째 방문하는 거지만 팔탄은 역시 성벽부터가 압도적이네."

"그냥 성벽이 아니지요. 마법진으로 도배가 되어 있다는 사실이 더 인상적이지요."

"아까 공중에서도 봤지만 마탑이 네 개가 되다니 정말 대단한 곳입니다!"

"그런 건 다 필요 없어요. 매직 아이템이 최고예요!"

로랑부터 시작해서 아이린까지 팔탄에 대한 인상이 아주 좋은 것 같다.

"그런데 어디로 갈 겁니까? 시장?"

"일단 오늘은 이곳에서 묵을 예정이고 점심도 먹어야 하니 음식이 맛있는 여관으로 가지요."

"허, 흠. 그거라면 내게 맡겨 주십시오. 이곳만 오면 항상 묵는 곳이 있습니다."

로랑이 나섰는데 이제 어투가 완전히 바뀌었다. 가온은 그 점을 눈치챘지만 별로 신경을 쓰지는 않았다.

가온 일행은 성문 앞에서 외성 구역까지 가는 마차를 탔다. 많이 걷기도 했지만 규모만큼은 메가시티에 못지않게 거대하기 때문에 사람들이 거주하는 구역까지는 꽤 멀었다.

마차를 타고 도착한 외성 구역 앞에서 내린 가온 일행은 먼저 여관부터 잡았다.

"다행히 방이 있군요. 잘못 시간을 맞추어 마탑 학회가 열리기라도 하면 이 정도 급의 여관은 금방 차거든요."

먼저 여관에 들어가서 방을 잡고 식사까지 주문한 후에야 나온 로랑이 그렇게 설명해 주었다.

"마탑에서 학회를 연다고요?"

"네. 팔탄의 세 마탑이 돌아가면서 대략 6개월에 한 번씩 주최를 하는데 인근에 있는 30여 개의 시티 마탑들이 거의 참석합니다. 마법사들도 많이 모이지만 그들이 그동안 개발하거나 만든 다양한 아이템이 나오기 때문에 상인들도 엄청 몰려들지요."

생각보다 마법사들 간의 교류가 활발한 모양이다.

주문한 식사가 나왔는데 점심이라 샐러드와 훈제 고기 그리고 빵이어서 빨리 해치웠다.

"일단 시장에 들러서 보급부터 확보해야 하는데 저는 잠시 용병길드 지부에 들러야 합니다."

식사를 마친 로랑이 미안해하며 말했다.

"나 역시 마탑들을 둘러봐야 합니다."

결국 알폰소와 샘슨 그리고 아이린이 시장에 들러서 필요한 물건들을 구입하기로 했다.

"그리고 난 마탑에서 볼일을 본 후에 바로 아니테라에 다녀올 예정이니 내일 아침을 먹고 남문에서 만나는 것으로 하지요."

가온의 말에 오늘 한 잔 마시면서 신비에 가득한 아니테라에 대한 내용을 물어보려고 했던 네 사람은 실망감이 역력한 얼굴이 되었지만 곧 표정 관리를 하고 흩어지기로 했다.

팔탄의 세 마탑은 아예 한 구역을 통째로 차지하고 있었다. 마탑 간의 거리는 그리 멀지 않았지만 그 사이에는 마법사들의 편의를 위한 시설이나 마법 물품을 파는 다양한 가게들이 자리를 채우고 있었다.

'아이테르 차원의 마법은 탄 차원보다 낮다고 생각했는데 아닌 것 같네.'

제대로 된 가게를 내지 못하고 거리로 나온 상인이 내건 가판에 놓인 포션만 봐도 수준을 알 수 있었다. 적어도 탄 차원의 마법 아이템과 비교해도 수준이 그리 낮지 않았다.

가온은 주로 가판에 놓인 매직 아이템들을 구경하면서 마탑이 있는 곳으로 향했다. 세 개의 마탑 중 백색의 벽돌로 지은 탑으로 외견상으로는 5층에 불과하지만 아마도 지하로 엄청나게 깊이 이어져 있거나 실내에는 공간 확장 마법이 걸려 엄청난 공간이 있을 것이 틀림없었다.

마침내 도착한 백색 마탑의 1층은 그의 예상대로 마법 상점이 자리하고 있었다.

안으로 들어가자 꽤 많은 사람들이 유리 상자 안에 진열된 다양한 매직 아이템을 구경하거나 점원들과 가격을 두고 흥정을 하고 있었다.

'일단 정가제는 아니네.'

그렇게 잠시 돌아보자 이 마탑에서 파는 아이템의 특징을 알 수 있었다.

'얼음 계열의 마법이 내장된 아이템이 많군.'

흰 벽돌로 이루어진 마탑의 겉모습과 잘 어울렸다.

하지만 그의 관심을 끌 정도의 아이템은 없었다. 그래서 이번에는 한쪽에 따로 마련되어 있는 공간으로 향했다. 그곳에 마법서들이 놓인 유리 상자들이 있었던 것이다.

'3서클 이하의 마법서들이네.'

가온에게는 전혀 필요가 없는 마법서들이었지만 제목을 훑어보았다.

'평범하네.'

고개를 흔들며 몸을 돌리려던 가온은 자신에게 향하는 눈길을 인지하고 그곳을 쳐다봤다.

'구슬? 아! 어쩐지 지키는 이가 없어서 이상하다고 생각했는데 누군가 저 구슬로 지켜보고 있구나.'

현대 지구의 CCTV라고 할 수 있었다.

가온은 구슬을 잠시 쳐다보다가 이내 몸을 돌렸다. 그리고 상점을 나가려고 했는데 처음 보는 중년인이 그에게 말을 걸

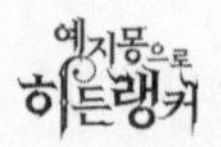

어왔다.

"눈에 차는 마법서가 없으신가?"

그렇게 묻는 사람은 마법사 특유의 복장을 전혀 걸치지 않았지만 마법사였다. 굳이 심안까지 발동하지 않아도 심장 주위를 회전하는 서클의 마력 파동을 느낄 수 있었다.

"6서클?"

가온이 파악한 이곳 아이테르 차원에서 6서클 마법사면 대개 마도사라고 부르며 작은 규모의 시티 마탑의 주인이다.

"호오! 마법사는 아닌 것 같은데 별다른 스킬이나 마법도 사용하지 않고 내 경지를 파악한 겐가?"

겉모습은 영락없이 40대 중후반의 중년인데 왠지 세월의 향기가 강하게 났다.

"뭘 찾나?"

"혹시 연상이나 의념 계열의 마법서나 참고할 서적이 있습니까?"

이곳에 온 목적은 아레오에게 도움이 될 마법서를 찾기 위해서였다.

"연상 마법이라면 고대 마법의 한 종류인데 그것을 알다니 내 눈이 틀리지 않았군. 그리고 의념 계열은 드래곤 전용 마법이 아닌가. 당연히 둘 다 없네. 다만 참고할 서적이라면 얘기가 다르지."

"그럼 있는 겁니까?"

"수백 년 동안 쌓인 학회지의 논문을 뒤지면 그래도 꽤 나올 걸세. 간혹 고대 유물이 발견되기 때문에 이론적인 연구는 어느 정도 진행이 된 상태니까. 결과는 보잘것없지만 말이야."

좋은 정보를 들었다.

"혹시 그 학회지를 구입할 수 있겠습니까?"

"최근 10년 동안 간행된 거라면 이곳에서도 구할 수 있지만 나머지는 창고에 있을 텐데……."

"구입하겠습니다!"

일일이 뒤져서 연상 마법과 관련된 내용이 실린 학회지만 구입할 수 있다면 좋을 테지만 그렇게 판매할 리가 없었다.

"좋아. 창고에서 썩어 가는 책을 돈을 받고 팔 수 있다면 마탑 재정에 도움이 되겠지. 함께 가 보도록 하지."

가온은 상대가 누군지 모르는 상태에서 그를 따라 걸었다.

"그런데 평소에 궁금한 것이 있는데 물어봐도 될까요?"

"아는 것이라면 답해 주지."

초면이고 서로 이름조차 모르는 사이지만 상대는 호방한 성격인지 고개를 끄덕였다.

"갈수록 던전이 많아지는 것 같은데 이러다가는 큰일이 날 것 같은 생각이 듭니다."

"호오! 생각이 아주 깊은 친구로군. 시티 체제가 자리를 잡은 후에는 던전에 관심을 가지는 이가 드문데."

"누구에게 들으니 던전은 차원 융합의 증거이자 과정이라고 하더군요. 혹시 차원 융합의 결과에 대해서 알고 계십니까?"

"오래전에 한 도시에 던전이 생성된 적이 있었네. 던전이 보통 인적이 드문 곳에 생성되는 점에 비추어 보면 참으로 이상한 일이었지."

확실히 처음 들어 보는 경우다.

"그럼 그 도시에 살고 있는 이들은 어떻게 되었습니까?"

"해당 던전의 보스는 오크였네. 그리고 오크 중 일부는 해당 공간에 거주하고 있던 인간 일부와 결합 아니, 융합해 버렸네. 어떤 원인으로 그렇게 되었는지 모르겠지만 일종의 키메라가 되어 버린 거지. 오크의 뛰어난 육체 능력과 인간의 높은 지능을 가진 새로운 종의 출현이었지. 당시만 해도 던전을 적극적으로 공략하던 시기라서 다행히 그렇게 탄생한 오크 키메라를 절멸시킬 수 있었지만 지금 그런 존재가 나타나면 이 세상의 주인은 바뀔 수도 있네."

탄 차원도 그렇지만 아이테르 차원도 지구와 달리 종의 결합이 비교적 쉽게 일어나는 편이다. 그 증거가 대표적인 수인 마수인 웨어울프나 웨어베어였고, 더 오래전에는 견인족, 묘인족, 호인족 등 수인족이 탄생했다.

"차원 융합은 그런 걸세. 새로운 생물종이 나타나는 것은 당연하고 공기나 마나처럼 눈에 보이지 않은 물질들도 변화하고 이제까지 사용하지 못했던 새로운 힘을 가질 수도 있지. 하지만 그 결과는 파멸일 뿐이네. 나도 구체적으로 어떤 현상들이 발생할지는 알지 못하지만 급격한 변화는 수용하기 어렵고 받아들이지 못하면 결과는 세상의 멸망밖에 없지."

가온도 같은 생각이었다. 거기에 갓상점과 마찬가지로 차원 전체를 아우르는 시스템도 같은 결과를 예상하기에 능력자들에게 차원 의뢰를 하는 것일 터다.

가온은 이 마법사에게 차원 융합에 대해서 더 물어보고 싶었지만 초면이기도 하고 그가 바로 매직 아이템 쪽으로 화제를 돌리는 바람에 기회를 놓치고 말았다.

가온이 들른 마탑과 그리 멀지 않은 곳에 위치한 한 건물의 2층.

"이곳에 도서 창고일세."

마탑과 별도의 건물이기는 하지만 부속 건물답게 공간 확장 마법이 건물 전체에 걸려 있기 때문에 한 층의 넓이는 대략 1천 제곱미터에 달했는데 문이 달랑 하나밖에 없었다.

"설마 이 층 전체가 도서 창고인 겁니까?"

"그렇다네. 팔탄의 세 마탑이 운영하는 상점이나 도서관에 비치했다가 일정 기간 찾는 이가 없거나 보존 연한이 경과한 서적 종류 중에서 보존 가치가 있다고 판단된 것들은 1층에 나머지는 이곳에 쌓아 두지.”

“그런데 왜 폐기하지 않고 보관을 하는 겁니까?”

“본래 마법사라는 족속이 그렇다네. 유난히 물건에 대한 집착이 강하지. 자네는 안 그런가?”

꼭 자신을 아는 인물처럼 말을 하는데, 중요한 것은 절로 고개를 끄덕이게 만드는 말이라는 것이다. 가온 역시 버리는 것을 잘 못 하는 성격이었다.

‘내가 집착이 강한 성격이라고는 생각하지 않았는데.’

생각해 보면 맞는 말인 것 같은데 집착이라는 단어가 주는 부정적인 이미지 때문에 기분이 약간 상하기는 했지만 그렇다고 크게 기분이 나쁘지는 않았다.

“이곳에 있는 모든 책을 구입할 수 있을까요? 보물찾기를 한번 해 보려고요.”

“으하하하! 나도 자네가 그런 목적으로 고서적과 오래된 학회지를 찾았다고 생각했었네. 원래 우리와 같은 마법사들이 비슷한 경향이 있지.”

“그런데 이곳에 있는 책을 파실 권한은 있는 겁니까?”

“당연히 있지. 내가 문을 여는 것을 보지 않았나? 그냥 문처럼 보였겠지만 꽤 높은 수준의 보안 장치가 내장되어 있네. 그리고 이 안에 있는 것들은 곧 폐기 처분이 내려질 예정이니 내 입장에서는 소소하게 용돈을 챙길 수 있는 좋은 기회지."

그러니 이곳까지 안내하고 안을 구경시켜 주었을 것이다.

가온은 이 마법사의 정체가 궁금했지만 굳이 묻지는 않았다. 상대가 말해 주지도 않았거니와 자신이야 필요한 것만 구입하면 되는 것이다.

"얼마를 드리면 될까요?"

"타이탄 설계도."

"네?"

"하하하. 심중에 있던 말이 튀어나왔네. 아무리 구하려고 해도 구할 수 없는 물건이라서 그런지 머리에서 떠나지 않네. 우리 입장에서야 곧 폐기할 서적들이기는 하지만 일확천금을 바라는 이에게는 가치가 다를 테니 1만 골드만 내게."

1만 골드면 일반인에게는 거금이지만 가온에게는 가볍게 지출할 수 있는 금액이다.

"타이탄 제작이 어려운 모양이지요?"

무의식중에 타이탄의 설계도를 언급하는 것을 보면 타이탄 개발에 깊이 관련된 인사인 것 같았다.

"어렵지. 어려우니 진리를 좇아야 할 자들이 돈과 재물에 홀려 본분을 저버린 거지."

무슨 소리인지 확실하게는 모르겠지만 이 마법사는 현재 타이탄을 제작하는 마탑들에 강한 적대감을 가지고 있었다.

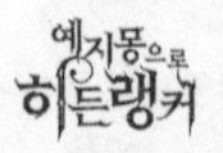

"제대로 해체만 할 수 있으면 나머지 2%를 완성시킬 수 있을 것 같은데 열두 마녀 측이 해체할 수가 없게 만들었거든. 섣불리 해체를 하려고 하면 아예 폭발해 버리지. 원래 타이탄의 기동에 필요한 것보다 몇 배가 더 많은 마법진과 다양한 방비를 해 둔 거지."

그래서 벼리와 파넬이 쓸데없는 마법진이 너무 많아서 오히려 타이탄의 효율을 저해하고 있다고 불평을 했던 모양이다.

생각해 보니 특허권이 인정되지 않는 세상에서 그 정도의 안전장치는 필수적이었다.

'가만!'

아니테라에서 만든 타이탄들은 그런 조치들이 취해졌는지 확인해 보지 않았다.

바로 벼리와 파넬에게 그 부분을 확인했다.

—저희가 제작한 타이탄은 공기에 노출이 되는 순간 마법진이 사라지게 특별한 재료를 써서 새겼기 때문에 그런 걱정은 하지 않으셔도 돼요.

—이런 보안 조치는 특허권에 대한 개념이 없는 세계에서는 기본입니다!

아무튼 그렇게 마탑의 쓰레기를 1만 골드에 샀지만 아레오가 좋아할 모습을 생각하자 정말 보물을 획득한 것 같았다.

가온이 예상한 대로 아레오는 다른 차원이기는 했지만 수백 년에 걸쳐 마탑들이 발행한 학회지라는 말에 펄 듯이 기뻐하며 품에 안겼다.

그녀에게 마법 학회지는 보물과도 같았다.

“언어부터 익혀야겠어요! 가슴이 너무 두근거려요!”

“그런데 아레오가 찾는 내용이 없을지도 몰라.”

“그래도 제가 지금 하고 있는 마법 체계를 잡는 작업에는 큰 도움이 될 거예요! 온 랑이 최고의 선물을 해 주셨어요! 사랑해요!”

몇 번 필요한 것을 선물했었지만 이번처럼 반응이 극적인 경우는 없었기에 가온 역시 기뻤다.

그 모습을 보면서 함께 기뻐하던 아나샤도 부러운지 잠시 머뭇거리다가 부탁을 해 왔다.

“온 랑, 혹시 그곳에도 신전이 있나요?”

“딱히 들어 보지는 않았지만 사제가 있으니 신전도 있지 않을까?”

아이테르 차원에서 활동을 하면서 한 번도 들어 본 적이 없다는 건 신전이 존재한다고 해도 그만큼 세가 약하다는 말이다.

“그럼 한번 신성 마법에 대해서도 알아봐 주실래요.”

“안 그래도 그럴 생각이었어. 미처 생각하지 못해서 미안해.”

"아, 아니에요! 저야 지금 익히고 있는 신성 마법만 해도 버겁기는 한데 아레오가 저렇게 기뻐하는 것을 보니 샘이 조금 나서……."

"걱정하지 마. 금방 알아봐 줄 테니까."

덕분에 가온은 오래 머무르지도 못하고 바로 아이테르 차원으로 돌아와야만 했다. 기대하는 아나샤의 얼굴도 부담스러웠지만 아이테르 차원의 공용어와 각 지역의 언어 등에 대한 서적을 구해야만 했다.

"꽤 오래 걸리겠네."

언어를 새로 배워서 고차원적인 내용이 실린 마법 학회지를 정독하는 건 가온이 생각하기에 무척 시간도 많이 걸리는 일이다.

그런데 그 학회지가 무려 수백 년 치에 달한다면 어떨까?

'잘못하면 한동안 독수공방을 해야 할지도.'

뭐 아나샤와 모둔이 있기에 그럴 일은 없지만, 마법사의 집중력과 집착은 무서울 정도이니 한동안 못 볼 것은 각오해야만 했다.

'그래도 사람은 자신이 하고 싶은 일을 하면서 살아야 해.'

그것이 자신을 사랑하는 아레오에게 할 수 있는 외조였다.

가온은 아니테라에서 하룻밤을 보내기가 무섭게 새벽에 아이테르 차원으로 건너왔다. 언어와 관련된 책들이나 신성 마법서를 구하려면 해당 상점들이 끝나기 전에 건너와야만 했다.

그래도 다행한 점은 인적이 없는 골목 깊은 곳에서 아니테라로 건너갔기에 망정이지 그렇지 않았으면 성밖에 도착해서 이곳까지 들어와야만 했을 것이다.

아이테르에서 반나절 이상을 보냈지만 이곳 시간으로는 40분 정도가 지나갔을 뿐이다.

가온은 서점에서 언어 교습서들을 꽤 많이 구입했다. 지금은 시티 간의 교통이 어려워서 공용어가 널리 쓰이기는 하지만 그렇지 않았던 옛날에는 많은 국가들이 독자적인 언어를 사용했었다.

그렇게 필요한 것을 구입한 가온은 이왕 마탑 지구에 온 김에 다른 두 마탑에도 들렀다.

황색의 벽돌로 지은 마탑은 대지 계열의 아이템들이 많았고 은색 벽돌로 지은 마탑은 주로 인챈트를 한 무기류가 많았지만 딱히 쓸 만하다고 생각되는 물건은 없었다.

물론 해당 마탑들이 귀빈에게만 따로 파는 아이템들이 더 있을 테지만 굳이 그것에 욕심을 내고 싶지는 않았다. 어떤 아이템이건 갓상점에서 파는 아이템보다 낫지는 않을 테니 말이다.

처음 보는 제목의 마법서들을 구입할까 고민했지만 자신이 쓸 것이 아니기에 일단 보류하기로 했다. 필요하다면 요청할 테니 말이다.

그렇게 마탑들을 방문했던 가온은 해가 질 무렵에 바로 일행이 묵고 있는 여관으로 향했다. 아이테르 시간으로 새벽에 건너오느라고 식사를 안 했더니 허기가 졌다.

여관에 들어간 가온은 마침 테이블에 앉아서 저녁 겸 술을 마시는 일행을 만날 수 있었다.

'여울의 노래'라는 여관은 음식을 아주 잘했다, 특히 안주를.

술이야 곡물이나 과일이 부족한 시티의 사정으로 인해서 당연히 맛도 별로고 가격도 비쌌지만 매콤하면서도 끝맛이 달달한 안주는 마음에 들었다.

아이테르 차원의 맥주는 에일 종류에 해당한다.

에일은 발효 중 표면에 떠오른 상면 효모를 사용해서 18도에서 25도의 고온에서 발효시킨 맥주로 발효 중 가라앉은 효모, 즉 하면효모(下面酵母)를 사용해서 만든 라거에 비해서 알코올 도수가 높고 색깔과 맛 그리고 향이 진한 편이다.

그래서 에일은 미지근하게 마셔도 풍미를 느낄 수 있어 아이테르 차원에서는 대부분 에일 맥주를 주조해서 마신다.

하지만 깔끔하고 청량감이 특징인 라거 맥주를 즐기는 가온에게는 영 입맛에 맞지가 않았다.

그래서 가온이 아니테라산 맥주를 꺼낼까 고민을 하고 있는데 로랑이 조심스럽게 입을 열었다.

"그런데 조금 후에 한 사람이 더 올 건데 괜찮으시겠습니까?"

"손님이 있다고요?"

"네. 용병길드 팔탄 지부장입니다. 아까 만나려고 지부에 갔는데 미팅 중이어서 이곳에서 보기로 약속을 잡았습니다."

"전 상관없습니다."

말은 그렇게 했지만 내심 기대가 되었다. 정보 길드가 따로 없는 이곳에서 가장 많은 정보를 쥐고 있는 사람이 바로 용병길드 지부장이었다.

그와 함께 술자리를 하다 보면 자연스럽게 팔탄 시티에 대해서 알게 될 것이다.

그렇게 음식과 술을 마시면서 자신이 없는 상태에서 릴센에서 벌어진 몬스터 웨이브에 대한 얘기를 듣고 있을 때 로랑이 말한 손님이 찾아왔다.

그런데 한 명이 아니라 두 명이다.

"반갑습니다. 나는 용병길드 팔탄 지부장인 알제라고 합니다."

알제는 아직 장년인으로 오크족의 혼혈이라고 생각될 만큼 단단하고 발달된 근육질의 몸에 강한 기세를 풍기고 있었다.

"그런데 옆에 있는 분은 누구셔?"

로랑도 전혀 짐작하지 못했는지 심하게 당황한 눈치다. 그가 알지 못하는 손님이 황금색 로브를 걸치고 있었다.

"반갑네. 팔탄마탑연합의 연합장을 맡고 있는 네르손이라고 하네."

"마탑연합장님요?"

로랑이 멍한 얼굴로 되물었다.

"네르손 님은 팔탄의 세 마탑을 두루 돌며 중요 직책을 역임하신 분으로, 대외적으로 우리 팔탄의 마탑을 대표하신다네."

용병길드 팔탄 지부장인 알제가 대신 대답을 했다.

"그런 높은 분이 왜 여기를?"

알펜 시티의 용병 중에서 가장 신분이 높은 로랑도 아직 알펜 마탑의 탑주와 독대를 한 적이 없었다. 마법사, 특히 고위급 마법사는 그와 같은 용병이 만날 수 있는 사람이 아니었다.

"아니테라에서 온 친구가 궁금해서 말이야."

네르손은 그렇게 말하면서도 가온에게 시선을 고정하고 있었다.

"또 뵙네요."

"허허허. 이건 인연이군."

상대방 역시 가온을 알아보았다. 불과 얼마 전에 거래를 했는데 몰라보면 그건 치매다.

그는 가온에게 팔탄의 마탑들이 수백 년 동안 발행했던 학회지를 비롯한 폐기 예정의 서적을 판매한 당사자였다.

그런데 네르손의 분위기가 아까와는 전혀 달랐다.

'로브를 걸쳤다고 마치 다른 사람처럼 보이네. 정말 인연인가?'

가온은 황당한 가운데서도 묘한 호감과 기대감이 담겨 있는 네르손의 시선을 받으면서 이번에는 심안을 발동했다.

'오옷! 분명히 아까만 해도 6서클이었는데 7서클. 아니야! 외곽에 흐릿하지만 서클이 하나 더 있어!'

놀랍게도 네르손은 이제 막 8서클에 입문한 것이다.

'마법으로 경지를 숨겼군.'

팔탄이 메가시티는 아니지만 마탑의 세가 강하다고 하더니 아이테르 차원에서도 손꼽히는 8서클의 대마법사가 있을 줄은 몰랐다.

"가능하다면 따로 얘기를 하고 싶네."

네르손의 눈치를 보아하니 로랑이 용병길드 팔탄 지부장에게 타이탄 건과 관련된 얘기를 한 모양인데 누구에게든 타이탄을 판매하기로 결정한 가온의 입장에서는 굳이 피할 일도 아니다.

"저희가 빌린 별관이라면 괜찮을 겁니다."

이제야 정신을 차린 로랑이 대신 대답을 했다.

방을 잡았다는 소리만 듣고 별관을 빌렸는지는 몰랐지만 그곳이라면 편하게 얘기를 나눌 수 있을 것 같았다.

"그렇게 하지요. 맥주는 제가 준비할 테니 마법사님은 안주를 맡으십시오."

"하하하. 그러지. 그런데 이곳이 팔탄에서도 음식 잘하기로 소문이 난 곳이기는 하지만 맥주 맛은 별로일 텐데."

"상큼하고 청량감 그리고 목 넘김이 아주 좋은 맥주를 가지고 있습니다."

"호오! 그거 반가운 말이로군. 이곳의 맥주는 묵직한 맛에 진한 향을 가지고 있기는 하지만 내 입맛에는 별로더라고. 기대하지."

일행은 그렇게 자리를 옮겼다.

차원 의뢰 해결의 실마리

네르손은 자리를 잡고 앉자마자 마법사답지 않게 자신의 생각을 바로 드러냈다.

"자네가 독자적인 타이탄 생산 능력을 지닌 아니테라 시티의 후계자라지?"

"그렇습니다."

"해체할 수 있는 타이탄을 한 기만 팔게! 아니 세 기만! 돈을 얼마든지 주지!"

따로 자리를 마련하자마자 나오는 요구, 아니 부탁인가?

뭐든 현재로서는 받아들일 수 없는 것이다.

가온은 네르손의 말에 아무런 대답도 하지 않고 아공간에서 꺼낸 맥주통에 아이스 마법을 걸었다.

"허억!"

"……마, 마법!"

이 세상에는 마검사가 없는 것일까? 왜 이렇게 놀라는지 모르겠지만 가온은 하얗게 서리가 끼기 시작하는 맥주통의 상태를 지켜보며 내용물이 5도가 될 때까지 마법을 지속해서 발현했다.

가온이 주석 잔에 맥주를 따라서 사람들에게 내놓았다.

"다 됐군요. 마시지요. 아주 시원하고 청량할 겁니다."

가온이 먼저 거품이 위를 덮은 호박색의 라거를 단숨에 들이마시자 다른 이들도 홀린 얼굴로 맥주를 목으로 넘겼다.

"캬아아!"

거의 동시에 탄성이 터져 나왔다.

이곳 팔탄도 아열대 기후대에 속해 있는 지역이기에 저녁임에도 기온이 꽤 높았다. 그렇기에 깔끔하고 청량감을 가진 라거의 맛은 아주 특별할 수밖에 없었다.

"몇 번이나 마셨지만 마실 때마다 감탄하게 되는군요. 대체 이 맥주의 정체는 뭡니까?"

몇 번이나 입맛을 다시며 끝맛을 음미하던 로랑이 입가의 수염에 거품을 묻힌 얼굴로 물었다.

"라거라는 부르는 우리 아니테라의 맥주입니다."

일행은 잠시 아무 말 없이 맥주를 마시며 맛과 향을 음미했다. 그만큼 인상적이고 맛이 뛰어난 맥주였다.

그렇게 맥주 작은 통 하나를 다 비운 후에야 가온이 네르손을 똑바로 쳐다보았다.

"제가 본 아니테라 시티의 후계자이며 타이탄 전사단장이고 타이탄 판매에 대한 권한을 가진 것은 사실이지만 해체와 관련된 것에는 아무런 영향력도 발휘할 수 없습니다. 타이탄의 제작과 관련한 일체의 권한은 마탑과 타이탄 공방에 있거든요. 그러니 그런 얘기를 계속하실 생각이면 그냥 가 주시기 바랍니다."

"제안 정도는 전해 줄 수 있지 않은가? 아니, 그쪽 마탑주에게 나를 소개해 주든지 독대할 기회라도……."

"안 됩니다. 타이탄의 제작과 관련된 정보는 본 시티에서도 특급 비밀입니다. 후계자인 저 역시 아무런 영향력을 발휘할 수 없지요. 아마 이 부분은 기존에 타이탄을 제작하거나 개발하고 있는 다른 시티들도 사정은 마찬가지일 겁니다."

네르손은 가온의 말에 더 이상 할 말이 없었다.

가온이 아니테라 시티의 후계자라는 사실은 그리 놀랍지도 않았다. 타이탄과 관련된 모든 것이 비밀이며 강력한 보안을 유지해야 하는 것은 어떤 시티에서도 마찬가지이기에 실망감과 안타까움만 가득할 뿐이다.

그의 말대로 타이탄을 제작하는 마탑들은 해당 시티의 시장들도 건드릴 수 없었다. 판매야 시티 차원에서 얼마든지 영향력을 발휘할 수 있지만 제작 과정에 관여하는 건 불가능했다.

그렇기 때문에 이제까지 타이탄 제작과 관련된 기술이 유출되지 않았고 앞으로도 그럴 것이다. 관련된 마법사와 장인들은 아예 일정 지역에서 평생 나올 수 없는 제약이 걸려 있어 접근할 수 있는 루트 자체가 막혀 있었다.

"하아! 몇 군데만 확인하면 되는데……."

팔탄 마탑연합은 시티 측으로부터 천문학적인 자금을 받아서 무려 20년에 걸쳐 타이탄에 대한 연구를 해 왔다. 열두 마녀 측에서 일하던 마법사나 장인 들도 은밀하게 스카우트해서 기술도 축적했다.

그 결과 마나 회로와 마나의 증폭과 관련된 마법진, 그리고 관절 부위에 대한 기계공학적인 기술 중 일부만 확보하면 타이탄을 제작할 수 있는 단계까지 왔지만 그 후로는 답이 보이지 않았다. 그 부분은 열두 마녀의 핵심 관계자들만 알고 있는 비밀 중의 비밀이었다.

그래서 스파이를 파견하거나 관련된 핵심 인사를 돈으로 매수하려고 시도했지만 아무 소용이 없었다. 오히려 그 시도가 적발되는 바람에 괘씸죄에 걸려서 한동안 팔탄 시티는 타이탄을 구매하지도 못했다.

"휴우!"

길게 한숨을 내쉰 네르손이 다시 입을 열었다.

"아니테라의 타이탄은 전용 아공간 카드까지 있다고 들었네. 한 기당 30만 골드 주지. 되는대로 팔게."

"그 부분은 차후 팔탄의 시장님과 말씀을 나눌 예정이지만 이전 경매에서 평균 낙찰가가 55만 골드였습니다. 그리고 수의계약은 안 합니다. 경매로 판매할 예정입니다."

"시티와 이미 얘기가 되어 있는 건가?"

"릴센의 시장님이 개인적으로 소개해 주시기로 했습니다."

"흐음. 그럼 1기당 35만 골드, 총 5기를 판매해 주게. 팔탄 시티가 아니라 우리 마탑연합이 구입하는 거네."

"수의계약은 안 한다고 말씀드렸습니다. 게다가 그 가격으로는 절대로 팔 수 없습니다."

"어차피 팔 건데 왜 그렇게 불편하게 일을 하나? 그깟 가격 좀 올려받으려고?"

"그깟 가격 차이라고 말씀하시지만 5기면 무려 100만 골드가 차이 납니다."

가온의 말에 네르손은 아무 말도 하지 못했다. 안 그래도 그동안 타이탄 연구 및 개발에 들어간 천문학적인 자금 문제로 인해서 시티 측으로부터 아주 강력한 압박을 받고 있었기 때문이다.

그 역시 아니테라의 타이탄이 얼마나 높은 가격에 낙찰이 되었는지 잘 알고 있었다. 그렇기에 시세보다 싸게 사는 거라면 몰라도 그렇게 많은 자금을 독단으로 집행할 수는 없었다.

"그리고 우리 아니테라는 용병이나 자유 전사 들에게도 타이탄을 소유할 수 있는 기회를 주기로 결정했기에 경매 방식은 포기할 수 없습니다."

"하아! 정말 답답한 친구로군. 경매를 열면 파리가 얼마나 꼬이는 줄 아는가? 게다가 시장에 대한 충성심이 담보되지 않은 용병이나 은퇴 전사 들에게도 타이탄을 팔겠다니 그걸 어떤 시티가 허가해 줄지 모르겠네."

"걱정하지 마십시오. 이미 알펜에 이어서 릴센 시티에서도 타이탄 경매가 예정되어 있으니. 그리고 타이탄을 구매하는 이가 누구건 시티 입장에선 전력이 강화되는 효과가 있는데 굳이 대상을 한정할 필요가 있을까요?"

"커흠. 하지만 타이탄에 대한 정보가 이리저리 다 퍼지면 결국 기존에 타이탄을 판매하는 마탑들도 움직이게 될 걸세."

"그런 것이 무서웠으면 아예 타이탄을 판매할 시도도 하지 않았겠지요."

사실 그 부분이 걸리기는 했지만 어떤 시도든 무력화시킬 자신이 있었다.

"에잉! 한마디도 안 지는군."

결국 네르손은 타이탄과 관련된 얘기를 더 이상 꺼내지 않았다. 포기한 것이다.

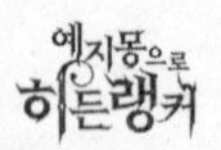

'그래도 악감정을 가지게 할 필요는 없지.'

그러기 위해서 필요한 것이 있었다. 바로 아까부터 빈 잔을 홀짝거리며 아쉬워하는 그의 입맛을 채워 주면 된다.

얘기가 일단락되자 가온은 아공간 주머니에서 맥주통 두 개를 더 꺼냈다.

"오오오!"

"역시 한 통으로 끝내서는 안 되지요."

"그렇지! 안주가 이제야 나왔는데 술이 빠져서야 말이 안 되지!"

다들 맥주 통을 반겼다.

가온은 아이스 마법으로 맥주를 최적의 온도로 맞춘 후 사람들의 잔에 가득 따라 주었다.

"그런데 네르손 님, 차원 융합을 막으려면 어떻게 해야 할까요?"

건배를 할 틈도 없이 맥주를 원샷으로 마셔 버린 네르손은 이전에 잠깐 이쪽 대화를 나누었다는 사실을 떠올리곤 가온을 참으로 특이한 인물이라고 생각했다.

"그야 던전들을 모두 정리해야지."

"던전을 말입니까?"

"애초에 마수와 몬스터가 창궐해서 사람들이 시티 단위로 흩어져서 살게 된 근본적인 이유가 바로 던전을 방치했기 때문이네."

"그건 가설 아닙니까?"

"그렇게 주장하는 이들이 없는 건 아니지만 최소한 마탑 동부 연합과 남부 연합에서는 정설로 받아들이고 있네."

아이테르의 마탑계는 넷으로 분리가 되어 있었다. 텔레포트라는 이동 수단이 있지만 시티 간의 거리가 너무 멀기 때문에 자연스럽게 그렇게 연합체들이 만들어진 것이다. 그런데 그중 절반에 해당하는 마법사들이 그렇게 믿고 있다면 신뢰할 만했다.

"자네, 혹시 소멸형 던전을 방치하면 어떤 일이 벌어지는지 아는가?"

소멸형은 한 번 공략을 하면 완전히 소멸하는 던전을 말한다.

"그야 던전브레이크가 발생하겠지요."

"그래. 던전브레이크가 발생해서 던전 안에 서식하던 마수와 몬스터 들이 다 밖으로 나와 버리지. 그런데 그 이후에는 어떻게 되는지 아는가?"

"계속 비어 있는 거 아닙니까?"

탄 차원만 해도 인적이 닿지 않은 깊은 산속에 생성된 던전 중에는 그렇게 방치된 빈 던전들이 꽤 있다고 들었다.

"아니네. 시간이 흐르면 소멸한다네."

뭐 소멸할 수도 있는데 차원석도 소멸되는 건지 궁금했다.

"하면 차원석이 자연적으로 소멸한다는 겁니까?"

"12년 전과 7년 전, 그리고 2년 전에 한 오크 던전을 재방문했던 한 모험가 그룹에서 발견한 사실인데 한동안 비어 있던 던전의 차원석이 두 번째 방문했을 때는 거의 10분의 1로 작아져 있었다고 해."

"설마 던전이 줄어든 겁니까?"

"아니. 던전은 방치된 그대로인데 차원석이 작아진 거지. 그것을 확인하고 이상한 생각이 들어서 차원석을 회수해서 나왔다고 하네."

그렇다면 당연히 해당 던전은 소멸되었을 텐데 왜 세 번을 방문했다고 말한 것인지 모르겠다.

"그럼 세 번째 방문했을 때는요?"

"얼마 떨어지지 않은 곳에 한 등급이 더 높은 던전이 생성되어 있었네."

"그럴 수도 있는 거 아닙니까? 같은 던전은 아닐 텐데요."

차원 융합과 던전 얘기가 나오자 조용히 맥주를 마시던 로랑이 끼어들었다. 도무지 이해할 수가 없었기 때문이다.

"그 던전은 자이언트 오크가 보스였네. 던전이 커지고 더 강력한 몬스터가 서식하는 던전이었지만 들어가 보니 이전에 두 번이나 들어가 본 던전과 환경까지 유사하더란 말이지."

우연의 일치일 수도 있었지만 왠지 네르손의 말에 집중하게 된다.

"그래서 은밀하게 조사를 한 모험가들은 새로운 던전이 이전의 던전에서 업그레이드가 된 것이라고 결론을 내렸지."

"그건 너무 비약한 것이 아닐까요?'

아이린도 네르손의 말을 믿을 수 없는 얼굴이었다.

"나도 그렇게 생각했네. 그런데 그 보고를 접하고 던전에 대한 자료를 뒤지다 보니까 기묘한 부분이 걸리더라고. 본래 광산이 있던 던전이 사라지고 그 근처에 다시 생성된 던전의 내부 환경은 광산이었고 초원 환경이었던 던전이 사라지고 그 인근에 새로 나타난 던전은 같은 환경이었단 말이지. 공간의 크기가 커지고 서식하는 마수나 몬스터가 한두 단계 위였지만 말이지."

처음 듣는 소리에 좌중은 조용했다.

"더 자료를 찾아보니 그 던전이 생성되기 전에 근처에 있는 다른 던전들이 자연스럽게 소멸을 했더란 말이지. 하지만 공략하는 데 성공한 던전 근처에는 새로운 던전이 생성되지 않았어. 그래서 가설이 나온 거지. 던전을 제대로 공략하지 못해서 방치하면 브레이크가 발생하고 일정 시간이 지나면 빈 던전은 소멸하고 얼마 후에 한 등급이 높은 던전들이 근처에 생성된다는 내용일세."

"가설이 정설로 인정받게 된 계기가 있었을 텐데요?"

이번에는 가온이 물었다.

"있었지. 대략 100년 전에 파로돈 시티 인근에 던전 하나가 생겼네. 고블린 던전이었지. 그런데 시티에서 워낙 멀리 떨어져 있고 고블린이야 나와 봐야 문제가 되지 않아서 방치를 했다네. 물론 해당 던전이 있다는 사실은 파로돈 마탑에서 파악하고 있었지."

"그런데요?"

"방치를 했으니 당연히 던전 브레이크가 발생했지. 그리고 방치된 던전은 대략 10년 후에 자연 소멸되었네."

"혹시 근처에 던전이 다시 생성된 건가요?"

이번에는 알폰소가 물었다.

"그렇다네. 이번에는 한 등급이 더 높은 홉고블린 던전과 다이어울프 던전이 생겼지. 그리고 역시 거리도 멀고 별로 위험하지 않다는 이유로 공략되지 않고 방치되었네."

"당연히 던전 브레이크가 발생하고 던전은 자연스럽게 소멸되었을 테고요?"

"맞아. 그런데 50년 전에 인근에 새로운 던전들이 생성되었는데 이번에는 무려 네 개였네. 두 개는 오크 던전이었고 다른 두 개는 웨어울프 던전과 혼울프 던전이었지."

"역시 등급이 높아졌네요?"

"맞네. 등급만 높아진 게 아니라 던전의 숫자도 이전보다 두 배로 증가했네."

"……."

이게 사실이라면 정말 충격적이었다.

'던전이 이런 식으로 늘어난다고?'

게다가 늘어나는 던전의 등급이 한 단계 이상 높아진다면 이건 엄청난 문제다.

네르손의 말은 계속 이어졌다.

"이 경우에는 시티에서 멀리 떨어져 있었고 그다지 위험하지 않다고 판단해서 방치했던 던전의 사례였네. 다른 사례도 있네. 다들 특별한 마수나 몬스터가 없는 광산 던전이나 약초 던전에 대해서 들어 봤을 걸세."

당연히 들어 봤다. 현실에는 찾거나 채굴량이 턱없이 적은 마나석과 같은 광물이 발견되는 던전과 다양한 약초가 자라는 던전을 말한다. 사람들은 이런 던전을 보물 던전이라고 불렀다.

이런 던전들은 시티에서 공들여서 관리를 한다. 일부러 공략하지 않고 내부에 서식하는 마수와 몬스터의 숫자만 적당하게 조절하는 방식으로 관리를 하는 것이다.

"그런데 일정 시간이 지나면 던전은 공략을 하지 않아도 소멸을 한다네. 최장 기간 관리한 던전이 아마 30년이었을 걸세."

"그럼 소멸한 후에는 한 단계 더 높은 던전이 생성된다는 거죠? 그것도 두 배로?'

"맞네. 비슷하게 광물이나 약초가 있는 던전이지만 서식하는 마수나 몬스터의 등급이 한두 단계 위지. 그래서 공략이 쉽지가 않고. 아무튼 그렇게 이런저런 이유로 공략이 되지 않은 던전이 늘어나면서 어느 순간부터 던전의 숫자가 기하급수적으로 증가했네. 그리고 그 이후에는 던전브레이크로 인해서 마수와 몬스터가 창궐했고 자네도 알겠지만 영인들이 아니었으면 이 세상은 멸망했을 그런 상태가 된 거지."

"그럼 지금은?"

"타이탄 정도가 아니면 공략할 수 없는 던전들이 엄청나게 증가해 버렸지. 알려진 마족 던전만 해도 대략 서른 개는 되네. 아마 이 상태를 방치한다면 이 세상은 최대 200년 안에 멸망할 걸세. 그래서 어떻게든 우리 연합에서도 타이탄을 대량으로 생산해서 던전을 되도록 많이 공략했으면 좋겠는데 자네도 알다시피 기존에 타이탄을 생산하는 마탑들은 타이탄 판매 수량을 조절하는 것으로 이윤을 극대화하는 데만 정신이 팔려서는……."

네르손의 말이 다 맞는다고 할 수는 없지만 그의 말이 사실이라면 이 세상은 멸망의 위기에 처해 있었다.

"부디 시티의 시장들이 이런 상황을 알고 대비를 해야 할 텐데 그자들은 그저 자리보전에만 급급하고 타이탄이 늘어나서 던전들을 공략해야 하는데 열두 마녀 측에서는 생산능력이 있으면서도 높은 가격을 고수하고 영향력을 확대하기 위해서 타이탄 판매를 늘리지 않고 있으니……."

네르손이 안타까운 얼굴로 그렇게 말하는 순간 가온은 이제야 의뢰 내용에 대해서 정확하게 파악할 수 있었다.

'이래서 차원 융합을 막으라는 의뢰가 나온 건가?'

그럴 가능성이 아주 높았다. 시티 주변에 생성된 던전의 경우 시티의 전사들이 공략을 하지만 그 외 지역에 생성되는 던전은 아이템이나 보물을 노리는 모험가들만 관심을 가지고 공략하는 상황인 것이다.

그러니 시간이 갈수록 던전은 기하급수적으로 증가하고 거기에 등급까지 높아지니 결국 이 세상은 던전에서 나온 마수와 몬스터 들의 세상이 되어 버릴 것이다.

'네르손의 말대로 지금이라도 이런 상황을 파악하고 모두 힘을 합쳐서 던전들을 소멸시켜야 하는데, 던전에 대한 이 세계 지배자들의 인식은 바닥이고 소량만 공급이 되는 타이탄마저 정치적인 논리에 따라 판매가 되니 종말이 머지않았네.'

이렇게 되면 차원 융합을 막는 방법은 두 가지다.

하나는 던전들을 최대한 빨리 공략하는 것.

문제는 가온에게 아니테라의 전사들이 있다고 하지만 이 넓은 세상의 무수한 던전들을 모두 공략할 정도는 아니라는 사실이다.

'아이테르 차원의 대륙이 지구의 대륙을 모두 합한 면적의 열 배에 달한다는 사실만 보더라도 불가능에 가깝지.'

다른 하나는 네르손이 주장하는 내용을 최대한 널리 퍼트려서 시티들이 자발적으로 던전을 공략하도록 하는 것.

하지만 이 부분도 문제가 있었다. 시티의 안전에만 신경을 쓰는 시장들이 던전 문제를 인식한다고 해도 이미 마족 던전들까지 등장한 상황이라 타이탄이 대규모로 늘어나지 않으면 던전 공략이 지지부진할 거란 사실이다.

'그래도 던전을 제대로 공략한다면 귀한 보물들은 물론 현실에서 구하기가 어려운 희귀한 아이템을 얻을 수 있다는 사실 정도는 알려져 있어.'

그래서 소수의 모험가 그룹은 던전 공략을 꾸준히 시도하고 있는 것 같았다.

'아무래도 해결하려면 시간이 꽤 걸리겠는걸.'

당장 가온이 생각하는 건 모험심과 재물에 대한 욕심이 강한 용병들이 던전을 공략할 정도의 힘을 가지게 만들고 던전을 공략하고 나온 아이템들을 자유롭게 거래할 수 있는 장소를 확보하는 것이었다.

거기에 용병이라도 던전을 제대로 공략하면 전사 못지않은 명예와 부를 얻을 수 있는 사회 시스템이 필요했다. 그래야 더 많이 도전할 테니 말이다.

'타이탄의 숫자를 늘리는 것이 답이다!'

네르손에게 타이탄 설계도를 넘기는 방안도 고려했는데 본인의 생각은 어떨지 모르겠지만 이 팔탄 시티의 주인인 시장이나 세 마탑의 탑주들은 생각이 다를 수 있었다.

'그들 역시 욕심에 휘둘릴 가능성이 농후해!'

당장 현재 타이탄을 생산해서 판매하는 마탑들의 경우 관련된 마법사와 장인들을 나올 수 없는 장소에 가둬 두고 있지 않은가.

가온이 설계도를 넘긴다고 과연 시장의 입김에서 벗어나기 힘든 팔탄의 마탑 연합이 돈과 명예 그리고 권력을 쥘 수 있는 기회를 버리고 원가에 가까운 가격에 타이탄을 생산해서 판매할 거라고는 믿지 못하겠다.

그렇게 타이탄 생산 능력을 갖추어서 판매를 하게 되면 팔탄 시티와 마탑 연합은 단기간에 엄청난 자금을 축적하는 것은 물론 강력한 영향력, 즉 권력을 가지게 된다. 이건 누구나 예상할 수 있었다.

문제는 과연 팔탄 시티와 마탑 연합이 현재 기득권을 가지고 있는 열두 마녀와 다른 행보를 지속할 수 있느냐 하는 것이다.

열두 마녀 측에서 보일 반응은 두 가지다. 하나는 압도적인 타이탄 전력으로 팔탄 시티와 마탑 연합을 무너뜨리는 것인데 지켜보는 눈이 많으니 쉽게 선택하기는 힘들다.

두 번째는 자신들의 편으로 끌어들이는 것인데 양쪽 모두 이쪽 반응을 선택할 가능성이 높았다. 열두 마녀 측에서는 수익은 줄어들겠지만 그래도 이전과 비슷한 영향력과 수입이 약속되는 것이고 팔탄 측은 빠르게 기득권에 편입되는 것이니 말이다.

그럼 기득권에 편입된 팔탄 측이 보일 행보는 명확하다. 전쟁 대신 열두 마녀 측의 제의 혹은 동맹을 받아들이는 순간 기존의 질서를 벗어날 수 없었다.

'시간이 흐르면 결국 열세 마녀가 되는 것이지.'

그럼 설계도를 마구 뿌리면 어떻게 될까?

'능력과 상관없이 타이탄을 만들어 내기 위해서 시민들을 있는 대로 쥐어짜겠지.'

지금까지 경험한 시티라고 해 봐야 알펜과 릴센 그리고 지금 있는 팔탄이 전부지만 시민, 특히 절대다수를 차지하는 외성 주민들의 삶은 정말 팍팍했다.

교역이 활성화되지 않은 관계로 제대로 된 직업 자체가 적기 때문에 대부분은 하루 벌어서 하루를 산다고 해도 과언이 아닌 삶을 살아가고 있다.

타이탄 설계도가 풀리면 그들의 삶이 어떻게 변할지는 오래 생각하지 않아도 알 수 있었다.

이제 자신의 차원 의뢰를 해결할 수 있는 방향은 알았지만 방법은 아직이다.

"네르손 님, 혹시 시티의 수가 얼마나 되는지 아십니까?"

"외부와 교류가 전혀 없거나 오지에 있어서 어쩔 수 없이 자급자족을 하며 살아가는 시티들도 있기에 정확한 숫자는 누구도 알지 못하네. 다만 타이탄을 꾸준히 구입하는 시티의 숫자는 대략 5천 개 정도네.”

아이테르 차원이 지구의 열 배에 해당할 정도로 크다는 사실은 알고 있었지만 시티의 숫자를 들으니 얼마나 넓은지 새삼 알 수 있었다.

‘인구가 최소 20만 이상이 시티의 숫자가 5천 개나 되다니.’

아이테르 차원의 인구를 생각하자 갑자기 답답했다. 이렇게 많은 사람들이 사는데 마수와 몬스터 들로 인해서 대다수의 사람들은 평생 시티라는 작은 공간에 갇혀 사는 것이다.

‘아무튼 이제 내가 해야 할 일은 정해졌네.’

마수와 몬스터 들을 쉽고 빠르게 사냥할 수 있는 타이탄이라는 전략무기를 지금보다 훨씬 더 많이 아이테르 차원에 풀어놓는 것이 핵심이다.

‘그리고 타이탄의 판매 대상은 시티가 아니라 용병이나 자유 전사 그리고 상인 들이 되어야 해.’

시티에 팔아 봐야 현재 상황에서 크게 바뀌지 않을 것이 분명했다.

다행히 이 세상에도 법이 있고 사유재산은 인정되기에 아무리 시장이라고 할지라도 범죄와 연루된 물건이 아니면 압수할 수가 없었다. 영인들이 남긴 유산이니 영인의 후예를 자처하는 시장들이 그것을 깰 수는 없었다.

다만 전제가 있었다.

'타이탄을 싸게 공급해야 해.'

호구가 될 생각은 추호도 없었지만 자신의 차원 의뢰를 단기간에 해결하기 위해서는 저렴한 가격으로 타이탄을 대량으로 판매해야만 했다.

그렇다고 얼마 안 되는 아니테라의 인력을 갈아넣어 가면서 무리를 시키고 싶지는 않았다. 노동과 지적 재산권에 대한 대가는 확실하게 받아야만 했다.

'네르손 마법사를 만나서 정말 다행이네.'

버리나 자신도 비슷한 생각은 했지만 네르손의 말을 통해서 차원 의뢰를 해결할 확실한 답을 얻었다. 아직 해결할 부분은 많지만 일단 의뢰를 해결할 방법을 찾아서 다행이다.

'은혜는 갚아야지.'

결국 가온은 네르손, 아니 마탑 연합 측에 타이탄 5기를 200만 골드에 판매하기로 했다. 대신 팔탄 시티에서의 경매는 좀 늦추기로 했다.

네르손이야 당연히 뛸 듯이 기뻐했다. 1기당 평균 15만 골드를 아낀 것이고 무엇보다 전용 아공간 아이템이 있어서 활용도가 최상인 타이탄 5기를 확보하는 성공한 것이다.

팔탄은 열두 마녀 측의 노골적인 견제 때문에 시티의 규모와 비교하면 초라하다고 할 정도로 적은 타이탄을 보유하고 있었다. 당연히 마탑연합은 물론 시티에서도 크게 반길 수밖에 없었다.

"고맙네! 그동안 시티로부터 전폭적인 지원을 받으면서도 아직도 타이탄을 제작하지 못해서 시장을 비롯한 시티 수뇌부의 얼굴을 보기가 껄끄러웠는데 면이 좀 서겠군."

네르손은 바로 통신석으로 누군가에게 연락을 했고 얼마 지나지 않아서 한 마법사가 아공간 주머니 하나를 가지고 왔다.

가온 일행은 네르손과 함께 여관 뒤편에 있는 커다란 공터로 향했다. 3층인 여관 건물들로 둘러싸여 있어서 사람들의 눈을 피할 수 있어 쓸데없는 시선을 피할 수 있는 곳이었다.

"오오! 열두 마녀 측이 만든 타이탄보다 디자인도 뛰어나지만 인체공학적인 부분이 눈에 확 들어오는군. 그리고 이게 전용 아공간 아이템이군. 아직 열두 마녀도 개발하지 못한 아이템인데 아니테라는 정말 대단하군."

네르손과 그의 수제자라는 마법사는 황홀한 눈으로 소환된 타이탄과 매직 카드를 보며 연신 감탄했다.

"타이탄 기동 교습은 어떻게 할까요?"

"그 부분은 굳이 필요하지 않을 것 같네. 우리 연합에도 타이탄 라이더가 셋이나 있으니 그들에게 부탁하지."

평균 경매가보다 낮은 가격으로 타이탄 5기를 구입했으니 교습까지 부탁하는 건 염치가 없다고 생각하는 모양이다.

"대신 대금 지급은 좀 미뤄도 되겠나? 당장 마탑 소속의 라이더들에게 확인을 받고 싶은데."

"그렇게 하십시오."

가온이 선선히 허락하자 네르손은 그의 수제자를 카드와 함께 마탑으로 보냈고 그 마법사는 30분도 되지 않아서 기존의 타이탄보다 전투력이 높다는 확인을 받고 돌아왔다.

타이탄 거래가 끝났지만 네르손은 돌아가지 않았다. 고맙다며 자신이 술을 한 잔 사겠다면서 이곳에서는 귀한 와인을 주문한 것이다.

동석한 로랑이나 알제와 같은 용병들은 워낙 비싸서 자기 돈을 주고는 마실 엄두도 내지 못하는 와인이 세 병이나 나왔으니 자리는 화기애애할 수밖에 없었다.

타이탄을 주제로 대화를 나누던 가온은 네르손과 같은 대단한 마법사를 만날 기회가 다시 올지 알 수 없다는 생각이 들자 평소에 자신이 궁금해하던 것을 물어보기로 했다.

"네르손 님, 혹시 사라지는 지역이 있다는 소문을 들어 보신 적이 있습니까?"

문득 차원 의뢰를 수락한 직후 머릿속으로 전해졌던 이 세계의 지식 중 일부가 떠올라 물었다.

"안 그래도 북부 마탑연합에서 최근에도 그런 지역이 늘어나고 있다는 조사 결과를 학회지에 실었네."

"사라지는 지역은 다른 차원의 던전이 된 거겠지요?"

"사라진다고 말하기는 좀 그래."

"네?"

"플라잉 마법으로 해당 지역을 보면 그대로 남아 있으니까. 물론 아주 높이 올라가야 볼 수 있지만."

가온도 그럴 거라고 생각은 했다. 던전에도 구름이 끼거나 비가 내리고 심지어 밤낮도 있으니 그건 원래 차원의 기상 상황이 그대로 적용되는 것이다.

"그렇다면 생물이 그 지역 안으로 들어갈 수도 있는 겁니까?"

"아니. 높은 상공에서 내려다보면 분명히 존재하는 공간이지만 지상에서는 사라진 공간이네. 심지어 코앞에 두고도 해당 공간을 인지할 수도 없지. 당연히 해당 공간으로 들어갈 수 없네. 마나장과 비슷한 알 수 없는 막이 가로막고 있거든요. 그 어떤 수단으로도 막 안쪽의 공간을 파악할 수 없지."

"그런 곳이 얼마나 되는 겁니까?"

"적지 않다는 것만 알려졌네. 자네도 알다시피 지금 시티 바깥은 아무리 타이탄이 있다고 해도 안전을 담보할 수 없으니 조사조차 제대로 이루어지지 않았지. 하아! 확실한 것은 현재 우리 차원과 다른 두 차원이 융합 중이라는 사실이지."

"시티의 수뇌들은 이런 사실을 모르는 겁니까?"

“왜 모르겠나, 고가에 판매되는 학회지의 고정 고객이 바로 시티인데.”

“그런데도 안 움직이는 겁니까? 시티 연합이라도 만들어서 공동으로 대응해야 하는 거 아닙니까?”

“그런 움직임이 없었던 것은 아니지만 하나같이 무산되었네. 좁은 시티에서 오랫동안 왕처럼 군림하면서 살아온 시장들은 누군가와 대등하게 협력을 하거나 자신을 숙이고 들어간다는 사실을 견디지 못했거든. 분명 진행은 되고 있지만 차원 융합이 어느 정도의 속도로 진행되는지 알 수 없고, 적어도 자신의 대에서는 완전한 차원 융합이 일어나지 않을 거라고 믿고 있지.”

일면 이해가 안 가는 것은 아니다. 영인의 후예로 선민사상에 젖어 독불장군처럼 살아왔던 시장들이 누군가와 대등한 관계로 협력하는 것을 배웠거나 경험했을 리가 없었다.

영인의 후예라는 사실만으로도 쿠데타 걱정을 하지 않고 살아온 시장들이 누군가에게 굽힐 리가 없었다. 게다가 차원 융합의 증거들은 많았지만 자신이 다스리는 시티에 큰 변화가 없었으니 급한 마음이 들 리도 없었다.

“혹시 사라지는 지역에 시티는 없었습니까?”

“없었네. 그리고 최근까지의 조사를 보면 사라지는 지역은 몇 가지 공통점이 있네.”

“뭡니까?”

"방치되어 있던 던전들 사이에 있는 지역이라는 점과 마수와 몬스터의 밀도가 아주 높았다는 점 그리고 사라지기 전에 대규모의 전투가 벌어졌다는 점일세. 물론 사례가 둘밖에 안 되기 때문에 확실한 것은 아니네."

중요한 단서 같았지만 그것만으로 차원 융합을 설명하기에는 너무나 부족했다.

그러다 보니 자연스럽게 관심이 차원석으로 쏠렸다.

차원석. 던전의 핵이자 다른 차원의 일정 공간을 통째로 끌어오는 힘의 원천이다.

"네르손 님, 혹시 차원석에 대해서 새롭게 알려진 바는 없습니까?"

"차원석? 명확하게 밝혀진 것은 아니지만 새로운 가설 중 내 관심을 끄는 것은 있지."

"차원석은 쓸모가 전혀 없는 거 아닌가요?"

가온도 비슷하게 물으려고 했는데 아이린이 대신 나섰다.

"아직은 그렇지. 뭔가 엄청난 것이 있을 것 같은데 아직 밝혀진 바가 없어서 어느 마탑이든 두세 개는 가지고 있지."

"말이 나와서 그런데 차원석은 다 동일한 겁니까? 제가 보기에는 다른 것들도 있는 것 같던데……."

샘슨의 말에 가온과 네르손의 눈빛이 변했는데 이유는 달랐다. 가온은 처음 듣는 말이어서 그렇고 네르손은 이미 뭔가 알고 있어서였다.

"그거 아는 사람 별로 없는데 용케 알고 있군."
"뭔데요?"
"뭘 말입니까?"
로랑과 알폰소 그리고 아이린이 득달같이 달려들었다.
"사실 자연 소멸하는 던전의 차원석과 공략한 던전의 차원석은 크기나 색깔이 전혀 달라. 후자의 경우는 다들 알 테고 전자의 경우에는 무지개 색깔에 크기도 열 배 이상 크지. 마법사들 중에는 그것이 소멸하는 과정에서 던전의 모든 에너지를 흡수했기 때문이라고 추정하는 이들이 많아."
"그럼 그 차원석은 사용이 가능한가요?"
"아니, 전혀, 똑같아. 아무런 마나 반응도 보이지 않아. 두 차원석 모두 부서지거나 손상을 받지 않을 정도로 단단하지. 지금 이 시간에도 차원석을 붙들고 다양한 연구를 하는 마법사들이 있지만 뭔가 발견하기는 힘들 거야. 던전이 나타난 이래 수없이 많은 마법사들이 온갖 방법으로 실험을 해 봤어도 아무것도 나오지 않았으니까."
네르손은 그렇게 말했지만 가온은 차원석의 용도를 알고 있었다.
'그럼 차원석은 생명의 아공간과 같은 아이템을 확장하는 기능밖에 없는 건가?'
그런 생각을 하고 있을 때 네르손이 말을 이었다.
"가설이기는 하지만 차원석의 총량이 늘어나면 그만큼 더 많은 던전이 생성된다는 이론도 있네. 결국 차원석은 우리 세계의 물건이 아니라 어딘가에 존재하는 이계의 에너지를 우리 세상에 융합시킨 근원적인 힘일 가능성이 높다는 것이지. 우리 세상에 이계의 힘 혹은 에너지가 많아지면 많아질수록 두 세상은 비슷해지고 결국 어느 순간에 하나가 되는 것이 진정한 차원 융합이 아닌가 싶네. 등급이 높은 던전일수록 더 크고 넓은 공간인 것도 그런 가설에 이론적인 토대를 제공하고 있지."

네르손의 말에 가온은 자신도 모르게 고개를 끄덕였다. 이제까지 들었거나 추론했던 내용 중 가장 잘 차원 융합을 설명하고 있다고 생각한 것이다.

"던전이 이계의 일부라고 하셨는데 그럼 차원석이 그 공간을 우리 세상으로 끌고 온 거잖아요. 그 정도로 강력한 힘 혹은 에너지가 대체 어떻게 우리 세상으로 넘어온 걸까요?"

이번에는 가온이 물었다.

"그 부분에 대해서는 가설이 워낙 많아서 다 헤아릴 수가 없네. 가끔 떨어지는 운석에 포함되었다는 가설이나 전설에 등장하는 마왕과 같은 존재가 우리 세상에 강림했을 때 차원석의 씨앗을 뿌렸을 거라는 가설 그리고 자연 발생한다는 가설 등이 현재로서는 꽤 많은 지지를 받고 있네."

아직 정설로 인정받을 정도의 주장은 없다는 것이지만 차원석에 대한 연구는 아직도 활발하게 진행되고 있다는 점이 마음에 들었다. 어쨌거나 이 아이테르 차원의 마법사들은 어떻게든 차원 융합에 대한 연구를 하고 있었다.

"다만 방치된 던전의 차원석이 시간이 흐르면 커진다는 사실을 감안할 때 가장 처음에 나타난 차원석은 먼지보다 작은 크기에 담긴 힘도 미약했을 걸세."

누가 들어도 수긍할 수밖에 없을 정도로 일리가 있는 주장이었다.

"내 개인적인 생각은 이래. 이미 다른 차원의 에너지를 품고 우리 차원에 나타난 차원석의 씨앗은 에너지를 흡수하는 능력을 가지고 있어 우리 세상의 에너지를 흡수했고 일정한 크기가 되면 초월적인 힘으로 다른 차원의 일정 공간을 우리 세상으로 끌어온 것이 바로 던전이 아닐까 생각하네. 일단 던전이 생성되면 그곳에서 방출되는 특수한 에너지와 우리 세상의 에너지가 합해져서 새로운 던전이 증식되는 것이지. 그래서 던전을 빨리 공략하지 않으면 더 높은 등급의 던전이 2배수 혹은 그 이상으로 늘어나는 것이고. 내 생각은 그렇다네."

"하아. 그럼 오래전에 던전이 처음 생성되었을 때 사람들이 던전에서 나오는 물건들 때문에 관리라는 명목으로 소멸시키지 않았던 것들이 현재 세상을 이렇게 만든 원인일 수도 있겠네요?"

가온이 안타까운 얼굴로 물었다.

"나를 포함해서 꽤 많은 이들이 그렇게 주장하고 있지만 지금 시티들은 이른바 돈이 되는 던전이나 시티와 가까운 곳에 생성되는 던전 외에는 아무런 관심도 없네. 막강한 전력을 보유한 메가시티들도 마찬가지야. 차원 융합을 막기 위해서는 범세계적인 연합체가 필요해. 그런 단체가 적극적으로 나서기 전에는 현재 진행되고 있는 차원 융합을 막을 도리가 없네."

용병들은 네르손의 말을 굳게 믿는지 얼굴이 딱딱하게 굳었지만 가온의 생각은 좀 달랐다. 어쩌면 방법이 있을 것도 같았다.

'인간의 욕심을 자극하면 차원 융합을 해결할 수 없을지는 몰라도 융합을 막거나 융합이 되는 시간은 늦출 수 있을 것 같은데.'

현재의 육체로 어나더 문두스를 플레이하면서 느낀 것들 중에는 인간이 그 어떤 존재보다 욕심이 많다는 사실이다. 모두가 그런 것은 아니지만 인간은 평소에는 이성적이다가도 눈앞의 금화에 홀려 생명도 도외시하는 경우가 태반이었다.

자신에 대한 능력을 과신하면 할수록 그런 경향이 강했다.

'시티들이 협력하지 않는 지금으로서는 비용 면에서 부담이 적으면서도 강력한 전투력이 있는 타이탄을 양산해서 널리 보급해서 인간의 전투력을 급상승시키는 것이 아이테르

차원에 닥친 차원 융합 문제를 해결할 유일한 방법이야!'

아니테라로 건너가면 알름 원로와 이 문제를 진지하게 의논해 봐야 할 것 같았다.

네르손은 처음 맛보는 라거 맥주에 기분이 좋았는지 신분에 어울리지 않게 용병들과 한참을 어울리다가 결국 술에 취해서 비척거리며 돌아갔다.

다행히 맡길 사람이 있었기에 별관 문밖까지 나가 배웅을 하고 돌아오는 길에 알제 지부장이 가온에게 허리를 굽혀 사과해 왔다.

"귀찮게 해서 죄송합니다."

"그러고 보니 알제 지부장과는 제대로 대화도 하지 못했네요. 대체 어떻게 함께 오시게 된 겁니까?"

"하하하. 어디에서 온 경에 대한 이야기를 들으셨는지 모르겠지만 지부에 와서는 막무가내로 동행하자고 고집을 부리셔서 말입니다."

생각보다 팔탄의 마탑연합의 정보력이 뛰어난 모양이다.

"아닙니다. 덕분에 흥미로운 얘기를 많이 들어서 유익한 시간이었습니다."

"그렇게 말씀해 주시니 감사합니다. 네르손 님이 마법사답지 않게 자유롭게 행동하는 분이라서 저도 어떻게 할 수가 없었습니다."

그런 것 같았다. 물론 자신의 마음대로 행동할 정도의 힘을 가지고 있으니 가능한 얘기였다.

그렇게 얘기를 하며 다시 테이블에 앉자 가온은 아공간 주머니에서 새로운 맥주 통을 꺼냈다.

"우아아! 역시!"

"안 그래도 부족하다 싶었는데 감사합니다!'

누가 용병이 아니랄까 봐 그동안 마신 양으로는 취하지도 않는 모양인지 다들 맥주통을 반겼다.

이번에도 아이스 마법으로 맥주통을 얼려서 내용물을 최적의 온도로 만들어서 한 잔씩 따르자 다들 입맛을 다셨다.

"잠깐!"

그런데 마시기 전에 로랑이 제동을 걸었다.

"온 경, 혹시 다른 시티에도 타이탄 경매를 열 의향이 있으십니까?"

로랑이 조심스럽게 물었다.

"이제 다들 짐작하겠지만 내가 아니테라 시티에서 받은 임무는 타이탄을 판매하는 것이었습니다. 그리고 짧은 용병 생활을 통해서 절실하게 필요로 하는 이들에게 제값을 받고 타이탄을 판매하려면 경매가 가장 좋다고 판단했고요. 그런데 알펜 시티와 릴센 시티의 시장과 수뇌들의 반응을 통해서 이제 좀 바꾸려고 합니다."

"그, 그럼 더 이상 경매로 타이탄을 판매하지 않는다는 겁니까?"

"그게 아니라 더 이상 시티를 대상으로 경매를 열 필요가 없다고 생각했습니다. 그들은 타이탄을 저렴하게 구입하는 것과 시티의 안전에만 관심이 있을 뿐이니까요. 우리 시티처럼 타이탄을 이용해서 시티 주변의 마수와 몬스터를 정리하고 던전을 공략해서 더 많은 사람들이 풍요롭게 살 수 있는 환경을 조성하는 데는 관심이 없더군요."

"그, 그럼?"

"앞으로는 용병이나 상단 그리고 자유 전사 들만 대상으로 타이탄 경매를 열 생각입니다. 적어도 그들은 제집을 지키겠다고 집 안에 웅크리고만 있지는 않을 테니까요."

"아아!"

가온의 말에 잔뜩 긴장한 얼굴로 경청하던 로랑과 알제는 물론 세 용병도 환성을 터트렸다.

"다만 문제가 하나 있습니다."

"아! 그럼 시티에서 문제 삼을 수 있겠군요."

"그렇다면 용병들에게 그 사실을 알리는 방법과 시티의 입김에서 자유로운 장소가 필요하겠고요."

아이린에 이어 알제가 그렇게 말했다.

"그런 곳이 하나 있어요!"

아이린이 소리치는 순간 다른 이들도 눈을 빛냈다.

"그런 곳이 있다고요?"

"네! 영인의 후예가 아닌 시장이 있는 라치온 시티라면 가능해요!"

영인의 후예가 아닌 시장이라면 선거로 선출되는 건가?

가온이 듣기로 이 세상의 시티들은 시장이 영인의 피를 이은 자들이라고 했다.

이 세상에서 영인이라는 단어가 가지는 권위는 엄청나다. 그들이 멸망 직전의 세상을 구했다고 어릴 때부터 세뇌를 당했던 것이다.

그렇기에 시장의 권위가 높고 그들 역시 영인의 후인이라는 타이틀에 맞게 시티와 시민의 안전을 최우선을 두고 행동했다. 당연히 쿠데타와 같은 일은 거의 발생하지 않았다.

"라치온 시티는 인화(人化) 정도가 낮은 수인족들처럼 기존 시티들이 잘 받아 주지 않거나 시티에 제대로 적응하지 못한 극빈자들, 그리고 다양한 이유로 시티에서 쫓겨난 자들이 안전지대라고 소문이 난 곳에 하나둘 모여서 만든 도시예요."

"구심점이 없으면 시티가 되지 못했을 텐데요?"

"있어요. 시티 운영위원회라고 해서 용병단, 상인 등 일정한 규모의 세력을 이끌고 합류한 이들이 구심점이 되어 힘을 합쳐서 시티로 성장시켰거든요. 지금까지 총 24개의 지부를 가진 우리 투툼 용병길드의 총본부도 이곳에 있어요."

다양한 세력이 모여서 어떻게 시티로 성장을 시켰는지는 알 수 없지만 그 과정은 생각보다 어려웠을 것이 분명했고 아이린의 자랑스러운 얼굴로 보아서 용병길드가 큰 역할을 한 것 같았다.

“아이린의 말대로 라치온 시티라면 온 경이 언급한 요소들을 모두 충족할 수 있습니다. 투툼 용병길드에 등록된 용병단들은 3년에 한 번씩은 총본부에 들러야 하기 때문에 타이탄을 필요로 하는 용병들도 쉽게 구할 수 있습니다.”

로랑의 말에 가온은 고개를 끄덕였다. 그런 곳이라면 어느 정도의 타이탄을 풀어도 될 것 같았다.

“이곳에서 얼마나 떨어져 있습니까?”

“말로 두 달 거리이기는 하지만 온 경의 비행 아이템이라면 2시간 정도면 될 겁니다.”

“그렇게 가깝습니까?”

아무리 비행 아이템이라고 해도 말을 타고 두 달 거리를 2시간 만에 간다는 것은 직선거리가 그만큼 짧다는 것을 의미한다.

사실 아이테르 차원에서 말을 타고 한 달 거리라고 해도 직선거리로 보면 얼마 되지 않았다. 워낙 산이 높고 마수와 몬스터 들이 터를 잡고 있는 위험한 곳들이 지천이어서 그나마 안전한 길로 돌아가기 때문에 그렇게 오래 시간이 걸리는 경우가 태반이다.

“네. 라치온은 고산에 둘러싸인 고산분지입니다. 그리고 유독 험하고 유독 가스와 용암을 내뿜는 강과 땅으로 둘러싸여 있어서 다른 시티로 가려면 많이 돌아가야만 합니다. 그래도 지부가 있는 24개의 도시들까지는 말로 두 달이면 도착할 수 있는 중심부에 위치하고 있습니다."

높은 산으로 둘러싸인 고산 분지라는 지형은 물론 유독 가스와 용암을 내뿜는 강과 땅으로 둘러싸여서 안전한 땅이 되었나 본데 호기심이 동했다.

"그럼 이곳 일이 끝나는 대로 한번 들러 보도록 하지요."

"우리 길드장을 포함해서 라치온 시티의 운영위원들이 크게 기뻐할 겁니다!"

로랑과 알제가 유난히 기뻐하는 모습을 보니 길드 총본부로부터 가온을 라치온으로 초대하라는 명령이라도 받은 모양이다.

"그런데 어떤 일인지 제가 알 수 있을까요?"

알제가 그렇게 묻는 것을 보니 로랑이 그 부분까지는 알려주지 않았던 모양이다.

"이곳에서 남서쪽으로 삼림지대 끝부분에 고대 유적지가 있다고 들었습니다."

"그곳이라면 별거 없을 텐데요. 던전이나 유물이 있을까 싶어서 꽤 많은 이들이 탐사한 곳입니다."

이런! 이페이가 아주 은밀한 장소인 것처럼 말해서 그런 줄 알았더니 이미 많은 사람의 손이 닿은 곳이었다.

'하긴. 시티 사이가 멀고 정보길드조차 없는 세상이니 이

페이도 잘못 알았을 수 있겠네.'

그래도 이왕 마음을 먹고 왔으니 한번 들러는 봐야 했다.

일행은 내일 새벽에 출발하기로 하고 일찍 술자리를 파했다. 물론 가온은 알름 원로에게 방문하겠다는 의념을 전한 후 자신의 방에 들어가서 곧바로 사랑하는 여인들이 기다리고 있는 아니테라로 건너갔다.

건설용 타이탄 개발

해가 저물어서 사람이 없는 타이탄 제조창에는 알름 원로가 가온의 흥미를 끌 만한 물건들과 함께 기다리고 있었다.

"마침내 완성했습니다!"

"네 종류나 되는군요."

"그렇습니다. 지구의 중장비를 보고 만든 것이라서 각각 드릴, 파쇄, 불도저, 포클레인이라는 이름을 붙였습니다."

"드릴 타이탄은 땅굴을 파는 용도로 보이네요."

직경이 5미터는 되어 보이는 나선형의 거대한 드릴 비트가 장착되어 있는 타이탄은 앞바퀴와 뒷바퀴에 강판을 체인처럼 연결한 캐터필러를 가지고 있어서 거대한 궤도차량의 외형을 가지고 있었다.

"맞습니다. 드릴 타이탄은 두 가지 타입으로 활용할 수 있습니다. 하나는 채굴용으로 비트를 회전시켜 바위를 뚫으면서 산산조각을 내는 것이고, 다른 하나는 굴을 뚫으면서 라이더가 마나를 사용해서 초고열을 발생시키는 방식으로 흙이나 바위 가루와 같은 잔해물을 녹입니다. 그렇게 뚫은 동굴은 초고열에 녹았다가 굳은 표면으로 인해서 굳이 지지대를 세우지 않아도 한동안 안전하지요."

"그럼 이게 파쇄 타이탄인가요?"

드릴 비트와 달리 길이와 지름이 5미터에 이르는 거대한 강철 날 세 개가 전면에 달려 있는 타이탄으로 이것 또한 캐터필러를 가지고 있었는데 뒤에는 거대한 롤러를 장착하고 있었다.

"그렇습니다. 파쇄 타이탄으로 길을 내는 용도입니다. 특수 합금에 마법진을 새겨서 강도와 절삭력을 획기적으로 높인 강철 날과 회전력을 이용해서 흙이나 나무와 같은 장애물을 분쇄할 수 있으며 라이더가 마나를 사용하면 단단한 화강암도 분쇄할 수 있습니다."

전문가가 아니라서 잘 모르겠지만 이 정도면 현대 지구의 건설용 중기계에 비해서도 훨씬 더 뛰어난 것 같았다.

"그리고 이 타이탄은 포클레인 타이탄입니다."

포클레인 타이탄은 긴 로봇팔과 연결된 기계 삽이 장착되어 있었는데 그 역시 지구의 그것에 비해 두 배 가까운 크기

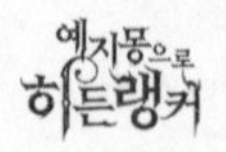

였다.

“마지막으로 배토판을 장착한 불도저 타이탄의 경우 뒤에 10톤 중량의 롤러를 장착할 수 있어서 땅을 고르게 다지는 작업을 병행할 수 있습니다.”

확인해 보니 배토판은 폭이 5미터에 달했고 후미에 장착된 거대한 롤러는 타이탄의 엄청난 출력이 아니면 움직이기 힘든 정도로 무거웠다.

“드릴 타이탄은 광산용으로도 사용할 수 있으며 다른 세 타이탄은 건설 현장에서 다양하게 사용할 수 있을 것 같습니다.”

참으로 대단한 일이다. 알름이 지난번에 지구의 중기계를 보고 개인적으로 호기심이 생겨서 따로 연구를 해서 완성한 타이탄들은 별다른 기계공학적 지식이나 기술의 기반도 없이 만들어 냈기에 더욱 대단했다.

“구동원이 상급 마정석인 것 같은데 맞습니까?”

“네. 높은 출력이 필요해서 어쩔 수가 없습니다.”

중급이면 더 좋겠지만 어쩔 수 없었다. 그래도 마차가 다닐 수 있는 길의 필요성을 인지한 시티라면 가격과 상관없이 구입할 것이다.

“그럼 이건 뭡니까?”

흙을 쌓아 둔 것으로 보였는데 색이나 입자가 흙과는 달랐다.

"지난번에 헤루스께서 말씀하신 시멘트라는 물질에 대한 얘기를 듣고 버리에게 도움을 받아서 한번 만들어 봤습니다. 아니테라에도 석회석은 흔하더라고요. 물을 섞으면 반나절 정도면 굳고 강도는 강철과 비슷하더군요. 지속성은 시간이 부족해서 확인할 수 없었지만 꽤 높을 것 같고요. 나중에 우리 아니테라의 인구가 많아졌을 때 다리를 놓을 생각을 하고 있어서 만들어 봤습니다."

강철과 비슷한 강도를 가진 시멘트를 만든 것만으로도 대단했다.

"다양한 용도로 사용할 수 있을 것 같군요."

건설용 타이탄은 차원 의뢰를 완수하는 시간을 줄이는 데 큰 역할을 하게 될 것이다.

'건설용 타이탄으로 길을 뚫으면 전투용 타이탄의 효용가치가 최대로 상승할 수 있어.'

시티와 시티를 연결하는 마차로가 만들어진다면 타이탄의 가치는 지금보다 더 높아질 것이다. 단순히 시티를 지키기 위해서가 아니라 적극적으로 마수와 몬스터를 사냥할 수 있게 되는 것이다.

'얼마에 팔아야 할까? 이것도 경매로 판매를 해야 하나?'

알름이 정리한 원가표를 보면서 잠시 고민하던 가온은 1기당 100만 골드로 가격을 책정하고 판매 대상은 시티로 한정했다. 용병이나 상단들이 건설용 타이탄을 필요할 일은 별로 없었던 것이다.

"건설용 타이탄도 그렇고 시멘트까지 정말 고생이 많았습니다."

"고생은요. 덕분에 시간 가는 줄 몰랐습니다. 저만 그런 것이 아니라 다들 마찬가지였습니다. 무척 뿌듯해하더라고요."

"참 타이탄 생산은 어떻습니까?"

"생산 라인을 확충하고 인원도 크게 증원했기 때문에 이제 아니테라 전용 타이탄은 하루에 베타급 3기와 알파급 20기를 생산하고 있고 판매용의 경우 베타급 5기와 알파급 50기씩을 생산할 수 있습니다."

이렇게 되면 얼마 지나지 않아서 전사들에게도 알파급 타이탄을 지급할 수 있을 것이다.

"다들 아니테라를 위해서 열심이군요."

"나날이 아니테라가 발전하는 것이 눈에 보이니 다들 열심히 할 수밖에요. 전사들의 기량도 빠르게 높아지고 있고요."

"고마운 일입니다. 혹시 몰라서 저 특수 타이탄을 챙겨 가려고 하는데 괜찮겠습니까?"

"그럼요. 네 종의 타이탄은 각각 다섯 기씩 만들어 두었습니다. 물론 교체가 가능한 배토판과 강철 칼날, 롤러도 각각 30개씩 만들었습니다. 창고에 있으니 챙겨 가십시오."

딱히 쓸 일이 있을지는 모르겠지만 뭐든 유용하다고 판단하면 챙기고 보는 가온은 그 말에 바로 창고로 달려가서 그 동안 생산해 둔 타이탄과 함께 건설용 타이탄들까지 챙겼다.

"참! 부탁이 하나 있습니다."

막 사랑하는 여인들이 기다리는 집으로 향하려던 가온은 건설용 타이탄 때문에 잊고 있었던 중요한 용건을 떠올렸다.

"말씀하십시오."

"혹시 타이탄을 지금보다 더 많이, 아니 대량생산 할 수 있을까요?"

"불가능합니다."

가온의 기대와 달리 알름의 대답은 단호했다.

"재료 문제가 아닙니다. 헤루스께서도 아시겠지만 타이탄은 단순히 강철제 부품을 조립만 하면 나오는 강철 인간이 아닙니다. 마력회로도 그렇지만 1기에 50개 이상의 마법진을 새겨야 합니다. 그리고 그 마법진을 새기는 작업은 조금이라도 집중력이 떨어지면 실패하고요. 아실지 모르겠지만 라인 한 개에 마법사 열 명이 투입되는데 타이탄 한 기를 만드는 과정에서 보통 재작업을 해야 하는 경우가 서너 번은 나옵니다."

"이해합니다."

사실 마법사 모두가 마법진에 정통한 것이 아니다. 사실 마법진보다는 인챈트나 연금술을 파고드는 마법사가 훨씬 더 많다.

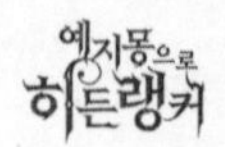

공은 많이 들어가지만 효과가 전적으로 마법사의 역량에 달려 있으며 주로 보호나 보안과 관련된 목적에만 쓰이는 마법진의 경우 쓰임이 한정적이며 대규모로 진행되기에 개인의 역량을 인정받기가 어렵다.

반면 인챈트나 연금술의 경우 돈이 된다. 마법사라고 해서 돈이 필요 없는 것이 아니다. 아니 일반인들은 상상도 하지 못할 돈이 필요했다. 마법 재료를 구입하는 것도 그렇지만 필요한 마법서를 구입하거나 마법 아이템을 구하려면 엄청난 자금이 필요했다.

당연히 마법진에 정통한 마법사들은 찾아보기 어렵다. 더욱이 엘프족의 경우 정령술까지 익히고 있기 때문에 마법진까지 익힌 이는 더욱 드물었다.

마법진에 정통한 엘프는 이미 대부분 타이탄 제조창에서 일을 하고 있는 상황이니 라인을 늘릴 수도 없었다.

유일한 방법은 시간을 들여서 마법진에 특화된 마법사를 양성하는 것인데 엘프들에게도 마법진은 그리 인기가 있는 분야가 아니었다.

"차원 의뢰 때문에 마음이 급해서 부담을 주었군요. 깊이 생각하지 마십시오."

가온은 그런 부분을 알면서도 무리한 부탁을 한 자신을 자책했다.

그런데 그때 들려온 알름의 말이 차가운 폭포수처럼 그의 정신을 일깨웠다.

"타이탄이 아니라면 가능할 것도 같은데……."

"그게 무슨 말입니까?"

"지난번에 본 기가스라는 거 말입니다. 마나 증폭은 할 수 없지만 제대로 설계를 하면 오크 정도는 가볍게 상대할 수 있을 것 같아서 말입니다."

"하지만 기가스는 한계가 뚜렷한 거 아닙니까?"

"버튼과 조이스틱을 사용하는 경우라면 그렇지만 마나 회로를 이용해서 라이더의 신경과 연결을 하면 자연스러운 동작을 구현할 수 있을 것 같습니다."

타이탄과 유사하게 라이더가 움직이는 대로 기가스가 움직이도록 개량할 계획인 모양인데 정말 그게 가능하다면 기가스로 오크 이하의 마수나 몬스터는 충분히 상대할 수 있었다.

"다만 문제는 관절 부분인데, 개량을 하려면 마찰로 인한 마모와 발열을 감소하는 마법진을 새겨야 한다는 문제가 있습니다. 그렇게 되면 타이탄만큼은 아니더라도 제작하는 데 상당한 시간이 걸릴 수밖에 없습니다."

관절이 많은 만큼 새겨야 하는 마법진도 많아질 수밖에 없고 결국 대량 생산은 꿈도 꿀 수 없다는 얘기다.

"관절이라……."

퍼뜩 떠오른 생각이 있었다.

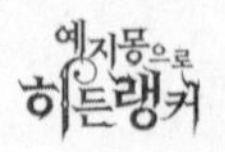

"윤활유를 쓰면 되지 않겠습니까?"

"윤활유요?"

그렇게 묻는 알름의 얼굴은 윤활유에 대해서 전혀 모른다는 사실을 말해 주고 있었다.

"두 개의 고체, 특히 금속 부품 사이에 상대운동이 이루어질 때 그 접촉면에 유막(油膜)을 만들어서 마찰로 인한 마모나 발열 따위를 감소시키는 액체를 말하는 겁니다."

"아! 지난번에 헤루스께서 가지고 왔던 기가스는 슬라임을 사용했는데 원래 전문적인 제품이 있었군요."

아이테르 차원의 기가스에 슬라임이 사용되었다는 사실은 가온도 몰랐었지만 슬라임은 점도가 상당히 높아서 기가스의 관절 부위에 윤활유 용도로 사용하기에 부적합하다는 것 정도는 알 수 있었다.

"잠깐만요."

가온은 갓상점에 접속해서 윤활유를 검색했다.

'엄청나네.'

과학 문명이 발달한 차원이 많은 모양인지 윤활유가 리스트에 올라와 있었다. 세부 항목을 클릭하니 점도와 원료 그리고 용도에 따라서 나눠지는 윤활유는 수를 헤아리기 힘들 정도로 많았다.

가온은 점도에 따른 분류에서 적당한 종류로 꽤 많은 윤활유를 구입했다.

"헤루스, 지금 한번 사용해 보고 싶은데 가능할까요?"

"당연하지요."

알름은 건설용 타이탄 부품들이 연결되는 부위에 다양한 종류의 윤활유를 바른 후 부품들을 반대 방향으로 움직이는 실험을 진행하던 중에 환하게 웃었다.

"이 윤활유는 관절 부위에 새기는 마법진을 충분히 대체할 수 있습니다! 새로운 기가스를 만드는 과정에서도 필수적이지만 기존의 타이탄까지도 마법진을 대체할 수 있어서 제작 시간을 대폭 줄일 수 있을 것 같습니다."

"하하하! 잘됐군요!"

윤활유의 존재로 인해서 차원 의뢰를 완수할 가능성이 훨씬 더 크게 올라갔으니 기쁘지 않을 수 없었다.

"앞으로 윤활유가 많이 필요할 것 같으니 기가스의 개량과 함께 연구를 해 보겠습니다."

"일을 너무 많이 맡기는 것 같아서 미안하네요."

아니테라의 거주민 모두가 열심히 살고는 있지만 모라이족이 맡고 있는 역할이 무척 중요했다.

"아닙니다! 좋아하는 일을 하고 있어서 그런지 전혀 힘들지 않습니다. 그리고 저뿐 아니라 우리 일족 모두가 그 어느 때보다 활기차게 살고 있으니 절대로 그렇게 생각하지 않으셨으면 좋겠습니다."

"조금만 더 고생하세요."

만약 타이탄의 다운그레이드판에 해당하는 기가스가 탄생한다면 설계도나 제작 노하우는 역량이 되는 아이테르 차원의 마탑들에 넘길 의향이 있었다.

'재촉하고 싶지는 않지만 정말 그런 기가스가 탄생했으면 좋겠다.'

가온은 미안한 마음과 고마운 마음을 담아 인사를 하고 집으로 향했다.

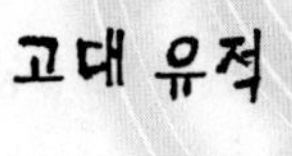

고대 유적

아니테라에 어둠이 깔렸기에 바로 집으로 향했는데 모둔이 멀리서부터 달려와 그의 품에 안겼다.

포옹한 상태로 서로의 체온과 애정을 충분히 느끼고 나서야 모둔을 품에서 떼어 낸 가온은 당연히 집에 있을 줄 알았던 아레오와 아나샤가 모습을 드러내지 않자 의아했다.

“아레오와 아나샤는 2층에 있어?”

“네. 그런데 벼리와 파넬 그리고 알테어도 있어요.”

“무슨 일이야?”

벼리와 파넬이야 가끔 두 사람과 마법을 주제로 대화를 나눈다는 사실을 알고 있기에 이상하지 않았지만 한창 자신의 연구실에서 지구의 과학지식과 자신이 익힌 연금술을 비교

분석을 통해서 정리하고 있어야 정상인 알테어까지 함께 있다니 이해가 가질 않았다.

"이번에 온 랑이 가져오신 보물 때문에 그렇죠."

그러고 보니 파넬과 알테어는 리치였고 벼리는 처음부터 마법에 관심이 많았다. 그러니 다양한 마법에 대한 가설과 실험 등이 기재된 학회지에 관심을 갖는 것은 당연했다.

"아직 아이테르 차원의 언어도 제대로 익히지 못했을 텐데."

공용어부터 시작해서 고대 언어까지 해석할 수 있는 서적을 구해 주기는 했지만, 공용어라면 몰라도 고대 언어는 시간상으로 그것들을 완벽하게 익히기엔 너무 짧았다.

"벼리가 학회지를 번역하고 있어요."

"그렇군."

자신이 강인공지능이라고 주장하는 벼리의 능력이라면 어려운 일은 아닐 것이다. 그렇게 벼리가 학회지를 번역하면 기다리고 있었던 넷이 돌려 보면서 내용을 확인하는 것일 터다.

'하아! 아레오는 오늘 못 보겠네.'

그렇다고 아나샤가 한가한 것은 아니다. 희한하게도 학회지에는 신성 마법에 대한 내용도 있어서 아나샤 역시 거기에 쏙 빠져 있다고 했다.

"그럼 오늘은 우리 둘이 데이트를 할까?"

"저야 좋지요! 그런데 어딜 가려고요?"

"새처럼 날아서 아니테라를 훑어보자."

그러고 보니 한 번도 아니테라 전체를 살펴본 적은 없었다. 물론 영혼과 연결된 아공간이기에 구석구석까지 다 알고 있지만 말이다.

모둔도 비행이 가능하지만 지금 상태로는 안 된다. 그렇기에 가온은 그녀의 등을 자신의 가슴에 붙인 상태로 끌어안고 하늘로 날아올랐다. 그리고 특별할 것이 없는 아니테라의 하늘을 오래도록 날면서 평안함과 여유를 즐기며 행복한 시간을 가질 수 있었다.

다음 날 새벽, 팔탄성을 나온 가온 일행은 비행을 시작해서 2시간도 되지 않아서 고대 유적지에 도착했다. 말로 이십 일 거리라고 들었는데 기류를 타니 순식간에 도착한 것이다.

"정말 엄청나게 오래된 유적이네."

울창한 밀림 한가운데 있을 거라고는 생각하지 못한 거석군(巨石群)이 어느새 높이 뜬 햇빛을 받아 사람들의 이목을 사로잡았다. 지구의 그것과는 좀 다르지만 피라미드도 있었고 주춧돌만 남았지만 거인들이 살았을 법한 거대한 건물의 잔해들도 있었다.

그런 건물 잔해들을 살펴보는 가온의 얼굴에 짙은 실망감이 어렸다.

'진짜 거인족이 살았던 곳인가 보네.'

건물들이 하나같이 거대한 규모였지만 의식용으로 보일 뿐 타이탄과 관련된 유적으로 보이지는 않았다.

그래도 한 가닥 기대감을 품고 유적지 전체를 대상으로 마나를 방사했다.

돌아오는 파장을 분석해 보니 그리 위험하지 않은 몇 종의 생물체를 제외하고는 이상한 장소는 감지할 수 없었다. 그냥 말 그대로 고대 유적지에 불과했다.

"건물들의 규모가 거대하기는 하지만 그리 많지는 않으니 간단하게 식사를 한 후에 다들 흩어져서 한번 찾아볼까요?"

다른 이들은 가온처럼 실망스러운 얼굴이었지만 아이린은 이런 곳에 강한 흥미를 느끼는지 두 눈이 호기심으로 반짝거리고 있었다.

"그럽시다."

어쨌거나 이런 곳에 오는 것은 쉽지 않았고 혹시 모를 보물이 남아 있을 수도 있다는 생각에 사람들은 챙겨 온 빵과 물로 아침을 해결한 후 작은 기대감을 품고 이곳저곳으로 흩어졌다.

가온은 혹시 모른다는 생각에 카오스를 소환해서 고대 유적지 전체를 살펴보게 했다.

얼마 후 카오스가 이상한 점을 발견했다고 알려 왔다.

―에너지가 모이는 곳이 있어.

'어디에?'

-중앙에 있는 피라미드야. 내부에 특별한 장치나 방도 없는데 에너지가 그곳으로 집약되고 있어.

기대했던 타이탄 관련 유물이 없다는 사실에 내심 실망했던 가온은 별다른 기대를 하지 않고 유적지의 중앙에 있는 피라미드를 올랐다.

지구의 피라미드는 놀랍도록 정교하게 쌓은 정사각뿔 모양이었지만 이곳의 피라미드는 탑의 형식을 가지고 있는 정사각뿔 형태였다. 거기에 동서남북 네 방향에서 정상으로 오르는 계단까지 있었다.

건축술이 얼마나 뛰어난지는 알 수 없지만 세월의 흐름을 이기지 못하고 부서져 나간 암석의 귀퉁이나 군데군데 보이는 이끼를 제외하고는 완벽한 형태를 유지하고 있는 피라미드는 경사는 높지만 계단이 있기에 편하게 정상까지 오를 수 있었다.

대략 70미터 높이의 정상 부위는 편평했다. 그리고 사방 5미터 정도의 정사각형의 공간에는 세월의 힘을 이기지 못하고 부서진 흙벽돌의 잔해들이 널려 있었다.

'흙벽돌?'

설마 신전이었던 것일까?

오래전 신녀 혹은 주술사가 이곳에 작은 신전을 마련하고 자신이 모시는 신을 위해 의식을 치르는 모습을 상상하는 것은 어렵지 않았다.

'신전이 있던 자리라서 에너지가 밀집되는 건가? 그런데 이건 어떤 종류의 에너지지?'

가온도 카오스가 말한 에너지를 느꼈지만, 에너지의 파장이 마구 섞여서 그런지 단시간 내에 종류를 파악하기가 힘들었다.

'이런 곳에서 연공을 하면 얻을 것이 많지.'

가온은 그곳에 가부좌를 틀고 앉아서 마나 연공을 시작했다. 이 장소를 농밀하게 채우고 있는 에너지도 그렇지만 신기하게도 마나가 손에 잡힐 듯 가깝게 느껴진 것이다.

그렇게 음양신공을 연공하던 가온은 너무 놀라서 하마터면 주화입마에 빠질 뻔했다.

'이게 대체 뭐지?'

평소 연공을 할 때는 물론 마나가 짙은 아니테라에서 연공을 할 때부터 수십 배 이상 농밀한 마나가 몸 안으로 해일처럼 밀려 들어오고 있었다.

그런데 가온이 경악한 것은 마나가 농후하거나 양이 많아서가 아니었다.

'이건 영력이야!'

주천을 할 때마다 두개골 상단부에 새롭게 쌓이는 에너지는 마나 연공으로는 절대로 쌓을 수 없다고 생각했던 영력이었다.

차곡차곡 쌓이는 영력을 확인하자 자연스럽게 음양신공에 더욱 빠져드는 가온의 몸 주위에는 마나의 속성을 드러내는 다양한 빛이 나타났다가 몸 안으로 흡수되기를 반복했다.

가온의 연공은 정오 무렵까지 이어졌다. 그때까지 누구도 가온의 연공을 방해하지 않았던 것이다.

더 이상 흡수되는 에너지가 없음을 인지하고 연공을 멈춘 가온의 눈에서 태양처럼 강렬한 빛이 번뜩이다가 사라졌다.

심신을 가득 채운 충만감과 달리 이 공간을 가득 채우고 있었던 에너지는 더 이상 느낄 수 없었다.

'설마 내가 다 흡수한 걸까?'

서둘러 상태창을 확인한 가온은 경악했다.

'대체 이게 뭐지?'

이건 기연이었다. 더 이상은 연공을 해도 증가 폭이 미미했던 에너지의 각 항목들이 크게 증가했다.

음양기는 거의 100만 이상 증가했고 서킷을 돌리지 않았음에도 불구하고 마력은 300만을 넘겼다. 신성력 또한 1할이 훨씬 넘게 증가했다.

가장 눈에 띄는 변화는 바로 영력이었다. 분신을 만든 후 60만 대로 줄었던 영력이 114만을 넘긴 것이다. 영력은 영석을 통해서 흡수하는 것이 아니면 눈에 띄게 증가시킬 방법이 없던 점을 생각하면 정말 충격적인 증가 폭이었다.

'영력도 그렇지만 신성력은 왜 늘어났지?'

혹시 이곳이 신전이어서 그런 것일까?

아무것도 알 수 없었지만 이 장소가 명상이나 연공을 하기에는 최적의 장소임은 확실했다.

'설마 이곳에 용혈이라고 부르는 장소인가?'

풍수지리에서 정기가 모여서 분출되는 곳을 용혈이라고 부르는데, 이곳이 그런 곳일 수 있었다. 아니면 피라미드로 인해서 정기가 모이는 것일 수도 있었다.

확실한 것은 이곳이 자신으로 인해서 한동안 용혈로서 기능할 수 없다는 사실이다.

아쉬운 마음으로 피라미드에서 내려온 가온은 마침 근처로 모여드는 사람들을 볼 수 있었다.

"뭐가 좀 있었습니까?"

다들 실망한 얼굴로 고개를 내젓는 것을 보니 그냥 고대 문명의 유적에 불과했던 모양이다. 아마 용혈이 아니었다면 가온도 크게 실망했을 터였다.

'사실 정보를 준 이페이도 크게 기대하지 않았던 눈치였으니.'

그래도 자신에게는 아주 큰 선물을 한 장소였다.

"이제 어떻게 할까요?"

유적을 살펴보자는 제안을 했던 아이린이 미안한 얼굴로 물었다.

"점심을 먹고 바로 라치온 시티로 가 보지요."

"그거 좋은 생각입니다!"

"오랜만에 라치온에 가겠군요!"

"라치온에 대한 특별한 추억이라도 있는 모양이군요?"

로랑에게 물었다.

"라치온은 알펜이나 릴센과는 분위기가 다릅니다. 최소한의 자치 규약만 지키면 아주 자유롭게 생활할 수 있습니다. 다른 곳에서는 금지 대상인 도박장까지 있을 정도니까요. 게다가 우리와 같은 용병들은 총본부에 있는 수련장에서 주기적으로 수련에 매진했던 시간들이 있기에 더욱 그리운 곳입니다."

"총본부에 일정한 금액만 지불하면 교관들이 스킬을 전수해 주거든요. 아낌없이요."

"혼자 혹은 동료들과 함께 수련장에서 굵은 땀을 흘리며 종일 수련한 후에 몸을 씻고 시원한 꿀벌주 한 잔을 마시면 그야말로 천국에 온 기분이지요."

"용병이라고 무시하지도 두려워하지도 않는 사람들이 모여 살아서 그런지 눈치를 볼 필요도 없고 무엇보다 인정 많은 사람들이 아주 인상적입니다. 게다가 무기와 마나를 사용하지 않으면 술기운에 주먹 다툼을 해도 하룻밤 갇히는 정도의 벌만 받는 곳이어서 더욱 자유롭다는 느낌이 드는 곳입니다."

다들 얼굴에 화색이 도는 것을 보니 라치온이 용병들에게는 마음의 고향인 모양이다.

"대형 용병단들은 예외 없이 라치온 시티에 본부를 세웁니다. 은퇴한 용병이나 전사 들이 차린 개인 무도관들도 많지만 시티 차원에서 용병 활동을 장려하기 위해서 세운 용병 아카데미도 있습니다."

다른 건 몰라도 용병 아카데미는 뜻밖이다. 그 정도로 용병과 관련된 사업을 체계적으로 하고 있을 줄은 몰랐다.

"주민 구성은 어떻게 됩니까?"

"절반 정도는 이종족이거나 혼혈입니다. 특히 혼혈이 압도적이지요. 엘프나 묘인족과 같은 수인족 혼혈은 몰라도 오크 혼혈이나 호인족이나 웅인족 혼혈처럼 성정이 거칠고 과격한 수인족 혼혈은 받아들이지 않는 시티들이 많거든요."

"그럼 나머지 절반은요?"

"다른 시티에서 극빈층으로 힘겹게 살다가 제대로 살기 위해서 목숨을 걸고 온 이들이지요. 라치온은 위험하긴 해도 일을 하면 부족하나마 가족을 부양할 수 있거든요. 그래서 주민 중 젊은 층은 사냥꾼이나 용병으로 활동하는 경우가 많습니다."

이전에 알펜에서 얼핏 들었지만 그곳의 극빈층이 하루 일당으로 쥐는 돈은 두 사람의 식비밖에 안 된다고 했다. 그래서 어린아이들도 젖을 떼면 성 밖을 나가 뭐든 일을 해야 한다고 했었다.

하지만 이곳에서는 가장 한 명이 고생을 하면 식구들을 부양할 수 있다고 하니 그 소문을 들은 사람들이 목숨을 걸고 몰려드는 것이리라.

가온은 네 용병과의 대화를 통해서 라치온이 생각보다 더 괜찮은 장소일 수도 있다는 기대감을 품었다.

'기존의 열두 마녀가 쥐고 있는 타이탄의 판매를 시도하는 것만으로 이곳의 기득권층의 사고방식을 바꾸는 것은 어려워. 끊임없이 견제와 압력이 들어올 테고.'

마냥 타이탄을 판매한다고 해서 차원 융합을 막을 수는 없었다. 기득권을 가지고 있는 자들은 성 밖으로 진출하거나 던전을 공략할 생각이 없으니 말이다.

'그러느니 차라리 라치온 시티와 용병들을 중심으로 이 세계를 바꿔 가는 것이 나을 것 같네.'

던전 공략으로 용병들이 떼돈을 번다는 소문이 퍼지고 그게 사실로 밝혀지면 결국 이 세상도 변화할 수밖에 없을 것이다.

식사를 마친 가온은 이곳으로 올 때처럼 투명날개를 이용해서 라치온 시티로 날아갔다.

라치온 시티

공중에서 내려다본 라치온 시티는 가파른 경사를 가진 험준한 고산들로 둘러싸인 높고 넓은 분지로 그렇게 멀지 않은 곳에는 분연(焚燃)을 피워 올리는 화산도 있었다.

'사람들이 오가는 것도 힘들겠지만 마수나 몬스터가 외부에서 들어오는 것도 쉽지 않겠네.'

왜 안전한 땅으로 불렸는지, 왜 기존 시티에서 배척을 당했던 사람들이 이곳으로 몰려들었는지 그 이유를 알 수 있었다.

외부로 통하는 길은 모두 고갯길로 하나같이 길이 험하고 좁아서 말 한 마리가 겨우 지날 수 있을 것 같아 보였는데 대신 어지간한 마수와 몬스터는 소수정예로 충분히 막아 낼 수 있었다.

다만 분지의 대부분은 화산암으로 짐작되는 크고 작은 돌과 그 사이에 단단히 뿌리를 내린 다양한 나무들로 인해서 개발이 되지 않아서 농작물을 재배하기가 쉽지 않아 보였다.

그 증거로 사람들이 몰려 사는 것으로 보이는 분지의 한쪽을 제외하고는 농경지는 보이지 않았다. 상당한 규모의 호수가 세 개나 됨에도 불구하고 말이다.

가온은 행여 라치온 사람들이 놀랄까 봐 주거지역에서 멀찍이 떨어진 곳에 착륙했다.

네 용병이 몸을 고정한 끈을 푸는 사이에 카오스로 하여금 이곳의 지질을 살펴보게 한 가온은 금방 돌아온 답변을 통해 자신의 추측이 사실임을 확인할 수 있었다.

'아주 오래전에 화산이 연쇄적으로 터져서 이루어진 땅이 맞구나.'

지층의 윗부분, 즉 표토는 불과 10센티미터도 되지 않고 그 아래쪽은 구멍이 숭숭 뚫린 화산암으로 이루어져 있었다.

지구의 제주도 땅과 비슷할 것 같았다. 배수가 너무 잘되어서 흙이 수분을 오래 머금고 있지 못해서 비가 와도 금방 아래로 빠져 버려서 밀이나 벼와 같은 작물 농사를 짓기가 힘들 것 같았다.

'그래도 목축은 가능하지 않을까?'

한국의 제주도만 해도 말 목장으로 유명했다. 거기에 농사를 안 짓는 것도 아니다. 물이 잘 빠지는 토질에서 잘 자라는 무 종류의 채소와 감자, 땅콩 등을 재배하는 것이다.

'가만! 감자도 잘 자라는 것 같은데 아이테르 차원에도 감자가 있던가?'

감자와 비슷한 작물을 본 것도 같은데 나중에 한번 확인을 해 봐야 할 것 같았다.

고산 고원에 자리한 라치온 시티는 성벽 자체가 없었다. 그래서 도시로 들어간다는 형식 자체가 아예 없었다.

가온 일행은 의족을 하고서도 빠르게 걷는 로랑을 따라 집들이 듬성듬성 있는 도시 외곽에서부터 주택이 밀집한 중심부로 움직였다.

그러는 동안 울타리도 없는 집을 자연스럽게 살펴보게 되었는데 생각보다 가족의 규모가 컸다. 어느 집이든 아이가 최소 서넛은 되는 것 같았다.

'풍요까지는 아니더라도 아이를 낳아서 키울 수 있는 환경이라는 거겠지. 그런데 정말 사람들의 표정이 인상적이네.'

거리와 골목을 오가는 사람들의 얼굴에는 알펜이나 릴센에서 보지 못했던 생기가 가득했다. 그래서 그런지 도시 전체가 생동감이 넘치는 것처럼 보였다.

라치온 시티는 원래 수량이 풍부하고 맑은 호수 근처에서 시작이 되었는지 도시의 중심부 역시 호숫가에 위치하고 있었다.

'그래도 물고기는 풍부한 모양이네.'

가죽을 이용해서 만든 가볍고 작은 배 수백 척이 호수에서 물고기잡이를 끝내고 항구로 들어오는 모습이 가장 먼저 눈길을 끌었다.

분지 자체가 한쪽 끝부분에 있는 이 호수를 향해 비스듬하게 내려오는 지형이라 빗물이 지하로 스며 들어갔다가 이 호수로 모이는 것 같았다.

물론 그 과정에서 지상으로 분출되는 샘들이 많았고 샘들이 연결되는 개천이 있어 개천을 따라 집들이 밀집해 있었다.

'곡물이 굉장히 많이 부족해 보이네.'

하늘에서 내려다본 라치온 시티의 주택은 대략 3만 호. 무질서하게 밀집된 집들의 크기가 워낙 제각각이어서 몇 가구나 거주하는지는 알 수 없지만 로랑 일행에게 들은 라치온의 인구는 대략 20만에 달한다고 했다.

중심부와 가까워지자 건물들이 커지기 시작했는데 역시나 가공이 쉬운 화산암으로 지어서 아주 이국적이었다.

"저기가 시청이라고도 부르는 시티 운영위원회 건물입니다. 그리고 호수 끝부분에 있는 대형 건물이 바로 투툼 용병길드의 총본부입니다."

라치온 시티는 시장이라는 단일 인물이 아니라 운영위원

회가 운영 및 관리를 맡고 있어서 그런지 위원회가 입주해 있는 건물은 상당히 컸고 출입구는 물론 그 안쪽에도 꽤 많은 인물들이 바삐 오가고 있었다.

일명 시청 건물을 지나자 다양한 관공서로 보이는 건물들이 쭉 이어졌는데 투툼 용병길드 총본부는 가장 끝 쪽에 있었다.

'연무장 때문에 넓은 대지가 필요해서 시 중심부에서도 가장 끝 쪽에 위치해 있는 모양이네.'

그런 생각을 하고 있는데 네 사람이 서로 눈빛을 교환하더니 로랑이 입을 열었다.

"온 경은 어떻게 하시렵니까? 저희는 일단 본부에 들르려고 하는데 아는 이들이 많아서 시간이 좀 걸릴 것 같습니다."

"검과 방패의 노래라는 여관이 이곳에서는 시설이 제일 나으니 그곳에 먼저 가셔서 쉬는 것이 나을 것 같아요."

로랑이나 아이린의 말속에는 행여 함께 길드에 들렀다가 자신이 따돌림을 받는 것처럼 느껴질 상황이 되면 어쩌나 하는 걱정이 담겨 있었다.

"오랜만에 방문했으니 만나야 할 사람도 많고 나눌 얘기도 많겠군요. 나는 외곽을 좀 돌아보면서 구경을 할 테니 나중에, 아니 아예 저녁 식사 시간에 그곳에서 봅시다."

"그래도 될까요?"

로랑 일행은 자신들에게는 물론 라치온 시티와 용병 길드에도 귀빈일 수밖에 없는 가온을 이렇게 혼자 둔다는 사실에 굉장히 미안해하고 있었다.

"게다가 사실 라치온 시티는 시장에 물건도 별로 없어서 볼 게 없는데……."

그 짧은 시간에 가온이 관심을 가질 만한 장소를 떠올리고 있었던 알폰소가 얼굴을 찌푸리며 말했다.

"괜찮습니다. 아니테라에 비하면 엄청나게 큰 시티이니까요."

이제야 가온의 출신 시티가 마르트 산맥 깊숙한 곳에 있다는 사실을 떠올린 네 사람은 다소 안심한 얼굴로 길드 쪽으로 향했다.

가온은 빠른 걸음으로 다시 외곽으로 걸어 나가고 있었다.

'내가 생각한 대로 일이 진행되려면 더 많은 사람들이 라치온으로 모여들어야만 해.'

용병계의 중심지라고 할 수 있는 라치온 시티의 규모가 크면 클수록 자신의 계획이 빨리 진행될 수 있었다.

그러려면 필요한 것이 몇 가지가 있었다.

'식량과 안전하고 빠른 길부터 확보가 되어야 해!'

식량은 더 많은 사람들이 몰려들게 할 수 있는 가장 강력한 무기이며 다른 시티들과 통하는 안전하고 빠른 길은 곧 타이탄을 보유하게 될 용병들의 활동을 강화할 수 있었다.

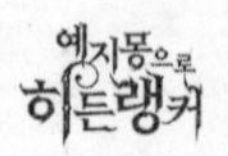

그래서 카오스에게 따로 라치온 시티가 들어서 있는 분지의 전체적인 지질에 대한 조사를 부탁했다. 전문적인 것이 아니라 작물에 반드시 필요한 표토에 대한 부분에 관한 것이라서 굳이 알름을 소환할 필요는 없었다.

가온이 도시 외곽으로 나왔을 때 카오스의 조사 결과가 나왔다.

―평균 표토의 깊이는 대략 5센티미터야. 물론 깊은 곳은 10센티 정도 되는 곳도 있었어.

'양분 함유 상태는?'

―화산회토라서 그런지 생각보다 비옥한 편이야.

'정말?'

자신이 알고 있는 상식과는 달라서 당황스럽다. 제주도처럼 화산암으로 이루어진 땅은 척박하다고 알고 있었던 것이다.

'화산이 터질 때 주변으로 날아간 화산재가 쌓여서 퇴적층을 이루고 이후 토양 생성 과정을 통해서 형성된 토양이 바로 화산회토인데 구멍이 많고 건조중량이 낮고 보수성은 높은데 유기물 함량까지 높아. 대신 알루미늄 성분이 많아서 인산 불용화가 강해서 작물 성장에 불리해."

그러니까 결국 작물의 성장에 불리한 토양이라는 의미인가 보다.

'아무래도 인산 비료를 사용해야겠네.'

인산에 대해서는 생물 시간에 배운 내용을 아직도 기억하고 있다.

인산은 식물세포의 원형질을 형성하는 데 필수적인 성분이다. 그래서 질소, 칼륨과 함께 비료의 3대 성분으로 불리는 것이다.

그와 함께 고등학교 시절에 생물 선생님이 일본의 지질 대부분을 차지하고 있는 화산회토는 알루미늄 성분이 많아서 인산이 부족해서 뼈의 성장을 저해하기 때문에 일본 사람들이 키가 작은 것이며, 제주의 조랑말 역시 인산 성분이 부족한 땅에서 자란 풀을 먹고 자라서 왜소한 것이라고 설명했던 기억이 났다.

–하지만 점토질 토양은 인산 불용화를 막는 데 큰 도움이 돼. 강 주위의 흙들은 점토 성분은 물론 양분을 많이 포함하고 있어서 그것들을 퍼다가 고루 뿌린 후에 갈아 주고 지속적으로 동물의 뼈를 갈아서 뿌려 주면 어느 정도 해결이 될 것 같아.

'표토가 깊은 지역이 대략 4분의 1 정도이니 경작지로는 충분해. 곡물은 몰라도 과실수나 감자와 같은 구황작물은 얼마든지 재배할 수 있어!'

아이테르 차원의 주식은 빵이다. 당연히 밀과 호밀이 그 재료이고.

하지만 감자도 아주 좋은 식량이다. 중세 유럽까지 올라가

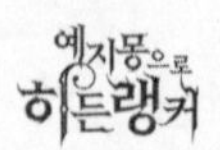

지 않더라도 중남미 고산지대가 원산인 감자는 전 세계로 퍼져서 역사적으로도 영양실조로 죽어 가는 수많은 사람들을 구한 귀한 식물이다.

주식으로써만 유용한 것이 아니다. 돼지와 같은 가축에게도 훌륭한 먹이이며 알코올의 원료이기도 했다.

다행히 라치온은 고산분지에 위치하고 있어서 기후 조건도 잘 맞는다. 온대 기후대에서 잘 자라는 것이다.

그렇게 대충 라치온 분지에 대한 조사를 마친 가온은 다소 가벼운 마음으로 약속한 여관을 찾아갔다.

'검과 방패의 노래'라는 이름이 붙은 여관은 쉽게 찾았다. 일단 규모부터가 다른 여관들을 압도할 정도였고 딸린 별관도 다섯 개나 되는 대형 여관이었다.

안으로 들어가니 바로 종업원이 나와서 반겼는데 그의 어깨 뒤로 반가운 얼굴로 손을 흔드는 일행이 보였다.

로랑 일행은 상당히 큰 원탁에 자리를 잡았는데 못 보던 인물이 둘이나 더 있었다.

'외모만 봐도 용병이라는 걸 알 수 있네.'

우락부락한 외모에 무성한 수염과 정제되지 않은 거친 기세를 발산하는 중년의 민머리 거한은 누가 봐도 전형적인 용병이었고, 그 옆에는 다소 마른 체형에 준수한 외모를 가진 미중년이었는데 눈빛이 아주 강렬해서 날카롭고 차가운 분위기를 풍기고 있었다.

"온 훈 경!"

로랑을 비롯한 일행이 자리에서 일어나 가온을 반겼다.

"많이 기다렸습니까?"

"하하하. 아닙니다. 저희도 온 지 얼마 되지 않습니다."

그 말이 사실이라고 증명하듯 탁자 위에는 물잔만 놓여 있었다.

"이쪽은 용병길드의 자쿠마 부길드장입니다. 그리고 이쪽은 용병길드 출신으로 라치온 시티의 재무국을 맡고 있는 가인트 씨입니다."

로랑과 비슷한 연배인 자쿠마는 호의가 가득한 얼굴이었지만 그보다 좀 어린 외모의 가인트는 쏘아보는 눈빛이 아주 차가웠다.

"만나서 반갑습니다. 아니테라 타이탄 전사단장인 온 훈이라고 합니다."

"귀한 분이 이런 위험한 곳까지 찾아와 주시다니 참으로 반갑습니다. 자쿠마라고 합니다."

"라치온에 방문하신 것을 환영합니다. 가인트라고 합니다."

인사를 하는 것도 두 사람의 성격을 그대로 보여 주었다.

인사를 마치자 미리 주문했던 음식이 나왔는데 로랑이 말한 대로 꽤 먹을 만했다.

가온은 식사를 하면서 사람들의 대화를 듣기만 했다. 용병단에 관련된 얘기여서 끼어들기가 애매했기 때문이다.

그렇게 식사를 끝내고 별관으로 자리를 옮겨서 본격적인 얘기를 하기로 했다.

"라치온 시티에서 타이탄 경매를 열고 싶다고요?"

먼저 가인트가 얘기를 꺼냈는데 기선을 잡으려는지 가온이 타이탄 경매를 이곳에서 열기를 원하는 것처럼 말했다.

"난 이곳에서 경매를 열고 싶다고 말한 적이 없습니다."

"네? 그럼?"

가온의 대답에 가인트의 차가운 얼굴이 무너졌다.

"난 시티 측과 직거래를 하는 대신에 용병들을 대상으로 타이탄을 경매로 판매하겠다고 말했고, 이 네 분이 그렇다면 라치온 시티가 적합할 거라고 해서 확인차 들른 것뿐입니다."

"그럼 결정된 것이 아니란 말씀입니까?"

가인트가 그렇게 말하면서 네 용병을 쳐다보는데 눈빛에 실린 책망의 감정이 얼마나 강한지 그들은 감히 마주 쳐다보지도 못했다.

아마 네 사람이 허풍이 기본인 용병답게 자신들의 공을 적당히 섞어서 결정된 것처럼 말했던 모양이다.

"어떤 방식이건 우리와 같은 용병들에게 타이탄을 판매한다면 당장 열두 마녀부터 난리를 칠 텐데 그건 예상하고 계신 겁니까? 사실 로랑 지부장의 보고를 접하고 시티의 수뇌부가 비상회의를 했는데 자칫하면 라치온 시티는 물론 우리 길드도 큰 피해를 감수해야 할 거라고 의견이 모아졌습니다."

순간 "어쭈!"라는 말이 튀어나올 뻔했다. 절대로 자신에게 고개를 숙여 가면서 거래를 하지 않겠다는 마음이 느껴졌기 때문이다.

"그러면 안 되지요. 로랑 지부장에게 들었는지 모르지만 나 말고도 다른 특사들이 있어 다른 시티들을 방문하고 있습니다. 나야 용병으로 짧게 활동하면서 알펜 시티의 용병들에게 강한 호감이 생겨서 이왕이면 용병들에게 타이탄을 팔려고 했는데, 이렇게 되면 그냥 시티를 대상으로 팔면 됩니다. 라치온 시티에서 타이탄을 경매하는 건은 포기하도록 하겠습니다."

"……진심이십니까?"

가온의 단호한 반응에 당황했는지 동공이 잠깐 흔들리는 모습을 보였던 가인트가 다시 차가운 눈으로 물었다.

"당연히 진심이지요. 시티들은 팔아 주겠다면 감사하다고 갖은 향응까지 베푸는 마당에 왜 좋은 사람들을 곤란하게 만들겠습니까? 게다가 용병길드가 이곳만 있는 것도 아니고."

이미 인연을 맺은 투툼 용병길드의 존재가 아깝기는 하지만 다른 용병길드를 찾으려면 못 찾을 것도 없었다.

"하, 하지만 다른 용병길드를 찾아가려면 얼마나 오래 걸릴…… 아!"

투명날개에 대한 얘기도 들었는지 가인트가 침음과 함께 입을 닫았다.

"그럼 얘기가 끝난 것 같으니 난 좀 쉬어야겠습니다. 오전에 유적까지 다녀왔더니 피곤하군요. 아이린, 내 방은 어딥니까?"

"그, 그게…… 제가 안내할게요."

대화를 듣고 있던 아이린이 뭔가 잘못되어 간다는 것을 느끼고 안절부절못하다가 가온의 말에 엉거주춤 일어났다.

자쿠마와 가인트 그리고 네 용병은 다시 본관의 식당으로 자리를 옮겼다. 아직 할 얘기가 남았기 때문이다.

"왜 상황을 이 지경으로 만든 건가?"

자리에 앉자마자 자쿠마가 매서운 눈길로 가인트를 쏘아봤다. 마치 제대로 대답하지 못하면 한 대 후려갈길 것 같은 분위기였다.

"하아! 아무리 한 시티의 후계자라고 해도 애송이라고 생각했는데……."

"로랑 지부장이 말하지 않았는가. 상대는 간을 보는 것을 굉장히 싫어한다고. 그 때문에 알펜 시티에서 활동하는 것을 포기했고 릴센 시티에서도 비슷한 일을 당하자 바로 시장의 수결이 담긴 계약서를 찢어 버릴 정도로 강단이 있는 인물이라고 했잖아. 규모가 어떻든 한 시티의 후계자이자 타이탄 전사단장이야. 돈보다 명예를 더 중요하게 여기는 인물이라고. 게다가 외모와 어울리지 않게 실력도 소드마스터이고."

"알고 있습니다. 그래서 실수했다고 생각하고 있고요. 전 그저 늘 상대하던 시티 고위층 정도라고만 생각했습니다. 이곳은 우리 무대이니 굳이 아부를 떨 필요도, 접대할 필요도 없으니 한번 강하게 나가 보자고 생각해서……."

가인트가 고개를 푹 숙이며 말을 흐렸다.

"어찌 사람을 대하면서 그런 치졸한 수를 쓰는가 말이야! 이대로 온 훈 경이 이곳을 떠난다면 난 자네를 더 이상 안 볼 것이네. 타이탄 보유는 길드는 물론 내 개인적으로도 오랜 숙원이야!"

"하아! 걱정하지 마십시오. 잠시 머리를 식힌 후에 다시 찾아가 정중하게 사과할 생각입니다."

"자네가 머리가 좋은 것은 잘 알고 있어. 상대방의 마음을 꿰뚫어 보는 특별한 능력도, 거래를 위한 뛰어난 화술도 가지고 있다는 것도 말이야. 그런데 저런 유형은 신분과 상관없이 진솔하게 대해야 하네."

"마음이 읽히지 않는 사람은 처음입니다. 게다가 대화의 여지를 아예 주지 않는 사람도요."

가인트는 당연히 밀고 당기기가 진행될 줄 알았는데 가온의 반응이 너무 즉각적이고 단호해서 그 자리에서는 어떻게 행동해야 할지를 알지 못했다.

"하아. 얘기를 빨리 마무리하고 로랑 지부장이 그렇게 신이 나서 얘기했던 아니테라산 맥주를 마셔 보는가 싶었는데. 이럴 줄 알았으면 내가 나설 걸 그랬어. 아니지. 지금이라도 늦지 않았어."

자쿠마는 그 말과 함께 자리에서 벌떡 일어나더니 성큼성큼 별관 쪽으로 걸어갔다.

"부길드장님!"

나머지 사람들은 어쩔 수 없이 자쿠마의 뒤를 따라야만 했다.

"우리가 간절하게 원하는 것을 너무나 쉽게, 아니 먼저 나서서 해 준다니 의심할 수밖에 없었습니다. 다른 목적을 가진 것이 아닌지, 혹은 우리 시티를 열두 마녀의 공격을 막기 위한 방패막이로 이용하려는 건 아닌지 너무나 걱정되었습니다. 그래서 해서는 안 될 실례를 범하고 말았습니다."

"대화가 어긋난다 싶을 때 저라도 나서야 했는데 그러지 못했습니다. 나 역시 그런 걱정을 떨쳐 버릴 수 없었던 겁니다. 핑계에 불과하지만 그동안 노회한 다른 시티의 거래 담당자들로부터 당한 일들이 그런 의심병을 키우게 만들었습니다."

가인트와 자쿠마는 진심을 담아서 사과를 했다.

"그럼 타이탄 경매를 허가하겠다는 말입니까?"

가온은 의도한 대로 풀리지 않은 것이 좀 짜증이 났을 뿐 크게 화가 난 것은 아니다. 돌아가야 하니 시간이 더 걸릴 뿐이라고 생각했다.

"당연하지요! 당연히 저희 시티에서 경매를 여셔야 합니다!"

"모든 절차는 저희 시티, 아니 저희 길드에서 맡아서 실수 없이 처리하겠습니다!"

가인트와 자쿠마는 예상했던 것과 다른 가온의 반응을 어떻게 받아들였는지 모르겠지만 열성적으로 대답했다.

"열두 마녀 측에서는 지금쯤 우리의 동향을 알았겠지요?"

"자금이 풍부한 만큼 정보력이 뛰어난 곳이니 아마 아니테라의 타이탄이 세상에 모습을 드러냈다는 정보를 입수했을 겁니다. 적어도 열두 마녀 중에서 이쪽 지역을 관할하는 세이틀 마탑은 알고 있을 겁니다."

가인트의 대답에 가온은 그를 한번 시험해 보기로 했다.

"이곳에서 경매가 열린다는 소문이 나면 당연히 무슨 수를 쓰겠지요?"

"그럴 겁니다. 온 훈 경을 직접 노릴 수도 있고 부족한 식량을 포함한 생필품을 무기로 우리 라치온 시티를 압박해서 경매가 열리지 못하게 할 수도 있습니다."

가인트는 물론 용병 길드의 수뇌부들은 여기까지는 예상한 모양이다.

"조심하십시오, 세이틀 마탑의 영역이 아닌 곳이지만 카발 시티에서 7년 전에 알파급 타이탄을 개발했다는 소문이 잠깐 돌았는데, 그 직후에 카발 시티는 몬스터 웨이브로 인해서 세상에서 사라졌습니다. 지난 몬스터 웨이브가 발생한 지 겨우 1년 만에 발생한 거지요. 남은 것이 전혀 없는 폐허로 변했다고 합니다. 확인되지 않은 소문이기는 하지만 그 일의 배후에 열두 마녀가 있다고 했습니다."

자쿠마는 확인되지 않은 소문이라고 했지만 그의 얼굴은 진실이라고 믿고 있음을 알려 주었다.

"걱정하지 마십시오. 우리 아니테라의 타이탄 전사단은 알파급 타이탄만 200기 이상을 보유하고 있습니다. 뭐가 되었든 방해를 하면 모조리 부숴 버릴 겁니다."

가온은 미소를 지으며 말했지만 듣는 사람들의 몸은 순간 딱딱하게 굳었다. 베타급 타이탄만 무려 20기 이상을 보유하고 있어 강력한 타이탄 전력을 보유하고 있음은 알고 있었지만 알파급 타이탄을 200기나 보유하고 있다는 건 상상했던 범위를 벗어났다.

"부디 그들이 정도를 지키기를 바랄 뿐입니다."

만약 라치온 시티가 압력에도 불구하고 경매를 강행했을 때 열두 마녀 측에서 나올 행동은 세 가지였다.

첫 번째는 경매에 참여해서 아니테라의 타이탄이 자신들의 것과 어떻게 다른지 파악하려고 시도하는 소극적인 반응이고 두 번째는 타이탄 전력이 포함된 암살자를 보내 가온을 해치우는 것이다.

마지막 세 번째는 대화를 통해서 자신들의 세력으로 끌어들이는 것인데 만약 가온이 거부한다면 물리적인 방법을 동원할 것이 분명했다.

첫 번째는 당연히 시도할 것이다. 자신들은 아직 개발 중인 전용 아공간 아이템도 궁금할 테니 말이다. 물론 그래 봐야 벼리와 파넬이 고안한 보안 조치로 인해서 알 수 있는 것은 없겠지만.

두 번째는 가능성이 반반이다. 가온이 아니테라 시티에서 나온 특사이기는 하지만 그가 다른 특사들의 존재를 언급했기 때문에 굳이 가온을 해치우려고 암살자를 보낼 가능성은 절반에 불과했다.

세 번째가 가장 가능성이 높았다. 아니테라의 알파급 타이탄이 상급이 아니라 중급 마정석으로 기동할 수 있다는 사실과 전용 아공간 아이템을 상용화했다는 점을 통해서 자신들보다 기술 수준이 높다고 인정하고 아예 동료로 받아들이려고 시도할 것이다.

하지만 7년 전의 사건처럼 무식한 방법으로 가온의 존재를 지워 버리려고 할 수도 있다. 자신들의 힘을 과신할 경우 가온과 같은 존재가 나타날 때마다 힘으로 소멸시킬 수 있다고 오판할 수도 있었다.

"그런데 이번 경매에 나올 타이탄의 숫자를 좀 늘려 주실 수 없겠습니까?"

가인트가 뜻밖의 말을 꺼냈다.

"이유는요?"

"이왕 일이 이렇게 되었으니 차라리 일을 키워 볼까 싶습니다."

"경매에 나올 타이탄의 수량을 늘리고 소문을 널리 퍼트려서 세상의 이목을 아예 끌겠다는 생각이군요."

"맞습니다. 타이탄 경매를 열게 되면 앞으로 우리 시티는 열두 마녀의 견제를 받게 될 가능성이 아주 높습니다. 시장이 영인의 후예가 아니라는 이유로 판매 대상에도 올리지 않았으니, 아마 더 지독한 대우를 받을 수도 있고요. 차라리 일을 키워서 타이탄도 더 확보하고 타이탄에 대한 세상 사람들의 인식을 바꾸면 어떨까 싶습니다. 안 그래도 그쪽에서 인맥이나 청탁으로 골라서 타이탄을 판매한다고 뿔이 난 시티들이 하나둘이 아니거든요."

역시 첫인상대로 무척 영민한 자였다.

"어느 정도 수량이면 이목을 제대로 끌겠습니까?"

"적어도 30기는 되어야 하지 않을까요?"

"30기라…… 50기로 하지요"

그 정도의 수량은 전혀 예상하지 못했는지 다들 입이 떡 벌어진다.

"소문이 퍼질 시간적인 여유를 두고 타이탄 공방에서 총력을 다하면 50기까지 생산할 수 있을 겁니다. 거기에 타이탄의 훈련과 정비를 위한 교육 프로그램을 진행할 교관과 기술자를 보내도록 하지요. 대신 타이탄 훈련장과 격납고를 시티 측에서 마련해 주었으면 좋겠습니다."

"그 점은 걱정하지 마십시오. 본 시티의 운영위원이 열 명이지만 모두 용병길드와 깊이 관련된 인사들이고 타이탄 보유는 용병길드의 숙원이었던 만큼 아낌없이 지원할 겁니다."

흥분으로 인해 얼굴이 벌겋게 달아오른 자쿠마가 높아진 목소리로 말했다.

잘하면 투툼 용병길드와 라치온 시티는 메가시티까지는 아니더라도 대형 시티가 보유한 것과 비슷한 타이탄 전력을 보유할 수 있게 된다.

특히 용병길드의 경우 용병업이 주 수익원인 만큼 자신들이 당했던 것과 같은 비열한 짓은 하지 않겠지만 몬스터 웨이브와 같은 의뢰를 두고 시티들과도 당당하게 거래를 할 수 있는 위치에 올라서게 된다.

'최대한 많은 자금을 끌어모아야 하는데…….'

문제는 자금이다. 라치온 시티도 그렇지만 용병길드도 보유 자금은 한정적이다. 특히 시티의 경우 시민들이 필요로 하는 식량과 생필품을 구입해서 이곳까지 가지고 오느라고 많은 자금을 고정적으로 사용하고 있었다.

용병길드는 물론 시티도 보유하고 있는 재물들을 모두 팔아 치워야 할 것 같은데, 워낙 생존에 급급하다 보니 환금성 재물도 별로 없다.

'시티가 보유하고 있는 권리를 팔아서라도 타이탄을 최대한 많이 낙찰받아야 해!'

당장 시티에서 운영하고 있는 직영 상단만 팔아도 큰 자금을 만들 수 있었다.

아무래도 당장 길드장에게 연락해서 비상 수뇌부 회의를 소집해야 할 것 같았다.

마차로 건설 의뢰

다음 날 아침, 가온은 시청으로 초대를 받았다.

안내를 자청한 자쿠마를 따라 시청 회의실에 들어가자 이십여 명의 사람들이 그를 반겨 주었다. 투툼 용병길드의 길드장이자 현 시장인 박트부터 시작해서 시티 운영위원들 그리고 자쿠마와 가인트처럼 시티에서 중책을 맡고 있는 이들이었다.

상단주이거나 용병 출신인 시티 운영위원들은 모두 시티에서 중책을 맡고 있으며 돌아가면서 시장의 역할을 수행한다는 것이 무척 신선하게 느껴졌다.

현 시장은 투툼 용병길드의 길드장인 박트로 호인족 혼혈이었는데 먼저 어제 자쿠마와 가인트로부터 들은 타이탄 경매에 대해서 확인을 해 왔다.

"확실합니다. 경매에 내놓을 타이탄은 알파급으로 총 50기이며 전용 아공간 카드가 있으며 전투력은 기존 타이탄에 비해서 15% 정도 높습니다."

"경매 참가자의 자격에 제한을 두지 않겠다고 하셨지요?"

"그렇습니다. 아니, 생각해 보니 시티나 상단들이 참여하게 되면 자금력이 낮은 용병들이 낙찰을 받지 못할 가능성도 있으니 절반은 용병들을 대상으로, 나머지 절반은 시티와 상단을 대상으로 경매를 하겠습니다."

"안 그래도 그 부분 때문에 저희도 고심했는데 좋은 생각인 것 같습니다! 감사합니다!"

"경매는 언제 열면 되겠습니까?"

"이미 완성된 것들도 있으니 보름 후에 여는 것으로 하시지요."

"가인트에게 들으니 경매를 크게 열고 싶다고 말씀하셨더라고요."

"맞습니다. 우리 시티에서 타이탄을 경매로 판매한다는 소식이 열두 마녀 측에 들어가면 틀림없이 라치온 시티 측에 강한 압력이 가해질 겁니다. 그래서 아예 타이탄 50기를 경매에 내놓아서 되도록 많은 시티의 관심을 끌려고 합니다."

시장이나 다른 수뇌부들은 가인트와 자쿠마로부터 이미 들었는지 놀라는 기색이 없었다. 대신 뭔가 문제가 있는지 살짝 인상을 썼다.

"혹시 문제가 있습니까?"

"보름이라면 소문을 널리 퍼트리는 데는 충분합니다. 적어도 50개 이상의 시티로 알릴 수 있지요. 그런데 문제가 하나 있습니다."

이번에는 가인트가 시장을 대신해서 대답했다.

"뭡니까?"

"온 경은 비행 아이템이 있어서 의식하지 못하고 계실 텐데 주변 시티에서 우리 라치온으로 오는 길이 굉장히 험한 데다가 마수와 몬스터 들까지 있어서 행여 사고가 날까 두렵습니다."

"해결 방안은요?"

가인트가 괜히 언급했을 것 같지는 않았다.

"온 경께서는 베타급 타이탄 라이더 스무 명을 거느리고 있다고 들었습니다."

"맞습니다."

"현재 저희 시티와 가장 많은 교역을 하는 곳은 에보른 시티입니다. 메가 시티는 아니지만 인근 시티와 통하는 비교적 좋은 길도 있고 저희 투툼 길드 소속의 용병들이 가장 많이 활동하고 있고요. 하지만 그곳과 통하는 길은 좁고 험할 뿐더러 수시로 마수와 몬스터 들의 공격을 받고 있습니다. 일주일 거리 안에 큰 규모의 혼오크 부락들이 자리를 잡고 있는 상태에서 최근 교역로와 하루 거리 안에 새로운 오크 부락들이 생겼습니다. 새로 자리를 잡은 오크 무리를 토벌해 주신다면 상급 마정석 300개, 중급 마정석 1만 개를 드리겠습니다."

'오크라니 잘됐네.'

어차피 중급 마정석의 확보를 위해서 현재 아니테라의 전사단이 던전을 공략하고 있으니 부담스러운 일이 아니다. 아니 오히려 바라던 바였다.

'그나저나 라치온 시티가 보유한 마정석이 꽤 많은 모양이네.'

확실히 용병뿐 아니라 사냥꾼들이 많이 활동하는 시티라서 그런지 골드가 아니라 마정석을 대가로 내놓았는데 숫자가 상당했다.

마정석의 가치를 고려하면 군침이 도는 의뢰였다. 물론 상급의 경우 수급에 따라서 가격이 두세 배 이상 높아질 때도 있지만 그게 보수적으로 평가한 금액이다.

"좋습니다. 그 의뢰, 받아들이지요."

다수의 마수와 몬스터를 토벌하는 일은 용병이나 전사 들에게나 어려운 일이지 베타급 타이탄 20기를 거느리고 있는 가온에게는 어려운 일이 아니다.

"하아! 정말 다행입니다. 이 일은 경매 건이 아니더라도 상행의 안전 문제 때문에 반드시 해결해야 하는데 입게 될 피해 때문에 감히 시도하지 못했습니다."

가장 먼저 박수를 칠 정도로 크게 기뻐한 박트 시장은 가온의 마음이 행여 변할까 두려운지 계약금 조로 중급 마정석 1만 개가 들어 있는 아공간 주머니를 건네주었다.

그렇게 회의가 정리되자 분위기는 더없이 부드러워졌다.

그런 분위기에서 운영위원들을 소개받고 이야기를 나누다 보니 이제까지 몰랐던 사실들도 알 수 있었다.

"철광이 있단 말입니까?"

가온은 박트 시장의 말에 깜짝 놀랐다.

"네. 철광뿐 아니라 다양한 금속이 매장되어 있는 광산들이 있지요. 그리고 철광산의 경우 채굴량만 보면 이 근처에서는 가장 많을 겁니다. 그것도 노천 철광처럼 지면과 가까운 곳에 광맥이 있는 것은 아니지만 야트막한 산자락을 조금만 파고 들어가도 철광석이 나올 정도로 많습니다."

"그럼 제철소는요?"

"안타깝게도 기존 시티들이 견제를 하는 바람에 관련 시설은 물론 제대로 된 장인들을 구할 수가 없었습니다. 그래서 그 엄청난 철광석을 제대로 사용하지 못하고 캐낸 그 상태로 알펜 시티로 넘기고 있는 실정입니다."

알펜이 규모에 어울리지 않는 거대한 철강 산업을 가지고 있는 이유가 여기에 있었다. 만약 알펜 시티 근처에 대규모의 철광산이 존재한다면 시티의 규모는 지금보다 한참 더 컸을 것이다. 후판을 생산하는 철강소까지 있으니 말이다.

"후유! 정말 복장이 터집니다!"

가만히 듣고 있던 한 사람이 대화에 끼어들었다. 산업부장이라고 소개를 받았던 바워드였는데, 드워프 혼혈답게 키는 작았지만 굉장히 발달한 근육질의 중년인이었다.

"철광석을 가장 필요로 하는 시티는 주위에 광산이 별로 없는 반면 엄청난 인구가 거주하는 에보른 시티입니다. 인근에서 가장 품질이 좋은 암염 광산을 가지고 있어서 인근에 있는 시티의 수많은 상단이 찾습니다. 그런데 오가는 길이 험하고 마수와 몬스터 들로 인해서 한참을 돌아가야 해서 수송이 아주 어렵습니다. 그에 반해서 알펜 시티는 대형 제철소와 후판을 판매할 수 있는 판로를 보유하고 있다는 이유로 그저 가격을 후려칠 생각밖에 없으니 미치겠습니다! 우리 철광석이 알펜에서 채굴되는 것보다 품위가 훨씬 더 높기에 조금 더 가격을 올려 달라고 하면 아예 거래를 안 하겠다고 협박까지 할 정도입니다."

품위란 광석에서 순수한 광물을 뽑아낼 수 있는 비율로 고품위의 철광석이라면 같은 무게의 광석에서 더 많은 철을 뽑아낼 수 있다.

"그쪽에서도 철광석을 필요로 할 텐데도 그렇습니까?"

바워드가 한탄하는 얘기가 잘 이해가 되질 않았다. 자신이 파악한 알펜 시티의 철광산들은 시티에서 상당히 떨어져 있어서 타이탄을 포함한 전사들을 파견해야 해서 철광석 거래를 거부할 리가 없었다.

"사실 다른 시티와의 연결로 중에서 알펜 시티와 연결되는 도로가 그나마 상태가 가장 양호합니다. 제철소가 있는 다른 시티들과 통하는 길들은 마차가 다닐 수 없을 정도로 상태가 좋지 않습니다. 마수와 몬스터 들도 많고요. 그 점을 알펜 측에서도 알고 있는 거지요."

라치온 시티는 결국 알펜에 끌려다닐 수밖에 없는 상황이다. 그나마 철광석을 판매한 대금을 식량을 포함한 생필품으로 주니 울며 겨자 먹기로 거래를 응할 수밖에 없는 상황이었다.

"사실 우리 시티도 이곳과 비슷한 상황이었습니다. 처음에는 생존을 위해서 일부러 마수나 몬스터 들이 접근하기 어려운 지형에 자리를 잡았는데 타이탄을 생산하고 주위의 마수와 몬스터를 모조리 사냥한 이후에는 오히려 위치로 인해서 외부와 교류하는 것이 힘들어졌습니다."

가온의 말에 동질감을 느낀 라치온 수뇌들이 고개를 끄덕였다.

"저희 역시 같은 상황이기 때문에 너무나 잘 이해합니다. 하지만 우리 시티의 경우 아니테라처럼 마법이나 기술이 발전하지 못해서 더욱 상황이 열악하고요."

가인트 역시 대화에 끼어들었다.

"사냥꾼들이나 각지로 파견한 용병들이 벌어 오는 돈이 있어서 철광석만 제값에 팔아도 최소한 생필품 걱정은 하지 않을 텐데 돈이 될 수 있는 물건을 쥐고도 끌려다니는 신세라니!"

"다른 시티로 통하는 길만 제대로 낼 수 있어도 상황이 단번에 반전될 텐데 정말 안타까워요."

다른 이와 낮은 목소리로 대화를 나누면서도 이쪽 대화에 신경을 쓰고 있었던 50대 후반의 여자 역시 대화에 끼어들었다.

'이사벨이라고 했던가?'

무역부장이라고 들은 것 같은데 놀랍게도 익스퍼트 상급의 실력자였다. 여자의 몸으로 이런 경지에 오른 경우는 탄 차원에도 무척 희귀한 일이었는데 강건한 호인족의 피를 짙게 받은 듯 얼굴에는 호인족 특유의 무늬가 선명했다.

그때 가온의 머릿속에 알름을 비롯한 타이탄 제조창의 연구원들이 새로 개발한 건설용 타이탄이 떠올랐다.

건설용 타이탄을 널리 홍보할 수 있는 절호의 기회였다.

"시장님, 만약 에브른 시티와 통하는 안전하고 빠른 길, 즉 마차가 다닐 만한 도로를 건설할 수 있다면 어떤 대가를 치르겠습니까?"

"그게 가능하다고요?"

그렇게 묻는 시장은 그리 심각하게 받아들이지 않는 얼굴이었다. 하지만 이사벨은 달랐다.

"뭐든지요. 만약 에보른 시티까지 통하는 길을 뚫어 준다면 현재까지 채굴해서 보관하고 있던 다양한 광석의 7할을 드릴게요."

"그게 얼마나 됩니까?"

"모두 합하면 원석으로 300만 톤 정도 될 거예요. 절반 정도는 철광석이고 나머지 절반의 3할은 구리이며 나머지는 금과 은, 망간, 아연, 니켈, 텅스텐 등 아주 다양해요. 품위도 다른 곳에서 채광한 광석에 비해 평균 두 배 정도는 높은 편이라서 제대로 제련만 하면 엄청난 양의 금속을 얻을 수 있어요."

제련이 안 된 상태지만 300만 톤이라는 어마어마한 양이고 무엇보다 종류가 다양해서 마음에 들었다.

"혹하는군요."

시장에게 확인을 해 봤는데 그 역시 이사벨의 말에 동의했다.

아니테라에는 아직 제대로 조사한 것은 아니지만 광물이 대규모로 매장된 곳이 발견되지 않았다. 그래서 인구가 증가하면 자연스럽게 광물이 많이 필요할 수밖에 없었다.

'게다가 타이탄을 지속해서 생산하려면 더 많은 광물이 필요해, 특히 후판과 같은 다양한 철강 제품이. 이번 기회에 건설용 타이탄을 제대로 활용해봐야겠네. 그런데 그 타이탄들

을 누가 운용하지?'

모라이족이 적격이기는 한데 지금도 많은 일을 하고 있어서 인원을 빼기가 어려웠다. 게다가 건설용 타이탄이라고 하더라도 마나를 능숙하게 운용할 수 있어야 하는데 모라이족에는 그런 이가 적었다.

가온이 생각에 잠기자 시장과 주변인들은 마른침을 삼키며 긴장했다. 불가능하다고 생각했기에 진지하게 받아들이지 않았던 문제였는데 가온의 태도를 보니 실제로 해낼 수 있을 것처럼 여겨졌기 때문이다.

만약 이사벨이 말한 것처럼 에보른 시티로 통하는 안전하고 빠른 길이 뚫린다면 라치온 시티는 더 이상 알펜 시티에게 끌려다니지 않아도 되고 용병의 파견이나 생필품 조달도 무척 쉬워진다.

외성 구역 안에 큰 규모의 암염산을 보유하고 있는 에보른 시티는 한쪽이 터진 타원과 비슷한 땅으로 바깥으로 통하는 좁은 폭의 입구를 제외하고는 폭이 넓고 수량이 많은 큰 강이 휘감고 도는 지형이다.

좁은 입구 쪽만 제대로 막으면 시티를 둘러싸고 있는 넓고 큰 강으로 인해서 어지간한 마수와 몬스터는 접근할 엄두를 내지 못해서 성벽이 따로 필요가 없었다.

덕분에 에보른 시티는 메가시티급의 광대한 면적의 땅을 제대로 이용할 수 있는데 오랫동안 강물이 실어 나른 퇴적물로 인해서 토질이 아주 비옥했다.

그리고 그 땅에서 엄청난 곡물과 과일을 생산할 수 있었고 그런 높은 농업 생산성과 인근에서는 유일한 암염을 바탕으로 인구가 빠르게 늘어나면서 지금은 수공업까지 발달해서 수많은 생필품을 생산해서 주위 시티로 판매하고 있었다.

다만 라치온 시티와 연결되는 길은 마차가 다닐 수 없었고, 멀리 돌아서 가야만 했다. 힘이 좋은 무를 이용해서 짐을 나를 수밖에 없었고 최근에는 오크 두 무리가 자리를 잡는 바람에 그동안 많은 생필품을 에보른 시티에게 의지해 왔던 라치온 시티는 큰 곤란을 겪고 있었다.

'제발!'

에보른 시티와 연결되는 안전하고 빠른 마차로가 건설된다면 상행뿐 아니라 다른 문제도 함께 해결할 수 있었다. 에보른 시티와 가까운 시티에서 몬스터 웨이브와 같은 상황이 벌어졌을 때 라치온 시티의 용병을 대규모로 파병해서 막대한 수익을 올리는 것이 가능해진다.

마침내 가온은 고민을 끝냈다. 아니, 사실 고민하는 척만 했다.

어차피 이곳에서 열릴 타이탄의 경매까지는 보름이라는

시간이 남아 있다. 그동안 건설용 타이탄 라이더를 선발해서 훈련을 시키고 전사 타이탄을 동원해서 새로 건설할 마차로 주변을 정리한다면 한 번에 두 의뢰를 완수할 수 있었다.

"다양한 변수를 고려해 봤는데 마차로 건설이 불가능할 것 같지 않네요."

가온의 말에 노심초사하던 시장과 수뇌들의 안색이 환해졌다.

하지만 그런 가운데서도 우려의 얼굴을 하고 있는 이도 있었다. 바로 가인트와 이사벨이었다.

"그런데 마수와 몬스터 들은 타이탄으로 정리한다고 해도 길을 건설하려면 엄청난 인력이 필요하실 텐데 정말 가능할까요?"

"참고로 저희 시티는 많은 인력을 지원할 수 없습니다. 어릴 때부터 사냥과 훈련을 받기는 하지만 성인이 되면 바로 활동을 하기 때문에 남는 인력이 거의 없습니다."

이사벨과 가인트의 말을 들은 다른 수뇌들도 이제야 문제를 인식하고 얼굴을 굳혔다.

"인력은 그렇게까지 많이 필요하지 않을 겁니다. 우리 시티의 타이탄 전사단을 모조리 동원할 생각이니까요."

"설마 타이탄을 건설용으로 사용할 생각인가요?"

"그렇습니다. 우리 아니테라에서는 타이탄을 전투용으로만 활용하지 않습니다."

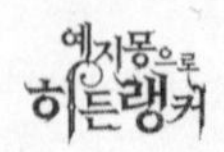

건설용 타이탄이 개발되어 시제품까지 나왔지만 아직 한 번도 기동해 보지 않았으니 일단은 언급하지 않기로 했다.

"하긴! 마나를 증폭해서 사용할 수 있는 타이탄들이라면 거대한 바위나 나무 들도 전혀 장애가 되지 않겠네요. 하지만 그렇게 타이탄을 활용하는 것은 비용 대비, 아! 중급 마정석!"

막연하게 타이탄을 건설에 투입하는 것은 비용 대비 효율이 엄청나게 나쁘다고 말하려던 이사벨은 아니테라산 알파급 타이탄의 구동원이 상급 마정석이 아니라 중급 마정석이라는 점을 떠올리고 눈을 빛냈다.

"중급 마정석 10개로 30분 정도 가동할 수 있는 알파급 타이탄이 할 수 있는 작업량을 고려하면 충분히 가능한 일이겠네요!"

이사벨의 말에 주위 사람들도 낮은 탄성을 뱉어 냈다. 아무리 알파급이라도 마나를 증폭해서 사용할 수 있는 타이탄이라면 사람의 힘으로 할 수 없는 일들을 아주 쉽게 해낼 수 있었다.

바위를 부수고 거목들을 베어 길을 내는 일의 난이도와 중급 마정석 열 개의 가치를 비교하면 더욱 가성비가 좋았다.

"그럼 마차로 건설에 대한 계약을 진행할까요?"

가온과 이사벨의 대화를 듣고 있던 시장이 조심스럽게 물었다.

"그렇게 하시지요. 이전에도 타이탄을 활용해서 깊은 산 속에서 길을 뚫었던 경험이 있으니 충분히 가능할 겁니다."

"그렇다면 저희에게는 더욱 좋은 일이지요. 이사벨 부장이 말한 정도의 대가면 될까요?"

"좋습니다."

시장의 태도로 보아 더 많은 대가를 요구해도 응할 것 같았지만 가온은 그 정도만 챙기기로 했다.

시티 수뇌부와 점심 식사까지 한 가온은 먼저 에보른 시티까지 비행 정찰을 실시했다.

'돌산 구간과 늪지 그리고 거대한 강만 해결하면 나머지는 어렵지 않겠어.'

중간에 험준한 산과 넓은 강이 있지만 제대로 길을 뚫으면 마차로 이삼일 정도면 도착할 수 있을 것 같았다.

라치온 시티로 다시 날아오면서 어떻게 공사를 해야 할지 대충 정리를 했다.

'험준한 산의 기슭을 따라 길을 내는 것이 가장 시간이 많이 걸리겠네. 아! 그리고 작업을 시작하기 전에 새로 뚫을 길과 하루 거리에 있는 마수와 몬스터 들은 먼저 정리를 하자!'

가장 골치 아픈 상대는 바로 오크였다. 새로 건설할 마차로와 가까운 곳에는 기존의 거대한 혼오크 부락들이 있었고 새로 유입된 오크 부락이 다섯 개나 되었던 것이다.

새로 유입된 오크들의 경우에도 수가 만만치 않았다. 다섯 부락이 모두 2천~3천 마리 규모였다.

하지만 골치가 아픈 것일 뿐 문제 될 것은 없었다. 현재 던전을 공략하고 있는 전사단들이 사냥한 오크만 해도 그 이상이니 말이다.

'역시 타이탄이야!'

아니테라 전사단은 타이탄을 적절하게 활용해서 던전을 공략하고 있는데 클리어보다는 중급 마정석 확보가 목적이라서 공략 속도는 그리 빠르지 않았다.

그렇게 정찰을 하고 해가 질 무렵이 되어서야 여관으로 돌아오자 마침 일행이 식사를 주문하고 나오기를 기다리고 있었는데, 자쿠마도 원래 멤버처럼 자리를 차지하고 있었다.

"어딜 다녀오시는 거예요?"

아이린이 옆으로 자리를 옮겨 자리를 내주며 물었다. 가온이 시티 수뇌부와 점심 식사를 마치고 곧바로 정찰을 나갔기 때문에 다들 궁금했던 모양이다.

"라이더들을 만나고 오는 길입니다."

"아! 부길드장님께 들었는데 그게 정말 가능한 일이에요?"

아이란은 타이탄을 동원한 도로 건설이 믿기지 않는 모양인데 다른 사람들 역시 마찬가지로 이해가 안 간다는 얼굴을 하고 있었다.

"당연히 가능합니다. 아니, 가능한 것이 아니라 타이탄이기에 가능한 일입니다."

"하지만 타이탄은 전투용인데……."

아무래도 타이탄이 하기에는 격이 안 맞다는 느끼는 모양이다.

'선입관이라는 것이 참 무섭네.'

머릿속에 현존하는 최강의 전투 전력이라는 생각이 박혀 있다 보니 이렇게들 생각하는 것이리라. 아마 건설용 타이탄이 따로 존재한다는 사실을 확인하게 되면 경악할 것이다.

"아무튼 일주일 정도면 길을 뚫을 수 있을 겁니다."

용병길드 부길드장이자 시티 수뇌부에 속해 있는 자쿠마를 의식해서 그렇게 알려 주었다.

"일주일요? 정말 일주일이면 에보른으로 통하는 길, 아니 마차로가 생기는 겁니까?"

자쿠마는 도저히 믿을 수 없다는 얼굴로 물었다.

"그렇습니다. 자세한 건 거론하기가 어렵지만 우리 타이탄 전사단은 이보다 더한 난공사들도 해냈습니다."

"그게 사실이라면 우리 시티로서는 더 바랄 것이 없습니다! 정말 대단합니다!"

말은 그렇게 하면서도 완전히 믿지 못하는 자쿠마의 태도를 확인했지만 굳이 더 설명할 필요는 없었다. 결과를 보여주면 되니 말이다.

피곤하다는 핑계를 대고 자신의 방으로 들어간 가온은 바로 마누에게 부탁해서 한창 던전을 공략 중인 전사단들을 차례로 방문해서 아니테라로 보냈다.

'타이탄 덕분에 오크 던전 정도는 우습게 공략하고 있었네.'

열일곱 개의 부대는 이미 맡은 던전들을 대부분 공략했던 것이다. 그리고 던전이 소멸되고 재생성되는 동안 시간 활용을 위해서 미리 알려 준 고블린 던전이나 리자드맨 던전을 공략하는 중이었다.

'무엇보다 사망자가 안 나온 것이 마음에 드네.'

가온이 최대한 안전하게 공략하라고 주문한 결과였는데 당연히 알파급 타이탄에게 꼭 필요한 중급 마정석은 차고 넘칠 정도로 확보했다.

일부는 던전 공략을 멈춰야 한다는 사실에 실망하는 기색을 보였지만 이미 기여한 만큼 명예 포인트도 챙겼기에 아니테라로 돌아가서 사용할 생각에 대부분은 기뻐했다.

그렇게 전사들을 아니테라로 보낸 가온은 다시 마누와 함께 던전을 순회하면서 공략을 마무리했다. 이미 절반 이상 공략된 던전들이라서 정령들이 가세한 가온에게는 어려운 일이 아니었다.

가온은 오랜만에 정령들에게 사냥을 맡겼다. 자신은 보스만 상대하기로 한 것이다.

마누는 전격으로, 녹스는 독으로, 카우마는 화염으로, 그리고 카오스는 다양한 원소력을 이용해서 고블린과 리자드맨들을 그야말로 학살해버렸다.

그렇게 아침까지 던전 열일곱 개의 공략을 마친 결과는 좀 황당했다.

'1레벨도 오르지 않다니!'

뭐 레벨이 600이 넘은 상태이니 그래도 이해할 수 있었다.

'아무리 오크 던전보다 등급이 낮다고 해도 던전을 열일곱 개나 클리어했는데 명예 포인트가 겨우 170만밖에 안 되다니.'

던전에 특화된 특성이나 칭호도 소용이 없었다. 고블린이나 리자드맨 던전이라서 그런지 보상이 너무 짰다. 명예 포인트를 제외한 보상이 전혀 없었다. 현실적인 보상은 상급은 하나도 없고 중급이 최고 등급인 마정석 수천 개가 전부였다.

그렇게 던전들을 모두 클리어한 가온은 곧바로 아니테라로 건너갔다.

가온이 나타난 곳은 바로 타이탄 제조창이었다.

바로 연구실로 향한 가온은 토론을 하고 있는 장인들 사이에서 알름을 찾아냈다.

"이번에 아이테르에서 공사 하나를 맡았습니다."

"공사요?"

"네. 기존에 멀리 우회하면서 돌아가는 길 대신 목적지까지 거의 직선으로 통하는 길을 건설해야 합니다."

"도로의 폭은요?"

"마차 두 대가 나란히 달릴 수 있을 정도면 됩니다. 물론 중간에 마차가 잠시 대기할 수 있는 공간도 만들어야겠지만요."

가온은 공사가 어려운 세 구간에 대해서 설명을 해 주었다.

"그럼 새로 개발한 건설용 타이탄을 사용하는 게 효과적이겠네요."

"그것 때문에 의뢰를 받아들였습니다."

"안 그래도 미흡한 부분에 대한 수정 및 보강이 끝났습니다. 그런데 건설용 타이탄을 제대로 활용하려면 적어도 익스퍼트 중급은 되어야 하는데 과연 전사들이 그런 일을 하려고 할지 모르겠습니다."

"저도 그 부분이 문제라고 생각합니다. 명령을 하면 따르겠지만 그래서야 사기도 낮고 작업 효율도 떨어질 것 같습니다."

"그래도 혹시 모르니 전사들에게 내용을 공개하고 자원자를 받아 보십시오."

"안 그래도 그럴 생각입니다. 그래서 말인데 건설용 타이탄을 추가로 생산해야 할 것 같습니다."

당장 라치온 시티가 의뢰한 마차로의 건설이 성공적으로 끝나고 경매를 통해 다수의 용병이 타이탄을 운용해서 사냥을 시작하면 아이테르 차원에는 거대한 변화가 생길 것이다.

'건설용 타이탄의 수요가 폭발적으로 증가할 가능성이 아주 높아!'

그런 상황에 대비해서 미리 대비를 해 둘 생각이다.

"그럼 정식으로 생산 라인을 하나 만들겠습니다."

"부탁합니다."

"걱정하지 마십시오."

안 그래도 맡은 일이 많아서 미안했지만 오히려 생기가 도는 알름 원로의 얼굴을 보면 꼭 미안해할 필요가 없을 것도 같았다.

"판매용 타이탄을 챙겨 가실 거지요?"

"네!"

이왕 들렀으니 이제까지 생산한 판매용 타이탄을 모두 챙길 생각이다. 얼마 후부터는 대량으로 타이탄을 판매할 생각이니 말이다.

"그리고 새로운 기가스의 개발이 끝나 시제품이 나왔습니다."

"벌써요?"

"알파급 타이탄의 하위 버전이라서 그리 어렵지는 않았습니다. 헤루스가 말씀하신 대로 동화율과 기동력을 높이는 데

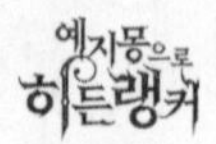

중점을 두고 개선을 했습니다."

알름이 건네준 기가스 설계도를 확인했는데 그가 알고 있던 기가스가 아니라 타이탄의 열화판으로 방어력을 높이기 위해서 몸에 장갑을 둘렀고 무엇보다 작동 방식이 전혀 달라서 기대하고 있었다.

"한번 시승해 보시겠습니까?"

"당연히 그래야지요."

타이탄을 탈 수 없는 전사의 능력을 높여 줄 수 있다면 정말 좋겠다.

"기가스는 중급 마정석으로 기동하지만 숫자는 다섯 개로 줄였습니다. 마나를 증폭하는 기능은 없지만 동화율이 아주 높고 강판의 두께를 줄였기 때문에 라이더의 체력과 집중력이 소진될 때까지 계속 탑승할 수 있다는 장점이 있습니다."

"그럼 굳이 전용 아공간 카드가 필요하지 않겠군요."

"그렇습니다. 그래도 휴대 편의성을 위해서 전용 아공간 카드는 한 세트로 제작했습니다."

없어도 큰 상관은 없지만 있다면 기가스를 운용할 때 큰 도움이 되긴 할 것이다.

창고 안으로 들어간 알름이 카드 한 장을 내밀었다.

소환 방식은 동일했다. 주인 인식을 하기 전에는 마나만 주입해서 문지르기만 하면 기가스가 소환되었다. 타이탄처럼 장갑으로 거대화를 한 것처럼 라이더의 몸과 손발을 비어 있는 공간에 집어넣는 방식으로 구동하는 것 같았다.

"체고 3미터, 무게 330킬로그램, 출력은 본신의 능력 대비 네 배 이상, 동화율 최대 85% 이상의 제원을 가지고 있습니다."

"동화율이 굉장히 높군요."

"원래는 마나회로를 사용하려고 했는데 파넬이 개발한 인공 신경 회로의 효율이 아주 높더군요."

"그런데 출력이 룩스 단위가 아니군요."

룩스는 아이테르 차원 전체에 널리 퍼져 있는 룩스라는 품종의 말이 1분 동안 할 수 있는 일을 계량화시킨 단위로 타이탄의 전력을 설명할 때 사용된다.

"네. 기가스는 자체적인 능력에 더해서 라이더의 근력이나 민첩 그리고 체력 등 신체 능력을 배가시켜 사용하기 때문입니다. 참고로 아이테르의 기가스는 대략 라이더의 육체 능력과 관계가 없으며 보통 인간의 세 배 정도에 해당하는 힘을 쓸 수 있을 뿐입니다."

그에 비해 아니테라의 기가스는 라이더의 신체 능력의 네 배까지 사용할 수 있기 때문에 라이더의 능력에 크게 영향을 받는다.

"아이테르의 기가스와 가장 큰 차이점은 버튼과 조이스틱을 사용하지 않고 직접 움직여서 기동하기 때문에 반응력에서 큰 차이가 있다는 점입니다."

"동화율이 85%라고 했으니 라이더의 동작과의 괴리가 15%라는 거군요?"

"그렇습니다. 처음에는 좀 답답하겠지만 금방 적응할 겁니다. 그리고 후판으로 동체를 제작했기 때문에 방어력은 아예 비교할 수도 없습니다."

"현재까지 몇 기나 제작했습니까?"

"20기입니다."

"그럼 우리가 쓸 알파급 타이탄은 그만 만들고 이제부터는 기가스를 생산해 주십시오."

"일반 전사들에게 주시려고요?"

"네. 전투력이 많이 높아질 겁니다."

아이테르 차원에 보급하기 전에 아니테라의 일반 전사들에게 지급할 생각이다.

"하하하! 저희도 헤루스께서 이렇게 나올 거라고 생각했습니다. 오늘 시승을 해 보시고 개선 사항을 확인해 주시면 개선을 한 후 바로 그렇게 조치하겠습니다."

"나 혼자 시승하는 건 큰 의미가 없으니 전사들도 시승을 할 수 있도록 해야겠습니다. 그런데 본격적인 생산에 들어가면 하루에 몇 기나 생산할 수 있습니까?"

그렇게 얘기한 가온은 알름이 건네주는 나머지 아공간 카드를 받으면서 물었다.

"우리 아니테라를 위한 생산 라인을 기가스 생산 라인으로 바꾼다면 새겨야 할 마법진이 최소화되기 때문에 단순 공정에 투입될 인력만 충원하면 하루에 100기까지는 생산할 수 있을 것 같습니다."

"그럼 기대하고 있겠습니다. 아! 이건 모둔이 엘프족 원로들과 함께 새로 개발한 비약입니다. 마나는 물론 체력까지 영구적으로 높여 주는 효과가 있으니 개발에 참여한 이들에게 나눠 주십시오. 몇 명입니까?"

가온은 모둔에게 받은 성장유를 흔쾌히 내놓았다.

'자본주의 사회라면 막대한 보너스를 지급했을 텐데…….'

가온은 성장유로 성과 보너스를 지급하는 것이 좀 미안했지만 받은 이들은 너무나 기뻐했다.

새로운 기가스

기분 좋게 타이탄 제조창을 나온 가온은 바로 아니테라 전사단으로 향했다. 기가스를 시승하기 위해서였다.

'열기가 대단하네!'

새로 만든 타이탄 훈련장이 가장 먼저 눈에 들어왔는데 베타급 타이탄들의 지도를 받으며 알파급 타이탄 수백 기가 검술을 수련하고 있었다.

'이미 전사장 급은 모두 타이탄을 지급받았군.'

그 옆에 있는 연무장에서도 전사들이 수련을 하고 있었는데 쉬고 있는 이들의 눈길은 타이탄 수련장에 꽂혀 있어서 그들이 얼마나 타이탄에 열광하고 있는지 알 수 있었다.

가온은 전사들이 모두 엘프족이 아니라 나가족과 모라이

족까지 섞여 있는 모습이 참 보기 좋다고 생각했다. 종족은 다르지만 모두 하나가 되어 수련을 하는 것이다.

'최소한 전사장급까지는 알파급 타이탄을 지급해야지.'

전사장은 엘프족이 600여 명, 나가족이 200여 명이다. 모라이족은 단 세 명밖에 없고 스노족은 그래도 전사 열 명이 모두 전사장급이다.

현재까지 전사장들에게 지급된 알파급 타이탄은 대략 500기 정도이기 때문에 전사장들이 모두 타이탄 라이더가 되려면 이곳 시간을 기준으로 20일 정도가 더 필요했다.

'다음에 건너올 때면 완료가 되겠네.'

일반 전사급에도 타이탄을 지급할지 여부는 아직 결정하지 못했다. 자격이 되지 않는 전사들에게 잠깐이지만 두 단계 이상의 힘을 사용할 수 있게 해 주는 타이탄의 존재는 독이 될 수 있었다.

'전사들 중에서 익스퍼트에 입문한 경우에는 알파급 타이탄을 지급하고 나머지는 기가스를 지급하자.'

이왕 이곳에 온 김에 기가스를 타고 기동을 해 봐야겠다.

그런 생각을 하면서 전사단 본부로 향했는데 10대 초중반의 소년, 소녀들이 본부 앞 연무장에서 한창 훈련을 하고 있었다.

예비 전사들인데 그중에는 나가족과 모라이족 그리고 스노족이 꽤 많이 보였다. 타이탄이 보급되고 나서 일어난 변화였다. 그만큼 전사를 선망하는 것이다.

가온은 땀을 뻘뻘 흘리면서도 훈련을 하고 있는 예비 전사들이 대견해서 뭐라고 해 주고 싶은 심정이었다.

'그러고 보니 아니테라에는 주전부리가 없네.'

생각해 보니 아니테라에는 어린애들이 좋아할 과자도 음료수도 없었다.

'나중에 한번 원로들과 의논을 해 봐야겠네.'

그런데 생각이 끊어지지 않고 이어졌다.

'참! 화폐도 필요한데.'

지금까지는 종족별로 공동체 생활을 하고 있는데 나중에 인구가 늘 것을 대비해서 아니테라 내에서 사용할 화폐 경제를 고려해 봐야 할 것 같은 생각이 들었다.

연무장 한쪽에 작은 숲을 이룬 거목들의 그늘 속으로 들어간 가온이 그런저런 생각을 하고 있을 때 타이탄 훈련장 쪽에서 몇 명이 맹렬한 기세로 달려왔다. 모두 반가운 얼굴들이었다.

"헤루스!"

가장 먼저 달려온 사람은 시르네아였다. 타이탄에 탑승해서 한창 지도를 하고 있는 중에 나온 것인지 속에 입는 얇은 천 방어구를 착용하고 있었는데 땀에 젖어서 굴곡진 몸매를 고스란히 드러내고 있었다.

"언제 오신 거예요?"

시르네아가 안길 만큼 가까운 거리에서 멈추었다.

"좀 전에. 수련이 한창이라서 방해하지 않으려고 기다렸지."

"그래도 제겐 말씀을 하시지 그랬어요."

뛰어난 미모를 가지고 있음에도 성정 자체가 차가운 엘프족, 그것도 하이엘프라서 감정 폭이 좁은 시르네아인데 묘하게 그녀의 말에서 애교가 느껴졌다.

"다음엔 그러지."

"꼭요?"

"알았어."

"아! 한창 지도 중이어서, 땀 냄새가 많이 나죠?"

그제야 가온이 자신을 제대로 쳐다보지 못한다는 사실을 깨달은 시르네아가 얼굴을 붉히며 뒤로 조금 물러났다.

"아니야. 시르네아에게서는 늘 좋은 향기가 나. 땀 냄새와 섞이니 더 좋은 것 같은데."

그냥 하는 소리가 아니었다. 늘 싱그러운 풀 냄새가 나던 시르네아였지만 땀을 흘려서 그런지 묘하게 남자의 가슴을 설레게 만드는 향기를 발산하고 있었다.

가온의 말에 막 물과 바람의 정령을 불러냈던 시르네아는 두 손으로 자신의 붉어진 얼굴을 감쌌는데 입꼬리가 위로 올라가 있었다.

그녀가 뭐라고 말하려고 했을 때 예하와 헤르나인이 거의 동시에 도착했다.

대뜸 그의 품에 안기려고 했던 예하는 자신들이 시르네아처럼 땀에 흠뻑 젖은 몰골을 하고 있다는 사실을 떠올렸는지 아니면 시르네아가 도끼눈을 하고 쳐다보고 있어서 그런지 약간 거리를 두고 멈추었다.

"굳이 이렇게 달려올 필요는 없었는데. 다들 고생이 많아."

타이탄에 탑승한 상태로 훈련을 해서 그런지 예하와 헤르나인의 백옥같이 흰 피부는 여전했지만 땀이 맺혀서 그런지 무척 건강한 매력을 느끼게 해 주었는데 땀에 젖에 달라붙는 얇은 옷 때문에 제대로 쳐다보기가 힘들었다.

"고생은요. 그래도 이젠 꽤 타이탄에 적응했어요."

"타면 탈수록 대단한 것 같아요, 타이탄은."

"다행이네."

둘 다 타이탄을 기동하는데 큰 재미를 느끼는 것 같았다. 진심으로 즐거워하는 얼굴이었던 것이다.

"잠깐만요!"

시르네아가 소환한 물의 정령에게 부탁해서 자신의 몸을 말끔하게 씻고 말렸다. 그러자 예하 역시 물의 권능을 이용해서 땀에 젖은 몸을 빠르게 씻었다.

"체엣!"

결계술사이자 전사였지만 정령과 계약을 하지 못한 헤르

나인은 자신만 땀에 젖은 몰골을 하고 있어야 하는 것이 영 못마땅한 얼굴이었는데, 마치 백설공주처럼 신비한 매력을 가진 여자가 그런 모습을 하니 묘한 매력이 느껴졌다.

사실 셋 모두에게 땀 냄새는 거의 나지 않았다. 세 사람 정도의 경지면 땀도 잘 흘리지 않지만 난다고 해도 노폐물이 거의 없어서 악취는 거의 나지 않는 것이다.

그래도 헤르나인이 속상해하는 모습은 계속 볼 수가 없어서 카오스에게 부탁을 했다.

"씻겨 줄 테니 가만히 있어."

그러자 카오스가 만든 커다란 물방울이 헤르나인의 머리부터 시작해서 발끝까지 내려가면서 몸은 물론 방어구까지 말끔하게 세척해 주었고 곧이어 수분이 공기 중으로 날아가며 뽀송뽀송한 모습으로 바꿔 주었다.

"고마워요, 헤루스!"

헤르나인은 마치 가온이 직접 씻겨 주기라도 한 것처럼 기뻐서 자신도 모르게 볼우물이 깊이 파이는 미소를 지었다.

"어딜! 헤루스, 저도 좀 말려 주세요. 옷이 마르지 않아서 찝찝해요."

헤르나인의 환한 미소를 어떻게 이해했는지 예하가 눈을 반달로 만들며 애교를 부렸다.

막 가온이 카오스에게 부탁을 하려고 했을 때 이번에는 시르네아가 끼어들었다.

"내 정령이 말려 줄 거야."

그 말과 함께 아직 돌려보내지 않은 바람의 정령이 예하의 몸을 휘감더니 얼마 후에는 몸과 옷에 있는 수분을 말끔하게 날려 버렸다.

"이제 됐지? 헤루스, 할 얘기가 있어서 들르신 거죠?"

시르네가 묘한 미소를 지으며 인상을 쓰는 예하를 한 번 바라본 후 가온에게 물었다.

"맞아. 더울 텐데 맥주라도 한잔하면서 얘기할까?"

"당연히 최고지요!"

"역시 헤루스밖에 없어!"

"호호호! 고된 훈련을 마치고 몸을 씻은 후 마시는 시원한 맥주는 최고죠!"

다행히 셋 모두 맥주를 좋아했다.

가온은 아공간에서 커다란 가죽과 맥주통, 말린 과일 그리고 잔을 꺼냈다.

예하와 헤르나인이 더 안쪽으로 들어가서 편평한 곳에 가죽을 깔고 시르네아가 맥주통에 아이스 마법을 펼쳐 시원하게 만들어서 술자리를 만들었다.

네 사람은 잔을 가득 채운 시원한 맥주를 단숨에 마셨다.

"캬아! 심신의 피로가 이 한 잔에 모두 씻겨 내려가는 것 같네!"

예하의 멘트에 시르네아와 헤르나인이 동의한다는 듯 고

개를 끄덕였다.

"그런데 무슨 일이세요?"

"일반 전사들의 사기는 어때?"

"타이탄 때문에 신경이 쓰이세요?"

시르네아의 물음에 가온이 고개를 끄덕였다.

"익스퍼트의 벽을 앞두고 있는 전사들의 경우에는 타이탄이 강한 동기부여가 되는데 그 정도가 아닌 전사들은 타이탄을 타기에는 너무 멀다고 생각해서인지 기운이 없어 보여요. 뭐 그래도 지금은 던전 공략으로 획득한 명예 포인트 때문에 그런 분위기는 아니고요."

역시 생각한 것과 비슷했다.

"그래서 말인데 타이탄 제조창에서 이번에 타이탄의 열화판이라고 할 수 있는 기가스를 개발했어."

"기가스요?"

"그 스켈레톤과 비슷한 타이탄요?"

"버튼과 조이스틱을 사용해서 움직이는 것이라 반길 전사도 별로 없고 적응하는 데 꽤 많은 시간이 필요할 것 같은데……."

세 사람은 이미 알펜 시티에서 빌려 왔던 기가스를 본 적이 있었다. 그리고 그 제원까지도 말이다.

가온은 대뜸 부정적인 반응을 보이는 세 사람에게 새로운 기가스의 제원과 작동 방식을 알려 주었다.

"그게 정말이에요?"

"오늘 시승을 해 보려고 온 거야."

"저도 시승할게요!"

"저도요!"

시르네아는 물론이고 예하와 헤르나인까지 적극적인 반응을 보였다.

물론 그런 반응에는 합당한 이유가 있었다. 타이탄으로 인해서 전사단 전체의 전력을 크게 높아졌지만 대신 전력 차이가 엄청나게 벌어져 버려서 일반 전사들의 사기가 크게 낮아졌기 때문이다.

특히 스노족의 경우 타이탄을 지급받은 전사들의 모습에 결계술 대신 전사의 길을 선택하는 청년층이 많았는데, 익스퍼트는 되어야 라이더가 될 수 있다는 사실이 알려지자 크게 실망해서 혼란스러워했다.

"좋아. 이왕 시승하는 것이니 일반 전사들 앞에서 해 보도록 하지."

가온은 전사들이 휴식을 위해서 훈련장 주위의 나무 그늘로 들어가는 모습을 보고 세 사람과 함께 훈련장 중앙으로 향했다.

자신을 발견하고 황급히 자리에서 일어난 전사들이 달려오려고 하는 것을 본 가온이 의념을 보냈다.

'멈춰! 오늘은 새로운 타이탄을 시승할 예정이니 쉬면서 보도록! 새로운 타이탄은 마나 증폭 기능은 없지만 동화율이 아주 높고 라이더의 육체적 능력을 최대 네 배까지 높여 주니 잘 지켜보도록 해!'

가온의 의념에 발을 멈춘 전사들은 가온이 꺼내 든 카드를 주시했다.

호기심 어린 전사들의 시선을 받으며 가온이 소환한 타이탄은 바로 기가스였다.

하지만 아이테르의 기가스처럼 철골 뼈대만 있는 스켈레톤의 외형이 아니라 알파급 타이탄처럼 강판으로 만들어져 있었는데, 체고가 3미터 정도에 무척 날렵하게 생겼다.

버튼을 누르자 훤히 열린 상체 전면. 안으로 들어간 가온이 자리를 잡고 서자 전용 슈트가 자동으로 그의 몸을 감쌌다.

위이잉.

상체 전면부의 강판이 닫히고 얼마 후 기가스의 텅 빈 눈에서 푸른 안광이 번뜩였다.

기가스는 일어났다가 앉는 동작부터 시작해서 팔과 다리를 움직이더니 이내 체술을 펼치기 시작했다.

"동작이 아주 자연스러운데."

"역시 헤루스셔!"

"아니, 그게 아니라 전사장님들이 탑승한 알파급 타이탄보다 저 타이탄의 동작이 굉장히 자연스럽다고."

"흐음. 그러고 보니 그러네. 마치 변종 오크가 거대화 스킬을 펼친 것처럼 몸 자체가 커진 것처럼 자연스럽게 움직이고 있군."

처음에는 시큰둥했던 전사들의 눈빛이 차츰 뜨거워지기 시작했다. 그리고 기가스가 알파급 타이탄이 마나를 증폭해서 사용할 때와 비슷하게 달리고 도약하고 공중에서 회전하는 모습을 본 후에는 말이 많아졌다.

"마나를 사용하지 않고 저런 움직임이 가능하다고?"

체고가 3미터에 중량이 최소한 300킬로그램은 나갈 것 같은 강철 거한의 움직임이라고 믿을 수 없을 정도로 가볍고 빨랐다.

어느새 푹 빠져서 기가스의 기동 훈련을 지켜보던 전사들의 눈은 기가스가 대검을 들고 다양한 재질의 허수아비를 상대로 검술을 펼치는 모습을 보고는 튀어나올 듯 커졌다.

"목재는 물론 석재와 철재 허수아비까지 모두 한 방에 목을 날렸어!"

"우리도 기가스를 타면 저렇게 빠른 쾌검을 구사할 수 있는 거야?"

기가스는 동체가 작아서 그런지 숙달되지 않은 라이더가 탑승한 알파급 타이탄도 충분히 상대할 수 있을 것 같은 빠르고 민첩한 움직임을 보여 주었다.

검술 시연을 마친 가온은 이번에는 한쪽에 놓인 철구(鐵球)들 앞에 섰다. 전사 혹은 타이탄의 근력을 시험하기 위한 도구로 각각 무게가 다른 철구 중 가장 큰 것은 지름이 무려 3미터에 이르는 것도 있었다.

보통 알파급 타이탄은 지름이 1미터인 철구까지 들 수 있는데 기가스는 그 정도는 아니었지만 지름이 70센티미터인 철구까지 들 수 있었다.

'저 철구의 무게가 1톤 정도라고 들었는데 마나를 사용하지 않고 저걸 들 수 있다고?'

입이 떡 벌어질 수밖에 없었다.

그때 전사들의 머릿속에 가온의 의념이 전해졌다.

'앞으로 일반 전사들에게 이 기가스가 지급될 것이다!'

"우와아아아!"

어느새 나무 그늘 밖으로 나와 있던 전사들 중 일반 전사들이 일제히 환호성을 질렀다.

전사단 본관 회의실에 모인 대전사장들은 만면에 환한 미소를 머금고 있었다.

"사실 타이탄을 지급받지 못한 일반 전사들의 사기가 크게 낮아져서 골치가 아팠는데 이렇게 대단한 타이탄을 개발하시다니 정말 대단합니다!"

"마나를 증폭해서 사용하지 못할 뿐 라이더의 육체적 능력을 최대 네 배까지 발휘할 수 있다니 이건 정말 말이 안 되는 수준입니다!"

"모든 전사가 타이탄 라이더라니 생각만 해도 신이 납니다!"

대전사장은 예외 없이 강한 만족감을 드러냈다.

"오늘 기가스를 시승해 보니 몇 군데 손을 볼 데가 있어서 며칠 후부터 생산이 될 테니 전사들에게 한동안 기다려야 한다고 알려 주도록 해."

"그 정도는 얼마든지 기다릴 수 있을 겁니다!"

시르네아가 대전사장들을 대신해서 대답했다.

"그런데 전사단에 방문하신 용건이 기가스 때문만은 아닌 것 같은데요."

처음 봤을 때만 해도 눈치가 별로 없는 전형적인 전사였는데 시르네아도 그동안 많이 바뀐 모양이다.

"사냥뿐 아니라 도로를 건설하는 것과 관련된 의뢰가 있어."

"타이탄을 활용해서요?"

"타이탄은 물론 일반 전사들도 동원해야 할 것 같아. 사냥도 해야 하지만 험한 산과 늪지에 새로운 길을 뚫고 강에 다리를 놓아야 해."

가온은 대전사장들에게 이번에 받은 의뢰의 내용과 자신이 정찰한 결과를 알려 주었다.

"사냥의 경우 이제 오우거를 빼면 어려운 일은 아니네요. 그럼 이렇게 하면 어떨까요? 애초에 의뢰받은 3천 마리 규모의 오크 무리들과 도로 건설 예정지와 가까운 곳에 자리를 잡은 혼오크 무리, 그리고 역시 1천 마리 규모의 늑대 일곱 무리가 가장 성가시니 나가족과 우리는 부대를 열다섯으로 나누어 동시에 토벌을 하는 한편 스노족과 모라이족을 하나로 묶여서 스밀로돈과 샤벨타이거와 같은 마수를 정리하는 거죠."

베타급 타이탄 라이더들이 부대장을 맡을 테고 알파급 타이탄을 보유한 전사장들도 있으니 그 정도면 될 것 같았다.

이미 마수와 몬스터의 서식지에 대한 정보는 지도에 기록을 해 두었고 가온이 그 근처에 도착해서 임무를 맡은 이들을 소환하면 되니 시르네아의 말대로 하는 것이 좋을 것 같았다.

"그건 그렇게 하면 될 것 같은데 늪은 어때요?"

"늪? 늪이 왜?"

뜬금없이 예하가 늪을 언급했다.

"늪의 깊이나 상태도 궁금하고 혹시 늪에 서식하는 수생 마수는 없었나요?"

그러고 보니 공중에서 정찰을 했기 때문에 그 부분은 제대로 파악하지 않았다.

"그걸 체크하지 못했네."

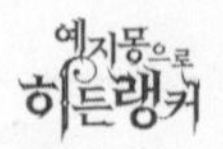

가온을 사실대로 말해 주었다.

“늪을 통과할 수 있는 단단한 땅을 만드는 것은 어렵지 않은데, 본디 늪에는 독충을 비롯한 독물들이 많아서 꼼꼼하게 확인해야 해요. 만약 사람들이 늪을 통과할 때 리자드맨과 같은 몬스터가 공격하면 막아 내기가 힘들 거예요.”

“그럼 그 부분은 예하가 알아서 맡아 줘.”

“맡겨 주세요. 나가라자, 아니 대전사장 다섯 명과 전사 300명만 있으면 돼요.”

예하가 자신만만한 얼굴로 말하자 가온은 시르네아를 쳐다봤다.

“그 정도 전력은 빠져도 토벌에는 문제가 없을 거예요.”

“좋아. 그건 그렇게 하고 건설용 타이탄을 조종할 이들이 필요해.”

“건설용 타이탄요?”

새로운 타입의 타이탄이 언급되자 대전사장들이 모두 큰 관심을 드러냈다.

“응. 암석이 많은 산에도 쉽게 무너지지 않을 정도의 큰 동굴을 뚫을 수 있는 타이탄도 있고 가로막는 것은 뭐든 분쇄할 수 있는 타이탄도 있어. 마지막으로 흙을 파고 땅을 다질 수 있는 타이탄도 개발되었지.”

“몇 명이나 필요한데요?”

“각각 다섯 명씩. 아니다. 교대를 해야 할 테니 익스퍼트

급으로 열다섯 명씩이 필요하겠네."

타이탄을 다루는 건 생각보다 어렵다. 특히 마나를 자유롭게 사용할 수 있는 익스퍼트급은 되어야만 제대로 타이탄의 위력을 끌어 낼 수 있었다.

"그건 저희끼리 한번 의논해 볼게요."

전사들이 건설용 타이탄을 운전하려고 할지는 알 수 없지만 시르네아 등이 맡는다니 마음의 부담을 덜 수 있었다.

"참고로 말하면 다양한 타입의 타이탄을 다루는 것이 타이탄 라이더로서의 능력을 높여 줄 거야."

본인이 경험한 것은 아니지만 가온의 생각은 그랬다.

"아무튼 내일 다시 들를 테니 그동안 부대 편성을 마쳐 줘."

"알겠어요!"

시르네아라면 알아서 잘 처리할 것이다.

다음 날부터 가온은 모둔과 함께 전사단으로 출근을 했다. 그는 전사들과 함께 수련을 하기 위함이었고 모둔은 날마다 1천 개 가까이 나오는 빈 상급 마정석을 충전해야만 했기 때문이다.

아레오와 아나샤는 여전히 벼리와 파넬 그리고 알테어와 함께 학회지를 연구하고 토의를 하느라고 하루가 어떻게 가는지도 모를 정도였다.

덕분에 모둔은 저녁부터 아침까지 가온을 독점할 수 있었다. 그리고 그동안 보여 주지 않았던 다양한 매력으로 가온에게 자신의 존재를 단단하게 각인시켜 버렸다.

모둔은 음양대법은 아니지만 벼리에게 구해서 수집한 지구의 방중서와 영상 자료, 그리고 그동안 정령체로 지켜봤던 것들을 통해서 자신이 어떻게 해야 가온이 좋아하고 만족할 수 있을지에 대해서 연구를 했기에 가온은 그야말로 모둔에게 푹 빠져 살았다.

그러는 동안 건설용 타이탄을 운용할 전사들이 선발되었는데 그들은 대부분 은퇴한 전사들이었다. 한창때는 익스퍼트 상급 이상의 실력을 가진 그들은 원로들의 권유로 새로운 일에 도전하기로 했고 마나를 사용하는 새로운 거대 기계에 크게 매료되었다.

알름과 연구진들이 직접 시승해서 1차로 타이탄 건설단에 편성된 60명의 타이탄 라이더들에게 시범을 보여 주고 교육을 시켰다.

건설용 타이탄도 동화 과정은 필수였다. 그래야 타이탄을 자신의 몸처럼 움직일 수 있었고 특히 증폭된 마나를 사용할 수 있었다.

당연히 많은 시행착오를 겪을 수밖에 없었지만 한창때는 전사장으로 활동했던 만큼 금방 적응해서 놀라운 작업 능력을 보여 주었다.

그들에게 타이탄은 재미있는 장난감 그 이상이었다. 단장인 카크렐부터 시작해서 추가로 선발된 단원까지 총 60명에 달하는 건설단원들은 며칠 동안은 밤에 잘 때도 타이탄을 기동하는 꿈을 꿀 정도로 강한 흥미는 물론 재미까지 느꼈다.

덕분에 아니테라의 농업은 물론 도로 건설에도 큰 도움이 되었다. 타이탄 열 대가 하루 종일 작업을 하고 나면 반듯하고 넓은 농경지는 물론 도로까지 뚝딱 만들어졌다.

가온도 시험 삼아서 몇 번 도전했는데 머리에 그린 경작지와 도로들이 아주 빠르게 만들어지는 것이 생각보다 훨씬 더 성취감도 느껴졌고 무엇보다 재미가 있었다.

그렇게 건설용 타이탄들이 기동하는 모습을 지켜보던 가온은 어느 순간 타이탄들을 활용해서 아니테라에도 사람들이 모일 수 있는 중심지를 건설하면 어떨까 하는 생각을 했다.

'언제 다른 차원에 정착할지도 알 수 없는 상황이니 사람들이 모일 수 있는 장소를 만들어 보자!'

현재 네 종족의 주거지는 멀찍이 떨어져 있다. 그래서 같은 아니테라의 주민이라는 동질성을 느끼고 화합할 수 있는 기회가 없었다.

만약 상점을 포함해서 불편한 일을 처리할 수 있는 관청이 모인 중심지가 만들어진다면 자연스럽게 서로 교류할 수 있는 상황이 만들어질 것이다.

처음 아니테라로 건너올 때를 기준으로 엘프족 1만, 모라이족 1,200, 나가족 1만 명, 스노족 5천 명 정도로 파악했는데 지금은 얼마나 늘었을지 궁금해서 모둔을 통해서 알아보았다.

그런데 그 결과가 너무 뜻밖이었다. 네 종족 모두 3할에서 4할까지 늘어났다. 대략 2만 6천여 명이었던 인구가 3만 3천을 넘긴 것이다.

처음에는 깜짝 놀랐지만 조금 생각해 보자 인구 증가의 원인을 이해할 수 있었다. 삶이 풍요롭고 안정이 되어서 그런지 결혼하는 쌍도 많이 늘었고 새로 태어나는 아이들이 많았다.

'빨리 다른 네 종족을 찾아야겠네.'

엘프족이야 원래 10개 부족이어서 조금 다르지만 나머지 세 종족은 인구 자체가 적기 때문에 어쩔 수 없이 촌수는 멀지만 혈연관계가 있는 이들이 결혼을 하고 있다. 순혈은 장점보다는 단점이 훨씬 많은 만큼 배우자 선택의 폭을 넓힐 필요가 있었다.

나중을 생각해서 이왕 중심지를 건설할 거라면 설계부터 시작해서 전문가들의 도움을 받는 것이 좋았다.

'아이테르에 이런 쪽 전문가가 있는지부터 확인해 봐야겠네.'

네 종족이 모이고 교류할 수 있는 중심지 건설을 생각하자 새로운 열정이 샘솟았다.

나중에 어떻게 될지는 알 수 없지만 아니테라는 자신의 영지였고 영지를 발전시키는 것 역시 자신의 책임이었다.

그렇게 시간을 보내다가 마침내 아이테르 차원으로 건너가려고 했을 때 알테어가 찾아왔다.

'내가 도와줄 일이라도 있어?'

-그게 아니라 주인님에게 도움이 되는 내용을 찾았습니다.

'뭔데 그래?'

-제가 사령술에 빠지기 전에 잠시 연구했었던 내용인데 마나석을 상급 마정석처럼 반영구적으로 사용하는 방법에 대한 겁니다.

'그럼 마나석을 다시 충전해서 쓸 수 있는 방법이 있단 말이야?'

이게 사실이라면 엄청난 일이다. 특히 알파급 타이탄의 구동원인 중급 마정석의 경우 가격은 그리 높지 않지만 재활용을 할 수 없어서 지속적으로 필요했다.

-네. 마정석은 생물체, 특히 마기를 받아들인 생물체의 몸에 형성되기 때문에 불순한 마나가 많이 섞일 수밖에 없어서 마나의 양이 엄청나게 담긴 상급이라면 몰라도 다른 등급은 재활용을 할 수 없습니다.

그래서 탄 차원에서도 마법을 수련하는 학생들은 수련과

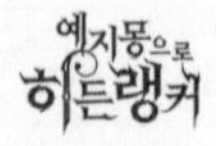

별도로 일정한 시간을 할애해서 마정석에 순수한 마나를 주입시켜 불순한 기운을 최대한 배출하는 단순 작업을 해야만 한다. 그렇지 않으면 에너지 효율이 너무 낮아서 쓰기가 힘들었다.

'어떤 방법이지?'

-좀 복잡합니다. 일단 마나석 내부의 마나를 거의 남지 않도록 완전히 방출한 후 바스러지기 직전에 대지 속성을 가진 마나로 결합이 풀린 마나석 내부의 물질들을 단단히 붙잡아야 합니다.

'대지 속성의 마나로 그게 가능해?'

이론적으로는 가능합니다. 원래 마나석은 금이나 은처럼 마나 친화성이 높은 금속이 지하에서 강한 압력을 받는 과정에서 주위의 마나를 끌어당겨 만들어졌으니까요. 그리고 대지 속성의 마나는 마나석 내부의 물질 결합을 단단하게 유지할 뿐 아니라 일단 결합에 관여하면 방출되지 않습니다.

'문제는 없어?'

-당연히 있지요. 마나석을 구성하는 물질의 결합이 해체되기 직전의 상태가 되도록 정확하게 마나를 방출하는 것이 가장 큰 문제입니다. 조금이라도 마나가 덜 방출되면 기존 물질의 결합이 해체되지 않을 것이고, 더 방출되면 결합이 해체되어 바스러지고 말 테니까요.

어렵다. 마나를 눈으로 보듯 변화를 읽을 수 있어야만 가능한 작업이었다.

–저도 리치가 되기 전까지 사기가 많이 담긴 마정석이 많이 필요해서 그에 대한 연구를 한 적이 있습니다. 다만 이론과 달리 미세한 마나 운용이 가능해야 해서 포기하고 말았지만요. 다행히 주인님은 대지 속성의 마나를 다루시며 심안 스킬로 미세한 마나의 상태 변화를 확인할 수 있으니 가능하지 않을까요?

확실히 가능하긴 했다. 단순 작업이고 심력이 크게 요구되기 때문에 다른 일과 병행해서 하려면 하루에 몇 개밖에 작업할 수 없지만 말이다.

그렇다고 한창 타이탄 기동에 재미가 들린 상태에서 다른 데 정신을 파는 것도 마땅치 않았다.

'아직까지는 마정석이 부족하지 않아!'

의뢰를 마치면 더 들어올 마정석도 있으니 상급은 부족하지 않았고 중급 마정석이야 이번 의뢰를 수행하면서 사냥을 하면 엄청난 숫자가 다시 채워질 것이다.

그래서 보류하거나 포기하려고 했는데 예상치 않았던 사람이 나섰다.

"온 랑, 제가 할 수 있을 것 같아요."

둘의 의념대화를 듣고 있던 모둔이었다.

"가능하겠어?"

"이 일에 대해서는 온 랑보다 제가 더 적합할 것 같아요."

하긴 생각해 보니 모둔은 거의 모든 속성의 마나를 다룰 수 있었다.

"모둔이 현재 하는 일이 너무 많잖아."

현재 모둔이 하는 일은 네 사람이 사는 집의 살림과 아니테라의 여주인으로 각 종족의 원로들과 협의해서 아니테라의 일을 처리하는 것 그리고 상급 마정석의 충전하는 일까지 세 가지나 된다.

"할 수 있어요, 온 랑. 제게 맡겨 주세요."

−모둔을 생각하지 못했군요. 맞습니다. 모둔이라면 충분히 할 수 있을 겁니다.

아무리 생각해도 모둔이 자신의 여자가 된 것은 분에 넘치는 복이었다. 인간을 초월하는 신비한 미모와 언제나 자신을 뜨겁게 만드는 농익은 몸은 물론 남자를 절대로 질리지 않게 만드는 다양한 매력을 가지고 있는 모둔이었다.

마치 여신과도 같은 모둔은 오직 자신만을 지고지순하게 사랑하고 있으니 어찌 사랑하지 않을 수 있으랴.

가온은 모둔에게 한없는 애정을 다시 느꼈다.

−크흠! 아무래도 제가 이곳에 있으면 안 되겠군요.

'후후후. 감정이 없는 리치답지 않게 눈치가 귀신이네. 아무튼 앞으로 나는 물론 타이탄 라이더들에게도 큰 도움이 되는 내용이었어. 고마워, 알테어.'

−고마우시면 제 영혼을 담을 수 있는 좋은 육체를 찾아

주십시오.

'알았어. 노력하지.'

—그럼 좋은 시간 보내십시오.

그렇게 알테어가 사라지자 이미 불이 붙은 가온과 모둔은 자연스럽게 침실로 향했다.

이제는 완전히 몸으로 나누는 사랑의 대화에 익숙해진 두 사람이 들어간 침실에서는 뜨거운 열풍이 아주 오래도록 불었다.

협곡로峽谷路

"오늘 바로 시작하신다고요?"

격식을 별로 따지지 않는 용병 출신답게 투툼 용병길드장이자 현 시장인 박트 시장은 함께 아침 식사를 하러 왔다가 가온의 말을 듣고 깜짝 놀랐다.

"네. 이미 타이탄 전사들은 길을 낼 악스혼산 기슭에 도착해서 주위의 마수와 몬스터를 정리하고 있습니다."

에보른 시티는 라치온에서 동북쪽에 위치해 있는데 가온이 건설하려는 마차로는 고원의 동쪽에 위치하며 황소의 뿔처럼 생겨 악스혼이라는 이름이 붙은 산을 오르는 것부터 시작한다.

"하하하! 정말 실행력이 끝내주는군요. 그런데 타이탄을 건설용으로 활용한다는 것이 너무 신기한데 참관을 해도 되겠습니까?"

아직 건설용 타이탄을 공개하지 않았으니 당연히 신기하고 궁금할 것이다.

"의뢰주인데 그 정도야 당연하지요."

건설용 타이탄이 공개되는 것은 별로 신경이 쓰이지 않는다. 언젠가 알려질 사실이기도 하고 양산해서 판매할 생각도 있었는데 차라리 잘된 일이다.

"그럼 저도 구경해도 되나요?"

아이린이 눈을 빛내며 물었다.

"물론입니다. 원하는 사람은 다 와서 구경해도 됩니다."

물어본 아이린은 물론 다른 세 용병 라이더도 타이탄으로 어떻게 길을 뚫는다는 것인지 굉장히 궁금한 얼굴이었다.

"정확히 언제 시작합니까?"

"주변의 마수와 몬스터를 정리하는 데 시간이 좀 걸릴 테니 점심 식사를 하고 시작하려고 합니다."

"그럼 보고 싶은 이들에게 그 사실을 알리겠습니다."

이번 일은 라치온 시티 입장에서도 굉장히 중요했다. 인근에서 가장 큰 도시이자 생필품의 최대 생산지인 에보른 시티까지 연결되는 안전한 길이 뚫리면 현재 라치온 시티가 당면한 많은 문제가 단번에 해결되기 때문이다.

정오가 되기 전부터 라치온 시티의 동쪽에 위치한 악스혼 산의 입구에는 많은 사람들이 몰려들었다. 절반 이상은 용병이었지만 일반인들도 꽤 많았다.

"과연 악스혼산에 마차로를 낼 수 있을까?"

"특수한 타이탄을 사용한다고 했으니 기대는 해 봐야지."

"그런데 왜 스네이크 협곡에서 작업을 시작한다는 거지?"

모인 사람들은 기대와 의심이 가득한 눈으로 가온이 나타나길 기다렸다.

그 시각, 악전고투 끝에 악스혼산을 넘어온 상행 하나가 있었다. 룩스보다는 작지만 힘이 좋고 지구력이 뛰어나서 산악 지형에서 짐을 옮길 때 유용한 무차의 등에는 짐이 가득했고 일꾼들도 짐을 머리 위까지 지고 있었다.

악스혼산은 높기도 하지만 인력으로 어찌할 수 없는 거대한 바위들이 곳곳에 널려 있어 길을 제대로 낼 수가 없어서 겨우 무차 한 마리가 지날 수 있는 좁고 오르내림이 심한 길만 나 있었다.

악전고투 끝에 악스혼산을 넘어온 상행은 두 달여에 걸친 일정의 마지막 구간을 통과하고 있었다.

하지만 아직 상행이 끝난 것은 아니다. 현재 지점은 고원에서 1시간 거리에 있어 더 이동해야만 라치온 시티로 들어갈 수 있었다. 그래서 휴식을 하는 것이다.

땀과 함께 배출한 염분을 보충하기 위해서 소금물과 함께 딱딱한 빵으로 주린 배를 채우다가 길잡이가 놀라서 외치는 소리에 사람들의 시선이 멀지 않은 곳으로 향했다.

"스네이크 협곡 입구에 사람들이 몰려 있어!"

"우리를 기다리고 있었던 것은 아니고 대체 무슨 일이야?"

"사람들의 차림이나 웅성거리는 분위기를 보면 칼을 들 일은 아닌 것 같은데."

악스혼산의 반대편에서 그들이 있는 곳까지는 꼬박 일주일이 걸린다. 산이 크기도 했지만 곳곳에 깊이 박힌 바위와 암석군으로 인해 오르내림이 심한 좁은 길로만 통행할 수밖에 없어서 하루에 이동할 수 있는 거리가 짧았던 것이다.

"빨리 내려가자!"

"서두르다가 사고 나! 천천히! 무차가 추락하지 않게 잘 붙잡아야 해!"

무차는 작은 체구에 비해서 힘도 좋고 지구력도 좋았지만 무거운 짐을 지고 경사지를 내려갈 때는 무척 위험했다. 체중에 비해 무겁고 부피가 큰 짐을 졌을 때는 쉽게 미끄러지거나 넘어질 수 있었기 때문이다.

더구나 마지막 내리막의 한쪽은 계곡과 연결된 가파른 경사지로 길이 좁아서 종종 무차가 미끄러져서 계곡으로 추락을 하는 경우가 있었다. 만약에 추락하면 무차와 함께 짐까지 박살 날 수 있었다.

그렇게 상행이 30분 정도 내려갔지만 구불구불하고 험한 길이었기에 막상 내려온 거리는 얼마 되지 않았다. 하지만 길이 너무 험해서 속도를 낼 수가 없었고 자칫 추락하기 쉬운 지형이라 다들 땀투성이가 되어 있었다.

원래 이 길이 그렇기에 중간에는 제법 넓은 공터가 있었다. 늘 그렇듯 상행은 그곳에서 잠시 쉬기로 했다.

그런데 라치온 쪽에서 한 무리의 상인들이 올라왔다. 라치온에서 출발한 다른 상행이었다.

"호번!"

라치온으로 향하는 상행의 호위를 맡은 다크팬서 용병단의 부단장 제이미가 아는 얼굴을 보고 그를 불렀다.

"제이미!"

다크펜서 용병단처럼 무차 100여 마리로 구성된 상행을 호위하고 있는 하이락 용병단의 단장인 호번이 반가운 얼굴로 그를 향해 달려왔다. 두 사람은 용병 아카데미 시절부터 지금까지 줄곧 친구였다.

"오늘 출발하나?"

"맞아. 오크 무리가 길 주변에 자리를 잡았다고 하더니 다행히 별일이 없었던 모양이군."

"다행히 두 달이 같이 뜨는 시기라서 위험 구간에서는 낮에 자고 밤에 이동을 했네. 무차는 아예 입마개를 씌웠지."

오크는 밤에도 움직이기는 하지만 주행성 몬스터라 밤에

조용히 이동하면 어느 정도는 안전했다.

"그랬군. 고생했네. 내려가서 푹 쉬게."

"그래야지. 하도 긴장을 했더니 술이 아주 간절하네. 그런데 무슨 일이라도 있는 거야?"

"에보른 시티까지 연결되는 새 길을 낸다고 하네. 당연히 악스혼산 구간부터 공사를 시작하는 것이고."

"에보른까지 새로운 길을 낸다고? 내가 맞게 들은 거야?"

악스혼산을 아는 사람이라면 제이미처럼 놀랄 수밖에 없었다. 당장 두 사람의 대화를 들은 사람들 모두 놀란 얼굴이 되었으니 말이다. 그들이 알고 있는 악스혼산은 태반이 바위인 악산(惡山)이어서 상식적으로 길을 내는 건 불가능했다.

"맞아. 나도 신기해서 구경을 하고 싶은데 하필 오늘 출발하게 되어 안타깝네."

"대체 어떤 미친놈이 에보른까지 길을 뚫어?"

"타이탄을 사용한다고 하더라고."

"아니, 어떤 시티가 그런 일에 타이탄을 동원해?"

라치온 시티가 보유한 타이탄은 알파급에 몇 기 되지 않는다는 사실은 다들 알고 있었다. 그 타이탄들로는 절대로 길을 낼 수가 없었다.

"빌려주는 것이 아니라 우리 시티의 의뢰를 받아서 하는 거라네."

"누가? 설마 상대가 타이탄을 보유한 용병이야?"

이때만 해도 제이미는 타이탄 1기를 의미하는 줄 알았다.

"실버급 용병이기는 한데 원래 신분은 한 시티의 후계자이자 타이탄 전사단장이라고 들었어. 베타급 타이탄 라이더이고."

"에이, 그럼 용병이 아니지. 그럼 그렇지. 타이탄을 보유했다는 용병은 내 한 번도 못 들었어."

"무슨 소리야! 알펜 지부의 용병 네 명도 타이탄 라이더인데."

"저, 정말? 내가 에보른 시티에 있을 때만 해도 그런 소문은 못 들었는데."

제이미는 호번의 말을 듣고 경악했다. 용병이 타이탄 라이더라는 얘기는 한 번도 들어 보지 못했지만 사실인 것 같았다.

"하긴 에보른에서 여기까지 오는 데 두 달은 걸리니 자네는 당연히 못 들었겠네. 얼마 전에 알펜에서 타이탄 경매가 열렸어. 그리고 로랑 지부장과 알폰소, 샘슨, 아이란까지 네 골드급 용병들이 낙찰받는 데 성공했지. 그 네 명은 얼마 안 있어서 릴센에서 발생한 몬스터 웨이브에서 타이탄으로 크게 활약을 했어."

"맙소사! 그게 두 달 안에 벌어진 사건이라고? 그런데 열두 마녀가 경매로 타이탄을 판매할 리가 없는데. 게다가 용병에게 타이탄을 팔다니 미쳤나?"

“열두 마녀가 아니야. 마르트 산맥 깊숙한 곳에 있는 아니테라라고 하는 시티에서 제작한 타이탄이야. 타이탄을 경매에 올린 사람이 바로 우리 시티의 의뢰를 받아서 에보른 시티까지의 길을 새로 뚫는 의뢰를 맡은 온 훈이라는 인물이고.”

호번의 설명에 어느새 주위로 몰려든 사람들이 믿을 수 없다는 얼굴로 고개를 저었다.

“하아! 우리와 같은 용병도 타이탄을 보유하게 되다니 참으로 신기하네. 그나저나 다들 왜 협곡 쪽에 모여 있는 건가?”

“오늘 오전에 의뢰를 받은 온 훈이라는 라이더가 스네이크 협곡 안을 정리하겠다고 들어간다고 들었는데 그를 기다리는 것 같군.”

“독사와 독충이 득실대는 저 스네이크 협곡을 말인가?”

“그래. 금방 끝내고 나올 거라는 말을 남기고 들어갔어.”

“미친 거 아니야?”

제이미가 그렇게 말하는 이유가 있었다.

스네이크 협곡은 라치온 시티가 위치한 고원과 악스혼산의 반대쪽까지 연결되는 길고 구불구불한 협곡으로 다양한 종류의 독사들은 물론 이름조차 알려지지 않은 독충들이 서식하는 아주 위험한 장소였다.

“온 훈이라는 라이더가 설사 베타급 타이탄을 사용한다고 해도 스네이크 협곡의 독사와 독충을 정리하는 건 불가능해. 자네도 알지 않나. 에보른을 포함한 여섯 개 시티의 마탑에서 정예 100여 명과 실버급 용병 300명을 동원해서 협곡으로 들어갔다가 열여섯이나 죽고 나머지는 혼비백산해서 도망쳐 나왔다는 사실을, 심지어 타이탄도 10기나 동원되었잖아."

스네이크 협곡은 라치온 시티에 사람들이 정착하면서부터 한번 들어가면 절대로 빠져나올 수 없다고 알려진 위험한 곳이다. 일반적인 독사가 아니라 마수가 된 놈들이 수없이 많이 서식하고 있었기 때문이다.

"나도 당연히 알지. 그런데 어쩐지 기대가 되어서 말이야. 그리고 그가 협곡을 정리해야 보름, 아니 2주 후에 라치온에서 열리는 경매에 올라올 예정인 타이탄 50기 중 1기라도 어떻게 해 볼 생각을 할 수 있을 테니까."

"오, 50기? 정말 타이탄 50기를 경매에 내놓겠다고 했나?"

제이미의 눈이 휘둥그레졌다.

"그래. 그것도 상급이 아니라 중급 마정석으로 열두 마녀가 만들어 낸 타이탄보다 2할 정도 강력한 전력을 가진 타이탄이 무려 50기나 경매에 나온다네. 그중 절반이 우리 용병들에게 배정이 됐어."

"미, 미친!"

제이미는 도저히 믿을 수가 없었다. 열두 마녀도 아닌, 이름조차 처음 듣는 시티에서 한 번에 무려 50기나 되는 타이탄을 경매에 내놓다니 말이다. 거기에 용병에게 25기를 배정하다니!

제이미만 그런 것이 아니다. 호번의 얘기를 듣고 있는 상인과 짐꾼 그리고 호위 용병들 모두 같은 반응이었다.

그때였다.

"나온다!"

쿵! 쿵! 쿵!

사람들의 시선이 일제히 협곡 쪽으로 향했다. 협곡을 빠져나오고 있는 강철 거인은 분명 타이탄이다. 그것도 체고가 무려 7미터에 이르는 베타급 타이탄.

그런데 이상하게 타이탄은 1기에 불과했다.

"설마 타이탄 1기로 협곡의 독사와 독충 들을 모조리 죽여버린 것은 아닐 테고 도망쳐 나온 건가?"

"아마 그럴 테지. 어차피 수없이 많은 독사와 독충 그리고 독을 품은 마수들이 서식하는 저 계곡은 에보른 시티로 통하는 길로 사용할 수 없을 테니까."

사실 스네이크 협곡을 이용하면 험한 고개를 넘지 않아도 된다. 협곡이 구불구불하기는 하지만 협곡을 이용하면 악스혼산의 반대편 중턱까지 단숨에 도착할 수 있다.

하지만 수없이 많은 독사와 마충을 제외하더라도 산에서 굴러떨어진 거대한 바위들이며 깊게 파인 거대한 웅덩이 그리고 그런 웅덩이에 서식하는 독을 품은 수많은 생물들을 생각하면 사람이 통행하는 길로는 사용할 수 없었다.

그런데 베타급 타이탄 라이더가 협곡 입구에 있는 시장 일행과 가까워졌을 때 협곡 안쪽에서 커다란 소음들이 연신 들려왔다.

위잉! 위이잉! 꽈지직! 꽈직!

뭔가 단단한 것이 갈리고 부서지는 소리였다.

"서, 설마 타이탄이 1기가 아닌 거야?"

"그런가 보네. 아무래도 타이탄들이 협곡의 바위를 깨뜨리는 소리 같은데."

그사이에 협곡 입구로 나온 타이탄의 조종실이 열리며 라이더가 나와서 뛰어내리더니 이내 카드와 같은 아이템을 이용해서 타이탄을 수납해 버렸다.

"저, 저, 저게 뭔가? 설마 전용 아공간 카드인 거야?"

"나도 아니테라에서 제작한 타이탄은 전용 아공간 아이템이 있다는 소리를 듣기는 했지만 알파급만 있는 줄 알았는데 베타급도 있을 줄이야!"

제이미도 경악했지만 그의 질문에 대답을 하는 호번이라는 용병의 눈도 튀어나올 듯 커져 있었다. 전사뿐 아니라 용병들에게도 타이탄은 꼭 가지고 싶은 존재였기에 열두 마녀가 현재 개발 중이라는 전용 아공간 아이템에 대해서는 두 사람도 잘 알고 있었다.

그들뿐 아니라 다른 사람들도 그 사실을 잘 알고 있었는지 경악한 얼굴로 시장과 얘기를 나누는 금발의 젊은 라이더에게 시선을 떼지 못했다.

그런데 무슨 얘기를 했는지 라이더와 시장 등 시티 수뇌부들이 계곡 안쪽으로 걸어가기 시작했다. 물론 그러는 동안에도 계곡 안에서는 연신 귀를 먹먹하게 만드는 소음이 흘러나오고 있었다.

'젠장! 궁금해서 미치겠네!'

호번은 협곡의 상황이 너무나 궁금해서 당장이라도 달려가고 싶었지만 에보른으로 향하는 상단의 호위 의뢰를 받았기 때문에 그럴 수가 없었다.

'그 온 훈이라는 전사가 말하길 새 길을 뚫으면 에보른까지는 사나흘이면 갈 수 있다고 하던데 괜히 고생하는 거 아닐까?'

두 달은 잡아야 도착할 에보른 시티까지 사나흘이면 갈 수 있다는 말은 누구도 믿을 수 없었다. 그래서 호위 의뢰를 받았다. 상단 역시 마찬가지고.

'무리하면 이번 경매에서 낙찰을 받을 수도 있을 것 같은데 너무 일찍 포기했나?'

같은 골드급 용병이지만 안면 정도만 텄던 네 타이탄 용병

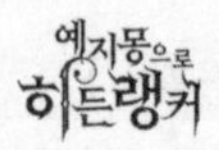

이 평균 50만 골드로 타이탄을 낙찰받았다는 얘기를 듣고 용병단의 자금과 개인 자금을 실사했는데, 무리를 좀 하면 그 정도는 될 것 같았다.

타이탄을 낙찰받지 못하더라도 경매에는 꼭 참석하고 싶었는데, 상단에서 건 보상이 너무 좋았다. 최근 에보른과 통하는 길 주위에 오크 무리가 자리를 잡은 사실이 알려졌기 때문에 보수는 평소보다 훨씬 더 높았다.

하지만 이미 계약을 했고 출발한 상태이기 때문에 자신의 꿈을 접을 수밖에 없었다.

그런데 막 다시 출발하려고 했을 때 상단에서 보낸 전령이 도착했다.

"상단주께서 출발을 미루라고 하시네요."

이번 상행을 책임진 상두의 말에 호번은 내심 환호했다. 아마 상단주도 잠깐 지켜보자는 입장으로 마음을 바꾼 것 같은데 덕분에 자신도 협곡에서 벌어지는 일 정도는 구경할 수 있게 된 것이다.

"그럼 전 따로 움직여도 되겠습니까? 물론 시티까지 되돌아가는 동안은 우리 단원들이 호위할 겁니다."

"그렇게 하세요. 어차피 라치온 시티가 지척인 걸요."

그렇게 두 상단의 상행은 거의 동시에 악스혼산을 내려왔다.

"어딜 가려고? 따로 볼일이 있는 거야?"

고원으로 내려오자 옆으로 따라붙은 제이미가 물었다.

"협곡의 상황이 궁금해서."

"으음. 나도 궁금하네."

제이미와 용병들은 원래 상행이 상단 지부에 도착할 때까지 호위하는 것이 원칙이지만 이번에는 양해를 구하고 사람들을 따라 협곡 안으로 들어갔다. 고원으로 내려온 이상 라치온 시티는 지척이고 별다른 위험 요소가 없어서 가능했던 일이었다.

"뭐지? 협곡 안이 원래 이랬나?"

제이미는 본격적으로 협곡 안으로 진입했음에도 걷기가 편한 길이 나타나자 고개를 갸웃거렸다.

계곡의 폭은 대략 20무 정도로 한쪽 가장자리에는 우기에 꽤 많은 물이 흐르는 물길이 있었다. 그런데 물길의 깊이가 1무 정도에 폭은 3무 정도라서 나머지 공간은 마차 두 대가 나란히 지나가도 넉넉할 정도로 넓었다.

워낙 무서운 소문이 있는 협곡이기에 안에 들어가 본 사람은 거의 없었지만 그래도 바닥이 이렇게 완만하고 평탄하다는 얘기는 듣지 못했다.

사람들이 아는 내용은 협곡 안에는 크고 작은 바위들이 이리저리 쌓여 있고 그 틈새에 엄청난 숫자의 독사와 독충 들이 서식한다는 것이다.

그런데 지금 제이미가 걷고 있는 길은 살짝 내리막이기는 했지만 경사도 낮고 아주 편평해서 마차도 다닐 수 있을 정도였다. 높이가 10무가 넘는 협곡의 양쪽 벽 위에서 굴러떨어져 쌓인 바위는 눈을 씻고 찾으려고 해도 보이지 않았다.

"설마 우리가 이제까지 스네이크 협곡에 대해서 잘못 알고 있었나?"

"……."

제이미의 혼잣말에 뭐라고 반응하려던 호번은 입을 몇 번 벙끗거리다가 결국 아무 말도 하지 못했다. 자신도 비슷한 의문을 가지고 있었기 때문이다.

그런데 그 해답을 곧 알 수 있었다.

"흐헙! 저, 저게 대체 뭐야?"

"저런 건 처음 봐!"

걸음을 멈춘 사람들이 웅성거리고 후미에 따라붙은 제이미와 호번 일행도 생전 처음 보는 거대한 무언가에 깜짝 놀랐다.

사람들의 눈에는 처음 보는 거대한 기계가 움직이고 있었다. 마차를 닮은 것 같기도 한데 앞뒤의 길이가 대략 7무에 이르고 높이는 4무에 달할 정도로 거대하다는 것 그리고 스스로 움직인다는 점에서 명백하게 달랐다.

다른 점은 많았다. 철판을 이어붙인 것같이 길게 이어진 바퀴가 돌아가면서 이동했고 앞쪽에는 무언가 맹렬하게 회전을 하면서 앞을 가로막는 바위들을 모조리 분쇄시키고 있었다.

피어오르는 흙과 돌가루와 함께 잘게 부서지는 바위 중에는 2층 건물 크기의 것들도 있었는데 예외는 아니었다. 그러니 바위틈에 뿌리를 내린 나무나 넝쿨식물들이야 너무나 쉽게 분쇄가 되어 버렸다.

생전 처음 보는 희한하고 신기하며 두려운 모습에 공황 상태가 된 사람들의 정신을 깨우는 얘기가 앞쪽에서부터 전해졌다.

"건설용 타이탄이래!"

"저 돌아가는 거대한 드릴이 앞으로 가로막는 건 뭐든 저렇게 분쇄시킨다는군."

운전을 멈추고 나서야 볼 수 있는 거대한 드릴이 고속으로 회전을 하면서 구불구불한 협곡에서 안으로 튀어나온 부분의 흙과 돌 그리고 나무 들을 부수고 있었다.

협곡의 높이가 10여 미터에 달하기 때문에 무너져 내리는 윗부분의 흙과 바위들도 고속으로 회전하는 드릴에 맞아 부서져 사방으로 날아갔다.

'하아! 아니테라라는 시티에서는 저런 타이탄까지 만들어내고 있단 말이네.'

타이탄에 대한 제이미의 고정관념은 깨졌지만 그래도 쉽게 받아들이기는 어려웠다. 눈으로 직접 보면서도 마치 꿈을 꾸는 것처럼 현실성이 없었기 때문이다.

그렇게 50무 정도의 거리 안에 있는 장애물들을 모조리 분쇄시킨 거대한 드릴 타이탄이 뒤로 물러나고 카드로 수납이 되자 이번에는 다른 타이탄이 소환되었다.

"저것도 희한하게 생겼네!"

이번에는 드릴 대신 거대한 강철 칼날 다섯 개가 달려 있는 구조물이 장착된 타이탄이었는데 칼날이 고속으로 회전하며 움직이기 시작하자 드릴이 부순 바위며 나무의 파편들이 손톱 크기로 잘게 부서지기 시작했다.

순식간에 드릴 타이탄이 작업한 구간에 널린 바위와 나무들이 잘게 부서져 바닥에 깔렸는데, 작업 중에 발생한 파편 가루는 협곡 양쪽 가장자리를 따라 움직이는 엘프 혼혈로 보이는 이들이 바람과 물의 정령을 불러 가라앉혔다.

그렇게 구불구불한 협곡의 튀어나온 부분을 분쇄해서 일직선으로 만드는 작업이 끝나자 다른 타이탄들이 소환되었다.

"저것도 희한한 구조물을 장착했네."

새로 소환된 타이탄들의 앞쪽에는 중간 부분이 안으로 구부러진 삽과 같은 대형 구조물이 달려 있었고 뒤에는 둥근 물체가 달려 있었다.

흙과 돌가루가 가라앉고 그 타이탄들이 움직이자 분쇄된 작은 파편들이 앞쪽과 옆으로 밀려나며 바닥이 편평해졌고 뒤에 매달려 있는 돌아가는 둥근 물체가 굴러가면서 깔려 있는 파편들을 잘게 부수는 한편 바닥을 눌러서 편평하게 다졌다.

그 타이탄들은 앞뒤로 서너 번 왕복을 하고 옆으로 이동해서 동일한 작업을 했는데 작업을 한 바닥은 제이미 일행이 앞서 걸어왔던 것과 동일한 편평한 길로 변해 버렸다.

"드릴을 장착한 타이탄이 부순 바위의 파편이 잘게 부서져서 편평하게 펴졌어. 뒤에 매달린 저 둥근 물체가 엄청나게 무거운가 보다!"

"엄청나네!"

거대 마수나 몬스터를 상대로 싸우는 타이탄을 봤을 때도 압도당했지만 이번에도 비슷했다. 사람의 힘으로는 도저히 할 수 없는 일을 저 타이탄은 순식간에 해낸 것이다.

그렇게 앞에는 삽과 같은 구조물과 뒤에는 굴러가는 둥근 물체를 매단 타이탄이 작업을 마치자 이번에는 거대한 팔을 가진 타이탄이 소환되었다.

"저 타이탄도 외형이 참 희한하네."

그런데 거대한 팔 끝에 달려 있는 삽이 순식간에 시퍼렇게 빛나며 오러가 흘러나왔다.

"삽으로 검기를 발출했어!"

다시 한번 라치온 사람들의 고정관념이 깨졌다.

그러거나 말거나 타이탄은 팔에 달린 거대한 삽으로 계곡 한쪽 가장자리에 깊이 1미터에 폭 3미터의 고랑을 파기 시작했다.

바닥은 암반인 경우가 대부분이었지만 타이탄은 마치 흙바닥인 것처럼 쉽게 고랑을 완성했고 갈 길을 모르던 계곡물은 경사가 낮은 고랑 쪽으로 흐르기 시작했다.

"하아! 바닥이 편평해 보이지만 실제로는 중간이 약간 솟아 있고 양쪽의 도랑 쪽으로 기울어져 있고 바닥이 잘게 부서진 돌이 층층이 쌓여서 비가 내려도 진창이 될 염려가 전혀 없네."

"그냥 작업을 하는 것이 아니라 길의 경사를 마차로 충분히 오르내릴 수 있도록 신경을 쓰다니."

"그냥 타이탄 라이더가 아니라 이런 도로 건설의 전문가야. 한두 번 이런 작업을 해 본 게 아닌 것 같아."

사람들은 생전 처음 보는 광경에 놀랐지만 그것도 시간이 지나고 네 종의 건설용 타이탄이 만든 작업 결과물을 확인하고는 경악할 수밖에 없었다.

위험한 장애물과 지형으로 인해서 오르락내리락해야 하고 구불구불하게 돌아야 하는 길 대신 편평하고 넓은 협곡길을 통해서 빠르게 악스폰산의 반대편 중턱까지 이동할 수 있었다.

"하아! 이 협곡 길이 완성되면 반나절 정도면 악스혼산을 넘을 수 있겠어."

"반나절이 뭐야. 두세 시간이면 산 반대편 중턱에 도착할 수 있을걸.”

건설용 타이탄이라는 생소한 타이탄들이 일주일은 꼬박 걸려야 넘을 수 있는 악스혼산 구간을 두세 시간 거리로 줄여 버리는 것이다.

하지만 시간 단축이 문제가 아니었다. 비가 오는 날이나 정신을 집중하지 못한 상황에서 미끄러져 추락하는 사고를 더 이상 걱정할 필요가 없었다.

‘게다가 무차 정도가 아니라 룩스가 끄는 마차를 사용하는 것도 가능하고.’

아무리 무차가 체구에 비해서 힘이 좋다고 해도 그래 봐야 한계가 있다. 2두, 혹은 4두 마차와 옮길 수 있는 양 자체가 차원이 달랐다. 수송의 효율이 현격하게 높아지는 것이다.

그렇게 2시간에 걸쳐서 건설용이라는 타이탄들이 악스혼산의 반대편 중턱까지 이어지는 스네이크 협곡을 편평하고 경사가 낮은 곧은 도로로 바꿔 버리는 모습을 본 사람들은 할 말을 잃었다.

구불구불하고 폭이 제각각이었던 스네이크 협곡이 마차 두 대가 엇갈려 충분히 지나갈 수 있는 곧고 편평한 길로 변해 버린 것이다.

“이걸 세상 사람들이 알게 되면 난리가 나겠네.”

방어 무기와 마법진으로 도배가 된 단단하고 거대한 벽 안에서 살아가는 도시들은 많은 한계를 드러내고 있었다.

안전을 확보한 덕분에 인구는 꾸준히 늘어나고 있는데 농경지는 턱없이 부족해서 만성적인 식량 부족에 시달리는 것부터 시작해서 자연에서 얻어야 하는 다양한 자원 역시 태부족이다.

이런 상황을 극복하기 위해서 해야 하는 일은 명확했다. 영토의 확장이 그것이다.

하지만 그건 결코 쉽지가 않다. 몬스터 웨이브는 차치하더라도 인간을 노리는 마수와 몬스터 들의 위협도 만만치 않거니와 다양한 위험 요소가 있는 자연을 개척하는 것도 어려웠다. 자연을 개발할 수 있는 유용한 도구들은 쓸데가 없어서 이미 오래전에 사라진 것이다.

하지만 이런 거대한 건설용 타이탄이 있다면 얘기가 달라진다. 아니테라처럼 전투용 타이탄으로 뚫고자 하는 길 주위의 마수와 몬스터 들을 닥치는 대로 사냥한 후 건설용 타이탄이 투입되면 제대로 된 길을 뚫거나 농경지 혹은 목초지를 건설하는 것이 가능한 것이다.

즉 앞으로 시티들은 전투용 타이탄뿐 아니라 건설용 타이탄을 최대한 확보할 필요가 있었다. 그래야만 수백 년 동안 사람들의 이동할 자유를 억압해 왔던 성벽 너머로 진출할 수 있는 것이다.

밀림 속의 마차로

단 2시간 만에 악스혼산의 반대편 중턱까지 이어지는 협곡을 멋진 마차로로 만들어 버린 아니테라의 타이탄 라이더들은 잠시 쉬는가 싶더니 다시 건설 작업에 나섰다.

그때까지 이탈한 사람은 거의 없었다. 한 명도 빠짐없이 참석한 시티 수뇌부는 물론이고 배운 것이 별로 없는 용병들이 태반이었지만, 그들도 자신이 지켜보는 이 공사가 인간들에게 얼마나 중요한 일인지, 그리고 지금 보고 있는 광경들이 수없이 팔아먹을 수 있는 이야깃거리라는 사실을 본능적으로 알고 있었다.

이제는 익숙한 타이탄이 소환되었다.

"드릴 타이탄이다!"

건설용 타이탄이 작업하는 모습을 2시간이나 지켜본 사람들은 가온이 시티 수뇌부에게 알려 준 타이탄 이름을 외우고 있었다.

"내려가는 길은 어떻게 만들려나?"

"경사가 크면 마차가 다니기 힘들 텐데……."

지금까지 사람들이 다니는 길은 등에 짐 꾸러미를 매단 무차 1마리가 간신히 걸을 수 있을 정도의 폭을 가지고 있었다.

더 넓게 길을 확장하려고 해도 산 위쪽의 벽이 바위인 경우가 많아서 깨기가 어려웠다.

게다가 길은 산허리를 따라 반듯하게 난 것도 아니었다. 중간에 암반 지형이 있으면 그 아래나 위로 돌아서 다시 오르거나 내려가야만 하는 방식으로 수없이 오르락내리락해야만 했다.

우우우웅! 빠가가가각!

거대한 소음과 함께 거대한 드릴이 보이지 않을 정도로 빠르게 회전하고 타이탄이 이동하기 시작하자 길의 한쪽이 갈려 나가면서 좁았던 길이 확 넓어졌다.

마나가 주입된 드릴의 직경은 대략 5미터에 달했기 때문에 길의 한쪽에 박혀 있는 바위들은 뿌연 돌가루를 날리며 부서지거나 사방으로 날아갔다.

하지만 이건 약과였다. 뒤이어 동일한 드릴 타이탄이 소환되어 이미 난 길의 위쪽에서 기동을 시작했다.

우우우웅! 빠가가가각!

다시 피어오르는 뿌연 돌과 흙가루가 어느 정도 가라앉자 사람들의 눈앞에 나타난 것은 폭이 10무에 달하는 넓은 길이었다.

이 정도면 2두 마차 두 대가 나란히 이동할 수 있었다.

참고로 아이테르 차원의 마차들은 폭이 2무로 동일했다. 수송용으로 널리 사용되는 룩스 2마리가 가장 편하게 달릴 수 있는 물리적인 폭, 즉 룩스 2마리의 엉덩이를 더한 2무가 기준이었다.

그러니 6무에 달하는 폭을 가진 길이라면 2두 마차 두 대가 안전하고 편하게 나란히 달릴 수 있었다.

하지만 사람들이 놀랄 일은 거기에 그치지 않았다. 나무는 물론 산 곳곳에 박혀 있는 거대한 바위들로 인해서 약간이지만 오르거나 내려가서 다시 내려가거나 올라야 하는 기존의 길을 무시하고 앞을 가로막는 무엇이든 분쇄하는 드릴 타이탄 덕분에 일정한 고도를 유지하는 반듯한 길이 만들어진 것이다.

대신 마차로인 점을 감안해서 드릴 타이탄들은 산 아래로 곧장 내려가는 것이 아니라 완만한 경사를 유지하며 지그재그로 산 아래를 향해 내려갔다.

그 뒤로 거대한 삽을 든 타이탄들이 직각에 가까운 경사의 산 위쪽 벽을 깎아내렸다. 산사태가 날 경우를 대비한 필수적인 작업이었다.

마지막으로 불도저 타이탄이 분쇄된 바위 조각으로 엉망인 바닥을 편평하게 만들고 무거운 롤러로 눌러서 단단하게 다지는 것으로 마차로가 만들어졌는데 불과 1시간 만에 산 아래까지 이어지는 공사가 끝났다.

"세상에!"

"이게 정말 가능한 일이라니!"

제이미와 호번은 계속해서 받은 충격 때문에 이젠 말도 제대로 나오지 않았다.

일주일 거리를 서너 시간 거리로 줄인 것이니 지켜보던 사람들이 경악할 수밖에 없었다.

"정말 대단하군. 상행을 미루길 잘했군."

익숙한 목소리에 호번이 돌아보니 이번에 상행을 함께했던 헤실런 상단의 상행주인 토람이었다.

"상행주, 언제 왔어요?"

"온 지 얼마 안 됐습니다."

"그런데 어떻게 여길?"

"상단주님이 관심이 아주 지대하시더라고요. 저보고 상황을 파악하라고 하셨습니다."

"그랬군. 놀랐지요?"

"네! 독사와 독충이 들끓던 스네이크 협곡이 너무나 근사한 마차로로 변해 있더군요. 게다가 산을 내려오는 길도 지그재그로 길게 이어지기는 하지만 마차로 충분히 이동할 수 있을 정도로 경사가 적절하게 이루어졌고요. 라치온 시티에서 이곳까지 꼬박 1주일은 걸리는데, 불과 3시간 거리로 줄여 놓았더라고요. 눈으로 보면서도 도저히 믿을 수가 없더군요."

"하하하. 그랬을 겁니다. 건설용 타이탄들이 마차로를 건설하는 현장을 직접 지켜본 우리도 실감이 안 납니다."

"오다 보니 산 곳곳에서 거대한 체구의 타이탄들이 움직이고 있더군요. 그리고 그쪽에서 어김없이 들려오는 몬스터들의 비명으로 보건대 이참에 악스혼산에 자리를 잡은 고블린과 오크 들을 모조리 토벌하는 것 같았습니다."

"그래요?"

분명히 제이미와 호번이 협곡 안으로 들어갈 때만 해도 보이지 않았는데, 아니테라의 타이탄들은 협곡을 마차로로 개조하면서 동시에 사냥을 시작한 모양이다.

"하아! 아니테라 시티는 대체 타이탄 기술이 얼마나 발전했기에 저렇게 대단한 타이탄까지 개발해서 사용하고 있었던 거지?"

그렇게 제이미와 토람이 얘기를 하는 동안에도 건설용 타이탄들은 악스혼산 기슭에 마차 100여 대가 머물 수 있는 커다란 공터를 건설하고 있었다.

"건설용 타이탄이 한둘이 아니군요."

눈썰미가 뛰어난 토람은 이제까지 계속 작업 과정을 지켜보고 있었던 제이미나 호번이 전혀 모르고 있었던 사실을 파악했다.

"한둘이 아니라고요?"

주위 사람들의 주의가 순간 토람에게 향했다.

"그렇습니다. 잘 지켜보면 라이더가 바뀌고 있습니다. 타이탄들이 교대로 작업을 하고 있다는 사실을 말해 주는 거지요. 그리고 큰 차이는 없지만 타이탄마다 작업 효율이나 기동 방식 등에서 차이가 납니다. 게다가 조종석 쪽을 잘 살펴보면 다른 기호가 새겨져 있습니다. 지금까지 제가 본 기호는 다섯 종이었습니다."

"하아! 다른 유형의 건설용 타이탄도 있었는데 그것 역시 한두 기가 아니겠네."

얘기를 하다 보니 아니테라 시티라는 곳의 엄청난 전력과 잠재력이 더욱 거대하게 느껴졌다.

하지만 아니테라의 건설단원들은 사람들이 그런 관심을 보이든 말든 자신들의 손에 의해서 앞으로 많은 사람들이 혜택을 누릴 수 있는 곧고 반듯한 큰길을 내고 있다는 사실에 뿌듯해하면서 교대로 작업을 하고 있었다.

그렇게 마차가 쉴 수 있는 거대한 공터가 완성될 무렵 산

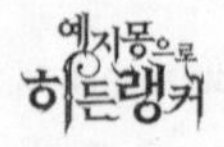

위쪽에서 마차 한 무리가 내려오고 있었다.

"벌써 마차를 끌고 왔다고? 뭐지?"

"헤실런 상단이다!"

행렬의 앞쪽에 있는 마차에 꽂힌 익숙한 깃발을 알아본 사람들이 한둘이 아니었다.

"헤실런 상단이 왜?"

"무차가 아니라 아예 룩스가 끄는 마차를 끌고 왔네?"

"하아! 마차 몇 대 정도가 아니라 거의 100대 가까이 되네."

이상할 수밖에 없었다. 본래 마차는 시티에서 한 달 거리에 비교적 안전하고 도로가 나름 괜찮은 바그랑 시티와 교역을 할 때만 이용하기 때문이다. 그쪽 방향에는 높은 산이 전혀 없어서 그나마 마차를 이용할 만했다.

하지만 이쪽은 달랐다. 에보른을 비롯한 여섯 개의 시티로 이어지는 이 길은 악스혼산부터 시작해서 무차 정도만이 이동할 수 있는 좁은 길밖에 없고 그나마도 오르내림이 심했다.

그런데 시티에서 다섯 손가락 안에 들어가는 헤실런 상단에서 마차를 100여 대나 끌고 상행을 나온 것으로 보이니 시장부터 시작해서 모두 놀랄 수밖에 없었다.

얼마 후 상행이 산을 내려왔다.

"노르딘 상단주가 아닌가?"

"시장님!"

상행의 선두에서 말을 타고 있는 은발의 노인이 황급히 말에서 내리더니 박트 시장을 향해 달려왔다.

"이게 어떻게 된 일이오?"

"하하하. 에보른으로 넓고 안전한 길이 뚫리는데 가만히 있을 수는 없지요. 그곳에 팔 물건들을 잔뜩 실어서 왔습니다."

"너무 성급한 거 아니오? 아직 길이 뚫린 것도 아닌데 마차에, 이 정도 규모의 상행이라니."

"일주일 거리를 단 3시간 거리로 만들 정도로 엄청난 역사(役事)를 만든 타이탄들입니다. 게다가 주위에는 수많은 타이탄들이 악스혼산 곳곳에 있는 마수와 몬스터를 사냥하고 있고요. 저는 아니테라의 타이탄들이 만드는 길만 따라가도 열흘 안에 에보른에 도착할 수 있다고 믿고 있습니다."

노르딘 상단주의 말이 맞는다면 헤실런 상단은 두 달 거리에 있는 에보른을 열흘 안에 도착하는 최초의 상단이 될 것이다.

그리고 마차 100대 분량의 상품을 고려할 때 막대한 수익을 올릴 수 있을 것이 분명했다.

"하아! 상인들의 판단력과 결행력은 아무리 생각해도 이해할 수 없을 정도로 대단합니다!"

"대단하긴요. 그런데 온 훈이라는 분은 어디에 계십니까?"

"온 경은 왜 찾소?"

"당연히 우리 상단의 호위를 부탁하기 위해서지요."

"하하하. 그래도 도리를 아시는구려."

헤실런 상단이 그냥 새로 건설되는 도로를 따라서 이동한다고 해도 아니테라 측에서는 할 말이 없었다.

안전은 걱정할 필요가 없었다. 전투용 타이탄들이 주위에 있는 마수와 몬스터를 사냥하지 않더라도 건설 과정에서 발생하는 소음이 놈들의 접근을 원천적으로 막아 줄 테니 말이다.

하지만 헤실런 상단은 굳이 상단의 호위를 아니테라 측에 맡기는 것으로 감사한 마음을 전달하려는 것이다.

"그럼요. 상인은 본디 이윤을 좇지만 그렇다고 해서 인간의 도리를 벗어나면 안 되지요."

시장을 포함한 사람들은 타지 출신으로 약간의 자본금만 들고 가족과 함께 라치온 시티에 들어와서 상행을 시작하고 불과 20여 년 만에 손가락 안에 꼽는 상단으로 성장시킨 노르딘의 놀라운 수완을 다시 한번 확인할 수 있었다.

상단의 성장은 시티의 성장과도 밀접한 관계가 있으니 시장으로서는 판단력은 물론 실행력까지 갖춘 노르딕 상단주의 존재가 기꺼울 수밖에 없었다.

"날 따라오시오."

박트 시장은 직접 노르딕을 데리고 타이탄 건설단원들이

쉬고 있는 곳으로 향했다. 그곳에 가온이 있었다.

건설단이 작업을 멈춘 것은 앞으로 개척한 루트의 안전이 확보되지 않았기 때문이다.

가온은 마차로 건설을 시작하면서 열다섯 개로 편성된 전사대로 하여금 예정된 마차로 주위의 마수와 몬스터를 사냥하도록 했는데, 가장 규모가 큰 혼오크 무리의 토벌이 아직 끝나지 않았다.

악스혼산의 경우 산 중턱부터는 기존의 길을 확장하는 공사였지만 다음 코스는 아예 길을 새로 내야 될 것 같았다. 지금 한창 토벌이 끝나가는 대형 오크 무리가 자리를 잡은 곳을 지나는 것이 에보른 시티로 가는 직선 코스에 해당했다.

"온 훈 경!"

"무슨 일입니까, 시장님?"

"소개할 분이 있어서 말입니다. 헤실런 상단의 노르딕 상단주입니다."

"귀한 분을 만나서 영광입니다. 소개받은 노르딕입니다. 온 훈 경께 상행의 호위를 부탁드리고 싶어서 왔습니다."

"호위를요? 그냥 따라붙으면 안전할 겁니다."

가온도 룩스 2마리가 끄는 마차 100대로 구성된 상행이 따라붙은 사실을 이미 알고 있었다.

하지만 상행의 존재는 별 관심이 없었다. 다만 누군지 몰라도 도로의 개척을 믿어 주는 것 같아서 오히려 뿌듯했다.

"그럴 수는 없지요. 에보른 시티에 우리 상행이 안전하게 도착하면 중급 마정석 1천 개를 드리겠습니다. 물론 낮에 수고한 분들에게 밤의 안전까지 부탁하지는 않겠습니다."

"그런 조건이라면 너무 과한 보수인 것 같습니다."

중급 마정석이 개당 100골드를 상회한다는 점을 고려하면 최소한 10만 골드나 주겠다는 말이니 반갑기는 하지만 밤에 호위를 하는 것도 아닌데 그냥 받기에는 마음이 불편했다.

아이테르 차원에 건너와서 상단 호위 건은 아직 받아 본 적은 없지만 50명 규모의 용병단이 상행을 호위할 때 대략 3만 골드의 보수를 받는다는 정도는 알고 있었다.

"아닙니다. 타이탄들과 동행을 하면 안전은 걱정할 필요가 없을뿐더러 저희 상단의 입장에서는 에보른과 연결되는 새로운 도로의 수혜를 가장 먼저 입기 때문에 얻을 수 있는 이익에 비하면 적절합니다."

아무리 생각해도 과한 보수 같기는 했지만 자신이 먼저 요구한 것도 아니고 상대가 높은 기대 수익의 일부를 떼어 준다고 하니 거절하기에도 애매했다.

"온 경, 그렇게 하십시오. 내 생각에도 높은 수준의 보수이기는 하지만 기존의 두 달 거리를 열흘 혹은 보름 일정으로 줄이는 것만으로도 상단이 얻는 수익은 꽤 될 겁니다."

잠시 고민하던 가온은 노르딕의 제안을 받아들였다.

"감사합니다! 앞으로의 여정 동안 라이더들의 식사는 우리에게 맡겨 주십시오."

"식사까지요?"

"당연하지요. 원래 상행을 호위하는 용병들의 식사는 상단의 몫입니다."

그건 사실이기도 하고 아니기도 했다. 계약에 따라서 결정이 되는 것이다. 하지만 대부분의 경우 식사는 상단 쪽이 맡는다. 그쪽에 호위 임무를 보다 충실하게 할 수 있었기 때문이다.

"잘됐습니다! 그런데 오늘 작업은 끝입니까?"

"아닙니다. 식사와 휴식을 마친 후에는 기존의 길을 버리고 혼오크 부락의 중앙을 통과하는 새로운 길을 뚫을 생각입니다."

"혼오크 부락이라면 규모가 엄청난데……."

시장이 알기로 머리에 작은 뿔이 돋아서 혼오크로 불리는 오크 부족은 무려 1만 마리 이상으로 아주 오래전부터 터를 잡고 있었으며 분리한 부족만 해도 다섯 손가락을 넘는 것으로 알고 있었다.

혼울프의 영역은 거대한 초원과 산 그리고 호수를 포함할 정도로 아주 광대해서 라치온 시티에서 에보른 시티로 향하는 길은 아주 크게 우회하는 경로였다. 질러서 가면 말로 하루 정도면 통과할 구역을 무려 보름 이상 돌아가는 길을 개척해야만 했다.

"아침 무렵에 타이탄을 포함한 우리 아니테라 전사단이 움직였으니 거의 끝났을 겁니다."

"서, 설마 지금 혼오크를 토벌하고 있는 겁니까?"

박트 시장은 도저히 믿을 수 없다는 얼굴로 확인을 구해왔다.

라치온 시티에서 한 토벌 의뢰는 혼오크가 아니라 새로 자리를 잡은 오크 무리가 그 대상이었다.

"그렇습니다. 베타급 타이탄 20기와 알파급 타이탄 100기에 전사 2천여 명이 혼오크의 영역을 포위한 상태로 토벌을 시작해서 1시간 전에 중심 부락을 공격하기 시작했습니다."

"……."

시장은 너무 놀란 나머지 아무 말도 할 수가 없었다.

'호, 혼오크를 단번에 사냥한다고?'

혼오크는 변종오크로 오크에 비해 전투력이 한 단계 더 높다. 그래서 일반 혼오크가 오크 전사에 해당한다.

1만이 넘는 혼오크가 전부 전투가 가능한 건 아니지만 최소한 절반 이상이 오크 전사에 해당한다고 간주하면 된다는 점을 고려하면 시장이 너무 놀라서 잠시 아무 생각도 하지 못하는 현상을 이해할 수 있었다.

이건 가능 여부를 떠나서 투툼 용병길드의 길드장인 박트 시장의 입장에서도 도저히 이해할 수 없는 상황이었다.

그런데 곁에 있던 노르딕 상단주는 처음에는 시장과 같은 반응을 보였지만 어느새 눈을 빛내면서 조심스럽게 입을 열었다.

"그럼 마정석 적출과 도축 등 뒤처리를 할 인원이 필요하겠군요?"

"원래라면 그것까지 전사들이 맡을 텐데 상대의 숫자가 워낙 많아서 전담할 인원이 있다면 도움이 될 겁니다."

일반 혼오크는 중급, 그리고 전사의 경우 중상급 이상의 마정석을 품고 있기 때문에 마정석이야 당연히 적출해야겠지만 나머지 사체는 처치 곤란이다. 도축을 하기에는 너무 숫자가 많아서 힘겨운 전투를 치른 전사들에게 지시하기도 난감했다.

"저희 상단에 노는 인력이 꽤 많습니다. 그들을 부를까요?"

가온이 막 대답을 하려고 했을 때 박트 시장의 바로 뒤에서 있다가 뭔가 깨달은 얼굴이 된 가인트가 황급히 입을 열었다.

"상단에서 일하는 이들보다는 그쪽 일에 전문가가 더 낫지 않겠습니까?"

"전문가요?"

"네. 우리 시티에는 사냥꾼들과 용병은 물론 그런 일을 숱하게 해 본 이들이 많습니다. 보수도 낮습니다. 하루에 몇 마리를 도축하든 오크 가죽 한 장이면 됩니다."

혼오크의 부산물은 꽤 고가에 거래가 된다. 일반 오크와 달리 마수화 정도가 높은 혼오크의 가죽은 오크 가죽에 비해서 다섯 배는 더 비쌌고 마기가 함유되긴 했지만 농밀한 마나를 머금고 있는 혼오크의 뿔도 고가에 거래가 된다.

혼오크의 힘줄도 질기고 신축성이 강해서 활의 시위를 비롯한 다양한 용도로 사용할 수 있어서 인기가 높았다.

그런 만큼 혼오크의 사체는 큰돈이 되는데 한두 마리가 아니라 최소 1만 마리 이상의 사체가 나오는 상황이니 출신이 용병이었던 가인트를 비롯한 시티 관계자들이 혹할 수밖에 없었다.

박트 시장은 경황이 없어서 자신은 제대로 반응하지 못했던 사안을 가인트가 잽싸게 언급하자 가슴을 쓸어내렸다.

'이런! 잘못하면 헤실런 상단에 막대한 수익을 양보할 뻔했군. 부상을 입고 은퇴한 용병들과 시민들 그리고 어쩔 수 없는 이유로 사냥을 나가지 못한 사냥꾼들이 높은 보수를 받으며 안전하게 일할 수 있는 절호의 기회야!'

운영위원들이 돌아가면서 시장이 되는 시스템인 라치온 시티지만 시민들의 인기가 높을 경우에는 3연임까지 가능하다. 아무리 개인적인 욕심을 내지 않는다고 해도 유무형의 재물과 권리 등 떨어지는 것이 많은 자리인 만큼 박트 시장에게도 놓칠 수 없는 기회였다.

거기에 라치온에서 마차로 3시간 정도면 여기까지 올 수 있으니 사람들을 부르기도 쉽다.

"좋습니다. 그럼 저희 헤실런 상단이 부산물의 수송과 가공 그리고 판매를 맡겠습니다. 물론 도축 및 마무리 작업에 참여한 이들의 일당은 우리 상단에서 선지급하지요. 그리고 판매 대금 중에서 4할을 제하고 온 훈 경께 드리겠습니다."

곳곳에서 몬스터 브레이크가 발생하는 시국이다.

방어구의 수요는 지속적으로 증가하고 있으며 혼오크의 가죽은 고블린의 독침은 물론 창질도 몇 번 견딜 수 있을 정도로 질기고 두꺼워서 방어구로 가공할 경우 수익은 더욱 높아진다.

무엇보다 최소 1만 장 이상 확보할 수 있을 것으로 예상되는 혼오크 가죽 재질의 방어구라면 헤실런 상단이 심혈을 기울이고 있는 에보른 시티의 무구 시장에 진입할 수 있었다.

사실 현재 아이테르 차원에서 가장 큰돈이 되는 분야는 무구 시장이다.

대상단이 되기 위해서는 필수적으로 무구 시장에 진입을 해야 하는데 신생 상단에 속하는 헤실런 상단은 그런 물량을 확보할 기회가 아예 없었다.

그래서 우연찮게 찾아온 기회를 노르딕은 놓칠 수가 없었다.

"좋습니다. 그렇게 하지요."

가온은 작은 수익에 연연하지 않았다. 그저 뒤처리를 해 줄 수 있는 인원이 지원된다는 사실만으로 충분히 만족했다.

'어차피 상태가 괜찮아서 구울로 제련할 혼오크는 정령들이 따로 챙길 테니까.'

세 사람 모두 만족할 수 있는 거래였다.

그렇게 라치온 시티 관계자와 헤실런 상단원 일부는 서둘러 시티로 돌아갔고 가온은 건설단과 함께 불과 반나절 전만 해도 혼오크의 영역이었던 땅에 새로운 마차로를 건설하는 작업에 들어갔다.

오후부터는 평지에 길을 내는 작업이 시작되었는데 산에 길을 내는 것에 비하면 엄청나게 쉬웠다.

혼오크의 영역이었던 곳에 길을 내는 작업은 카오스와 한 팀이 된 녹스가 뿌린 독으로 인해 잎이 누렇게 죽어 버린 풀과 나무 들을 정리하는 것부터 시작되었다.

중독되어 죽은 풀과 나무 들이 있던 구간이 바로 새로 건설될 마차로였다.

무엇이든 분쇄시키는 로터리커터기를 장착한 타이탄 두 대가 속도를 맞추어 천천히 전진을 하자 나무가 굉음과 함께 쓰러졌고, 쓰러진 나무는 물론 나뭇잎까지 잘게 부서지면서 연기처럼 피어올라 시야를 가렸다.

분쇄 타이탄들은 두꺼운 강판 덕분에 거대한 나무들이 쓰러지는 충격에도 아무런 이상이 없었다.

분쇄 타이탄이 지나가고 시간이 좀 지나자 비로소 시야가 확보되었는데 눈에 들어오는 것은 폭이 10무에 이르는 새로운 길이었다.

하지만 바닥은 울퉁불퉁했고 잘게 부서진 풀과 나무의 잔해로 엉망이라서 마차가 제대로 달리는 것은 힘들어 보였다.

그때 거대한 삽이 달린 팔을 장착한 타이탄이 소환되더니 위로 솟아오른 곳의 땅과 양옆의 흙을 파서 움푹 들어간 곳에 채워 넣는 것으로 바닥을 대충 편평하게 만들었다.

그렇게 포클레인 타이탄이 바닥의 높이를 대충 맞추자 거대하고 육중한 롤러를 장착한 타이탄이 그 위를 몇 번 왕복하면서 길의 높이를 주위보다 약간 높은 수준으로 단단하게 다졌다.

아스팔트로 포장한 것은 아니지만 엄청난 무게의 롤러로 단단하게 다졌기 때문에 한동안 풀도 자라지 못할 정도였다. 거기에 마차들은 물론 사람들이 계속 다니게 되면 지금보다 더 단단해질 것이다.

원래 평지라고 해도 바닥에 요철이 있었고 특히 언덕이나 낮은 곳이 있어서 해발고도가 동일하거나 비슷한 것은 아니다. 하지만 타이탄 건설단은 야트막한 언덕 정도는 드릴 타이탄을 활용해서 구멍을 뚫고 위쪽이 무너지면 다시 드릴로 분쇄하는 방식으로 언덕 사이에 길을 냈다.

그리고 그 뒤로 파쇄 타이탄이 나무며 바위를 모조리 분쇄하면 포클레인 타이탄이 거대한 삽을 이용해서 바닥의 높이를 일정하게 맞추었고 롤러를 이용해서 바닥을 단단하게 다졌다.

그렇게 작업을 하는 구간 주위에는 혼울프들의 사체가 심심치 않게 발견되었다. 앞서간 타이탄 전사단이 해치운 놈들인데 내일 가인트가 직접 이끌고 오기로 한 사람들이 치울 예정이다.

건설용 타이탄의 기동 시간은 평균 20분 내외지만 10분 정도 작업을 하면 교대를 해서 라이더의 피로를 효과적으로 줄였고 기동 시간 역시 연장시킬 수 있었다.

타이탄의 뒤를 따르는 헤실런 상단 사람들은 그런 작업을 넋을 잃고 지켜보았다.

"아버지, 아니 단주님, 건설용 타이탄, 정말 대단하네요. 작업 속도가 엄청납니다!"

10대 중반부터 상행을 따라다니며 온갖 일을 겪었고 능력을 인정받아서 지금은 헤실런 상단의 후계자로 인정받는 장남 리켈이 보면서도 믿을 수 없다는 표정을 지으며 말했다.

대략 10분 정도면 폭 10무에 달하는 넓고 단단하게 다져진 마차로가 100무씩 생겨나고 있으니 리켈과 같은 젊은 상인들은 물론 산전수전을 다 겪은 상인들과 짐꾼들도 믿기지 않았다.

"게다가 길이 엄청나게 단단해서 어지간한 비에도 전혀 파일 것 같지 않아요."

아들의 말에 바닥 상태를 확인한 노르딕 상단주도 흡족한 미소를 머금었다. 이런 길이라면 마차로 빠르게 이동할 수 있었다.

"그냥 길을 만드는 정도가 아닙니다. 바닥을 자세히 살펴보십시오."

노르딕이 상단을 만들 때부터 지금까지 함께한 비렐 상행주의 말에 노르딕과 리켈을 포함한 상단원들이 방금 만들어진 마차로의 바닥을 보았다.

"어엇?"

노르딕의 눈이 커졌다.

"역시 단주님은 금방 알아보실 줄 알았습니다. 바닥의 중앙이 양옆보다 살짝 높아서 비가 와도 물이 고이지 않을 것 같습니다. 이런 길을 한두 번 만들어 본 것이 아니라는 증거입니다."

"하아! 그냥 타이탄을 만들어 내는 것도 대단한데 이렇게 건설 작업에 특화된 특별한 타이탄까지 개발하다니 아니테라라는 시티의 지도자들은 참으로 깨인 것 같습니다. 언젠가 기회가 된다면 아니테라 시티와 꼭 거래를 하고 싶습니다."

리켈의 말에 노르딕과 비렐이 고개를 끄덕였다.

"용병들에게도 타이탄을 판매한다는 발상부터가 대단한 거지. 그러니 에보른으로 가는 동안 온 훈 경과 라이더들에게 정성을 다해서 그들의 믿음을 사야만 할 것이다."

"그렇게 하겠습니다."

리켈은 자신의 손으로 아니테라와의 거래를 열어서 상단을 지금보다 더욱 크게 성장시키겠다고 다짐했다.

기가스 보급

이어진 마차로의 건설 작업은 해가 뉘엿뉘엿 넘어갔을 때 마차 100대가 충분히 들어갈 수 있는 거대한 공터의 건설을 끝으로 비로소 멈추었다.

“하아! 오늘 새로 만든 길로 이동한 거리가 이전에 무차에 짐을 실어서 보름이 넘게 걸렸다는 사실을 믿을 수가 없네.”

아마 룩스가 끄는 마차를 이용하면 반나절이면 악스혼산 기슭에 도착할 것이다. 보름 거리가 반나절 거리로 줄어든 것이다.

길게 자란 풀과 숲을 이룬 나무들 사이로 곧게 쭉 뻗은 새 도로를 보기만 해도 사람들은 가슴이 뭉클했다.

아니테라 측은 단순히 길만 내는 것이 아니라 전사용 타이탄에게 거대한 정글도와 도끼를 들려서 도로 양쪽으로 50무에 해당하는 구간의 풀과 나무를 모조리 베어 버렸다.

시티 관계자와 헤실런 상단 사람들은 처음에는 아니테라 측에서 왜 그런 작업을 하는지 알지 못했지만 작업이 끝나자 그 이유를 알 수 있었다.

벌초와 벌목을 한 구간은 단단하게 다진 것은 아니라서 지속적으로 관리를 해 주어야겠지만 누군가 모습을 드러내면 멀리에서 알아차릴 수 있어서 혹시 모를 기습에 충분히 대비할 시간을 가질 수 있었다.

"그만! 오늘은 여기까지다!"

아무리 번갈아서 작업을 하고 피로할 때마다 허니비 비약을 복용했지만 작업 시간이 길었던 만큼 라이더들이 안도의 한숨을 길게 내쉬었다.

"잠시 쉰 후에 전사들이 마련해 두었을 숙영지로 이동한다!"

그렇게 명령을 내린 가온이 라이더들에게 비약을 나눠 주고 명상과 연공을 하도록 했다.

비약을 마신 엘프 라이더들이 명상에 들어가자 호위를 맡은 전사들이 그들 주위에 포진했다.

그때 뒤따라와서 상단이 이동하다가 쉬는 용도로 건설한 공터에 말과 마차를 정리한 헤실런 상단의 노르딕 상단주가 젊은 남자 한 명과 함께 다가왔다.

"수고하셨습니다!"

"제대로 속도를 내지 못하고 뒤따라오느라고 두 분도 고생했습니다."

"웬걸요. 저희야 잘 닦인 도로로 아주 편하게 왔는걸요. 식사를 준비하고 있는데 함께 드시면 어떨까요?"

"마음은 고맙지만 사양하겠습니다. 우리 아티테라의 라이더와 전사 들은 오랫동안 고립된 곳에서 살다 보니 독특한 음식 취향을 가지게 되어서 저녁 식사는 따로 하는 것이 편합니다. 밖에 나온 지 꽤 오래된 저도 아직 다른 음식에 적응하지 못했거든요."

아직은 식사를 하는 것도, 쉬는 것도 아니테라가 편할 전사들을 배려해서 그렇게 설명했다.

"아! 그 점을 생각하지 못했습니다."

다른 이유라면 모르지만 식문화가 달라서 사양을 하니 더 권할 수가 없었다.

"최소한 오늘 저녁은 안심하고 쉬어도 될 겁니다. 근처에 우리도 머물 테지만 본래 이곳에 터를 잡고 살아왔던 혼오크는 물론이고 주변에 위협이 될 만한 존재들은 모조리 사냥했습니다. 물론 최소한의 방비는 해야겠지요."

"그 부분은 염려해 주시지 않아도 됩니다."

작정을 하고 따라붙었기에 시티 요인들을 호위하는 전사들과 상단 호위대가 불침번을 서기로 했다. 낮에야 도로 건설의 속도에 맞추어 천천히 마차를 타고 이동해도 되니 호위대가 밤에 경계를 서는 것은 당연한 일이다.

가온은 건설단원과 타이탄 전사들을 아니테라로 보낸 후 마누의 도움을 받아서 혼오크 사냥을 제대로 완수한 전사들을 찾아가서 아니테라로 보냈다.

전사단은 하루 만에 무려 1만이 넘는 혼오크를 전멸시키는 데 성공했다. 타이탄 전력이 그 정도로 강력했다.

가온은 그 자리에서 전사들의 공을 언급하며 치하를 했지만 내심 속이 상했다. 혼오크를 사냥하는 과정에서 무려 400명이 넘는 부상자가 나왔다. 물론 대부분 일반 전사들이다.

'아무래도 안 되겠다!'

전사장들이 신경을 쓴 덕분에 다행히 사망자는 나오지 않았지만 이대로라면 일반 전사 중에서는 사망자가 나올 수도 있었다.

가온은 기가스의 보급을 서두르기로 했다. 그래서 곧바로 타이탄 제조창으로 넘어가서 알름을 만났다.

"안 그래도 전사들이 크게 기대하고 있다는 말을 들어서 최대한 빠르게 생산하고 있습니다."

시제품을 기동한 결과 나온 몇 가지 사항을 개선한 기가스는 벌써 1천여 기가 완성된 상태였다.

'그러고 보니 아이테르 차원에서는 벌써 하루가 지났지.'

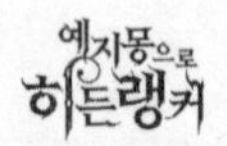

이럴 때는 시간의 흐름을 30배까지 빠르게 조정한 것이 참 다행이다 싶었다.

'아이테르에서 이틀만 더 지나면 모든 일반 전사들에게 기가스를 지급할 수 있겠네.'

고생한 전사들에게 이틀의 휴가를 주었으니 사흘 후에 일반 전사들에게 기가스를 지급하면 될 것 같았다.

마나 증폭을 사용하지 못하는 대신 동화율이 높은 기가스의 경우 일주일 정도 훈련하면 제대로 기동할 수 있을 것이다.

아이테르에는 다음 날 새벽에 돌아갈 예정이니 열흘 이상의 시간이 있었다.

그때가 되면 전사장들에게도 알파급 타이탄이 모두 배정될 것이다.

'오늘을 일단 쉬자.'

협곡에 서식하는 독사와 독충 들은 대부분 녹스와 카우마가 처리를 했지만 그래도 전체 상황을 지켜봐야만 했고 그 이후에도 마차로를 건설하는 일을 감독했기 때문에 피곤했다.

초인의 경지에 올랐기에 육체적인 피로는 거의 느끼지 못했지만 정신적인 피로감은 어쩔 수 없었다.

하지만 굳이 명상이 아니더라도 정신적인 피로감은 자신이 사랑하고, 자신을 사랑하는 여인들과 함께하는 것만으로도 깨끗하게 풀린다.

학회지 연구에 푹 빠져 있는 아레오와 아나샤를 안지 못하는 것은 서운하지만 그래도 모둔이 있기에 집으로 가는 가온의 발걸음이 아주 가벼웠다.

다음 날, 일반 전사 중 1천 명은 가온으로부터 기가스를 지급받았다. 물론 익스퍼트이거나 근접한 대원들은 곧 알파급 타이탄을 지급받을 예정이기에 제외가 되었다.

“기가스는 마나를 증폭해서 쓸 수 없다는 점을 빼면 운용하기가 알파급보다 더 쉽다. 동화율이 높기 때문이지. 이곳 시간으로 열흘 후에는 다시 아이테르 차원으로 건너가서 마수와 몬스터를 사냥해야 하니 내일까지 푹 쉬고 모레부터 기동 훈련을 시작하겠다!”

아예 모레 기가스를 지급하고 바로 훈련을 시작해도 좋지만 일반 전사들의 사기를 위해서 미리 지급하는 것이다.

막 해산하라는 명령을 내리려고 했을 때 한 전사가 손을 들었다. 얼굴을 보니 곧 전사장에 오를 선임 전사였다.

“헤루스!”

“뭔가?”

“오늘부터 훈련하면 안 되겠습니까?”

“오늘 당장?”

“네! 헤루스만 괜찮으시다면 오늘부터 기동 훈련을 하고

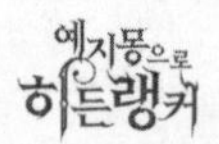

싶습니다!"

"그대들이 기가스를 기다리는 것 같아서 오늘 배정을 한 것이지 오늘부터 훈련하라는 의미로 지급한 것은 아니다."

"휴식은 어제 쉰 것으로 충분합니다!"

"맞습니다! 훈련을 하고 싶습니다!"

여기저기에서 동조하는 목소리가 늘어나더니 이내 기가스를 지급받은 전사 대부분이 훈련을 하겠다는 의사를 표명했다.

"하아! 이러려고 기가스를 지급한 건 아닌데. 좋아! 오늘부터 훈련을 시작한다!"

가온이 그렇게 결정하자 대전사장들이 교관을 자처했다.

"그대들은 기가스를 운용한 경험도 없잖아."

"그래도 타이탄 라이더이니 더 빠르게 배울 수 있겠지요. 헤루스께서 가르쳐 주십시오."

하긴 혼자 이 많은 전사를 대상으로 교습을 하는 것보다는 대전사장들이 도와주는 편이 효과적이긴 했다.

결국 가온은 대전사장들에게도 기가스를 지급했는데 그 모습을 본 전사장들도 자진해서 교관 임무를 수행하겠다고 나섰다.

"고마운 말이지만 전사장들에게 지급할 기가스가 부족하다. 하지만 동화부터 시작해서 기동하는 과정은 동일하니 그 부분을 도와주도록!"

그렇게 기가스의 기동 훈련이 시작되었는데 생각보다 진도가 아주 빨랐다. 알파급과 달리 초기 동화율이 아주 높아서 전사들이 쉽게 적응할 수 있었다.

그렇게 열흘에 걸쳐서 기가스의 추가 지급 및 기동 훈련이 이루어졌고 익스퍼트에 근접한 일반 전사들은 차례로 알파급 타이탄을 지급받고 훈련을 시작했다.

가온은 사흘 동안 훈련을 주관한 후 손을 뗐다. 대전사장들이나 전사장들이 적극적으로 나서자 굳이 관여할 필요가 없었다.

기가스를 지급받은 일반 전사들은 사흘에 걸쳐서 기초 기동 훈련을 끝내자 곧바로 타이탄 전용 검술 수련에 들어갔다. 엘프족과 모라이족은 포르투 검술을, 나가족은 에트나 검술을 익혀야만 했다.

당연히 죽을 만큼 힘들었지만 누구도 수련을 거부하지 않았다. 그만큼 높아진 전투력에 푹 빠진 것이다. 겨우 열흘의 훈련으로 본신의 두세 배에 해당하는 높은 전투력을 발휘할 수 있었기 때문이다.

게다가 마나를 증폭시켜서 사용할 수는 없지만 본신의 마나는 사용할 수 있었기에 무기에 마나를 주입해서 무기의 강도와 절삭력을 높이는 한편 몸 전체에 마나를 퍼뜨려서 좀 더 빠르고 강력한 움직임을 구사할 수도 있으니 훈련에 푹 빠질 수밖에 없었다.

'지속적으로 기동 훈련을 하고 아이테르에서 실전을 치르면 어떻게 변할지 정말 기대가 되네.'

기가스는 비록 검기는 사용할 수 없지만 마나로 신체와 무기를 강화시켜서 검기를 사용하는 상대를 충분히 상대할 수 있었다.

기가스의 전투력을 확인한 가온은 이전부터 생각했던 계획을 좀 더 확대하기로 했다.

'그래! 아이테르 차원에 기가스를 대량으로 풀자!'

타이탄을 제대로 운용하려면 익스퍼트 중급은 되어야만 하지만 기가스는 그런 제한이 없었다. 심지어 마나를 사용하지 못해도 관계가 없었다.

아이테르의 전사 체제에 대해서 확실하게 파악한 것은 아니지만 그래도 대강 파악한 정보에 따르면 전사 1천 명당 전사장은 대략 30명 정도다. 물론 익스퍼트 최상급 이상의 실력을 가진 대전사장은 세 명 정도에 불과하고.

용병을 좀 달랐다. 항상 생사가 오가는 환경에서 생활하는 그들은 전투력이 더 높았다. 1천 명 당 실버급은 70여 명, 그리고 골드급은 10명 꼴이다.

장비나 무구의 차이가 아니라면 실전을 많이 치른 용병 쪽이 전투력이 더 높았기 때문이다.

아무튼 중요한 것은 현재 아이테르의 전사나 용병 들로는 차원 융합을 막을 수 없다는 사실이다. 몬스터 웨이브가 발생할 때마다 전력이 대폭 깎이는 바람에 갈수록 전투력이 낮아지고 있었다.

그나마 타이탄이 개발되고 시티 간의 공조가 제대로 가동하고 있기에 망정이지 그렇지 않았다면 몬스터 웨이브에 무너진 시티들이 한둘이 아니었을 것이다.

시티들이 다투어 타이탄 확보에 목을 매고 있는 것도 증강하기가 무섭게 스러지는 전력 때문이다. 그나마 타이탄이 있으면 전력의 누수를 어느 정도 막을 수 있었다.

하지만 타이탄을 널리 보급하는 건 문제가 있었다. 타이탄을 대량으로 확보한 시티들이 차원 융합을 막기 위해서가 아니라 영토 확장에 타이탄을 사용할 위험성이 있었다.

나중에는 다시 국가 단위의 사회가 나타날 수 있겠지만 지금은 창궐한 마수와 몬스터를 토벌하고 던전을 공략하는 데 집중해야만 했다.

'타이탄보다는 기가스를 널리 보급해서 수세가 아니라 공세로 전환하도록 유도해야 해!'

버튼과 조이스틱으로 조종하는 아이테르의 기가스와 달리 아니테라의 기가스는 타이탄이라고 불러도 될 정도로 동화율이 높고 본신의 네 배 이상의 능력을 발휘할 수 있다.

그러려면 더 많은 강철이 있어야만 했다. 고대 유적에서 얻은 재료는 아니테라를 위해서 사용해야 하는데 릴센과 라치온에서 확보한 철강 제품만으로는 부족했다.

이왕 하고 있는 일이지만 이번 도로 건설이 그래서 중요했다. 에보른까지 연결되는 마차로가 완성되면 당분간 쓰고 남을 정도의 철광석을 비롯한 금속 광석을 얻을 수 있을 것이다.

'사실 장인들이 좀 부족하지만 지금은 그보다는 철강 제품이 더 필요해.'

거래를 통해서 필요한 재료를 조달하는 것은 너무 돈이 많이 필요했다. 밀고 당기는 거래를 별로 좋아하지 않는 가온에게 그런 과정은 무척 귀찮고 성가셨다.

그래서 차라리 아니테라에 광맥이 있다면 제대로 된 광산을 개발하고 아니테라에 대형 용광로가 있는 제련 및 제철소를 세우는 편이 나을 것 같았다.

'광맥이 있으면 좋겠는데. 일단 알름 원로와 상의를 해 봐야겠네.'

다재다능한 모라이족에게 광맥을 찾고 알아보는 눈이 있었으면 좋겠다.

교량 건설

"헤루스, 미처 말씀을 드리지 못했는데 제대로 된 제철 시설만 있으면 타이탄의 재료는 아니테라에서 얼마든지 생산할 수 있습니다."

알름을 찾아가서 광맥을 탐사할 수 있는 능력자가 있는지 확인하려고 했는데 전혀 기대하지 않은 대답을 들었다.

"그게 무슨 소리입니까?"

"아니테라의 중심에 있는 세계수를 기준으로 북서쪽에 있는 붉은 암산지대가 있습니다. 혹시 기억나십니까?"

당연히 안다. 아직 개척하지 못한 지역으로 해발고도는 대략 200미터 정도에 불과하지만 곳곳에 붉은 암석들로 이루어진 작은 고원지대로 아니테라에 편입된 지는 꽤 오래되었지만 그 어떤 식물도 자라지 않아서 무척 황량한 곳이다.

"암산의 절반가량은 적철석입니다. 그것도 품위가 아주 높지요."

"그게 정말입니까?"

순간적으로 붉은 암반 고원의 크기를 떠올린 가온의 눈이 커졌다.

"네. 진즉에 시작은 했지만 할 일이 너무 많아서 지지부진한 아니테라의 광물 지도가 완성되면 헤루스께 보고를 하려고 했는데, 이렇게 말씀을 드리게 되었군요. 적철석은 7할의 철과 티탄을 포함하고 있습니다. 헤루스께서도 붉은 암석으로 이루어진 고원의 규모가 얼마나 큰지 아실 겁니다. 그만큼 많은 철이 노천광산의 형태로 존재하는 거지요."

"미친!"

그건 그 고원의 태반이 거대한 노천 철광이라는 얘기였다.

'심봤다!'

비행을 하면서 대충 살펴본 적이 있는데 그 붉은 고원은 면적이 적어도 100제곱킬로미터는 될 것이다. 그게 모두 노천 철광산이라고 생각하니 가슴이 너무 벅찼다.

"문제는 저희 일족이 대규모의 철을 다룰 수 있는 기술을 가지고 있지 않다는 겁니다. 거기에 용광로를 포함한 시설에 대한 지식이나 기술도 부족하고요."

모라이족은 형질 변환 능력을 가지고 있지만 그 정도로는 원하는 만큼의 철을 얻거나 가공할 수가 없었다. 기껏해야 아니테라에서 소모되는 정도에 불과했다.

"그건 제가 알아서 하도록 하지요."

아무래도 알펜이나 릴센의 제철 관련 기술자들을 스카우트해야 할 것 같다. 그게 아니면 관련 기계와 시설을 통째로 구입하든지.

아무튼 이것으로 가장 필요로 했던 것이 너무나 쉽게 해결이 되었다.

"그곳만이 아닙니다. 다른 일족의 조사에 따르면 우리 아니테라에는 다양한 광맥이 있습니다. 금과 은부터 시작해서 아주 다양한 금속 광맥들이 속속 발견되고 있습니다. 다만 개발할 인력이나 기술이 없어서 표시만 해 두고 있는 중입니다."

모라이족이 그런 대단한 일을 하고 있을 줄은 몰랐다. 인구는 가장 적은데 정말 가온에게 도움이 되는 큰일들을 맡아 주고 있어 너무 고마웠다.

'더 이상 자원 걱정은 하지 않아도 되겠네.'

그 생각으로 하자 마음이 한없이 풍요로워졌다.

"뭐든 필요한 것이 있다면 애기를 해 주세요."

"아닙니다. 이렇게 안전하고 풍요로운 땅에서 대대손손 살아갈 수 있게 해 주신 것만으로도 우리 모라이족은 항상 감사하고 있습니다."

정말 모든 모라이족이 알름과 같은 마음인지는 모르겠지만 가온은 모라이족에게 깊은 감사의 마음과 함께 모라이족이 진정한 권속이라는 생각이 들었다.

제대로 된 도로도 없어서 관련 기술이나 산업이 발달하지 않는 세계에서 가장 난공사는 무엇일까?

그건 바로 교량을 건설하는 일이다.

빠른 속도로 마차로를 건설하던 타이탄의 전진을 멈춘 존재는 바로 강이었다. 사르켄이라는 이름의 이 강은 굉장히 컸고 에보른까지 직진하려면 반드시 건너가야만 했다.

가온은 강까지 연결되는 도로의 위아래를 살펴보다가 약간 떨어진 상류 쪽에 유난히 강폭이 좁은 곳을 발견했다. 다른 곳은 강폭이 100미터가 훨씬 넘었지만 그곳은 폭이 60미터 정도였다.

그를 따라 강의 곳곳을 살피던 노르딕 상단주 역시 그곳에 다리를 놓기에는 최적의 장소라고 생각하는 것 같았다.

"강 건너편에 있는 저 암반 지대까지 마차가 다닐 수 있는 튼튼한 다리만 놓으면 돌아가는 것보다 대략 보름 정도 줄어들 겁니다. 무차를 사용하는 상행이 기존에 사용하는 다리는 이곳보다 폭이 훨씬 더 좁지만 열흘은 더 올라가야만 합니다."

굳이 노르딕 상단주의 말이 아니더라도 도로 예정지를 살펴본 카오스도 같은 의견을 제시했다.

문제는 새로 뚫고 있는 마차로에서 가장 가까운 강폭이 좁은 곳이 무려 60미터라는 점이다.

"일단 강의 양쪽에 밧줄들을 연결하고 그 위에 나무판자를 고정하는 방식으로 다리를 만들면 어떨까요? 상류 쪽에 있는 다리를 그렇게 만들었습니다."

노르딕이 의견을 냈다. 이 세계의 다리는 대부분 그런 방식으로 만든다고 한다.

다만 단점은 분명했다. 일단 질기고 굵은 밧줄들이 많이 필요했고 설사 그렇게 다리를 만든다고 해도 구조적인 문제로 인해서 심하게 출렁거려서 짐을 가득 실은 마차가 이동하는 것이 어렵고 무엇보다 감당할 수 있는 무게를 넘어설 경우 끊어질 가능성이 아주 높았다.

'출렁다리는 안 돼! 마차가 통행하려면 통나무에 상판을 올린 다리가 적절해.'

이 세계에는 수고(樹高)가 80미터가 넘어가는 나무들도 있다. 당장 강둑을 따라 형성되어 있는 숲에도 그런 거목들이 적지 않았다.

하지만 그런 나무라고 하더라도 밑동부터 꼭대기까지 동일한 직경을 가진 것은 아니다. 중간부터는 직경이 확 줄어들기 때문에 그런 나무를 같은 사이즈의 통나무로 가공해서 다리를 놓을 수는 없었다.

'그럼 중간에 단단한 교각을 설치해야 하는데…….'

교각은 당연히 철근 콘크리트를 사용해야 한다. 이미 알름이 시멘트를 개발해 두기도 했지만 다행히 이곳에도 콘크리트에 대한 지식과 기술이 있다. 성벽을 축조하거나 보수할 때 사용한다는 것이다.

하지만 현재 가온이 서 있는 곳의 강폭이 좁은 이유가 있었다. 강의 양쪽이 흙이 아니라 단단하고 거대한 암반이었던 것이다. 그래서 홍수가 났을 때도 이 구간만큼은 강물에 휩쓸려 넓어지지 않고 일정한 폭을 유지하는 것이다.

그러니 콘크리트를 타설하고 단단하게 굳히는 양생을 위해서 잠시 강물의 길을 돌리려고 해도 굉장히 멀리 우회하는 대공사를 해야만 했다.

하지만 가온에게는 큰 문제가 아니다. 그에게는 모든 속성의 정령력을 다룰 수 있는 카오스도 있고 물 속성의 힘을 가진 나가족이 있는 것이다.

'교각 기둥의 높이는 12미터 정도면 되겠지.'

마침 지금이 갈수기라서 그런지 수심이 대략 3미터에 양쪽의 강둑까지는 대략 4미터 높이다. 그러니 강바닥에 5미터 깊이로 단단히 박아 넣으면 된다.

가온은 교량을 놓을 곳과 멀지 않은 작은 숲 안에 큰 공터를 만들었다. 작업장으로 쓰려는 것이다.

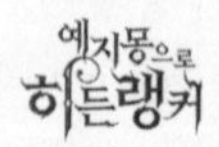

공사에 가장 중요한 시멘트의 경우에는 이미 알름 원로가 개발을 했기 때문에 만드는 공정을 알고 있으니 생산하는 것도 어렵지 않았다. 주재료인 석회와 화산재는 라치온 시티가 활화산 지대에 위치하고 있기 때문에 마음만 먹으면 얼마든 구할 수 있었다.

물론 재료 수급을 라치온 시티 측에 요청할 수도 있지만 가온은 그러지 않았다. 시간도 많이 걸리고 설명해야 할 것들이 많았기 때문이다.

그래서 정령들에게 부탁을 했고 채 1시간도 되지 않아서 시멘트의 재료가 강과 인접한 숲 안에 쌓였다.

가온에게는 상급 정령 이상의 능력을 가지고 있는 정령들이 있기에 시멘트를 만드는 것은 간단했다. 먼저 석회석과 화산재를 잘게 분쇄하는 일은 카오스가 맡았고 녹스와 마누가 석회 가루와 화산재를 골고루 잘 섞었다.

마지막으로 카우마가 잘 섞인 석회 가루와 화산재의 혼합물에 고루 열을 가하는 것으로 시멘트가 완성되었다.

철근 콘크리트 기둥의 뼈대가 되는 철근을 엮는 작업은 처음이지만 손재주가 뛰어난 타이탄 건설단의 단원들은 가온의 설명을 듣고 어렵지 않게 하고 있었다.

철근이야 릴센 시티에서 구입한 거대한 후판을 적당하게 자르면 된다. 두께가 5센티미터에 달하기 때문에 지구에서 쓰는 철근보다 더 단단했는데, 콘크리트와 잘 접합되도록 기둥에 작은 홈을 돌려서 내는 것도 잊지 않았다.

건설단원들이 철사로 철근을 얽어서 한 변의 지름이 4미터에 높이가 15미터인 사각 기둥 형태로 만드는 동안 가온은 거푸집을 만들었다.

직경이 3미터가 넘는 거목을 베어낸 후 10미터 길이로 다시 잘랐다. 그리고 알름 족장에게 부탁해서 만든 거대한 탁자를 아공간에서 꺼냈다.

그 탁자의 중앙에는 한 가지 구조물이 장착되어 있었는데 그건 바로 마정석으로 회전하는 거대한 원형 톱으로 탁자의 한쪽에 고정되어 있었다.

가온은 직경 3미터에 길이가 10미터인 통나무를 탁자 위에 올린 후 원형 톱을 향해 밀기 시작했다.

파파파파!

빠르게 회전하는 원형 톱날에 힘을 주어 밀고 있는 통나무가 움직이면서 한쪽이 아주 매끈하게 잘렸다.

그런 방식으로 통나무를 직사각형의 목재로 가공한 후 이번에는 두께가 10센티가 되도록 조정을 한 후 다시 원형 톱날을 향해 밀었다. 그러자 탁자 한쪽으로 폭이 1.5미터 남짓에 길이가 10미터인 반듯한 판자가 생겨났다.

조금 더 시간이 흐르자 나머지 목재 역시 같은 사이즈의 판자들로 변해 한쪽에 쌓였다. 그 판자들은 쌓이는 대로 카오스에 의해서 적합한 수분 함량을 보유한 상태로 변해서 바로 사용할 수 있었다.

"재미있을 것 같군요. 헤루스, 제가 한번 해 보면 안 될까요?"

철근을 엮는 작업을 끝내고 가온이 하는 작업을 유심히 지켜보던 건설단원 중 나이가 가장 어린 헤론이 눈을 빛내며 물었다.

"톱날만 조심하면 됩니다."

비록 나이가 들어서 은퇴를 했지만 전성기에는 익스퍼트 최상급이었던 헤론이다. 당연히 말리지 않은 통나무 정도야 마나를 사용해서 자르고 가볍게 들 수 있었다.

헤론은 처음 해 보는 일이지만 통나무를 판자로 가공하는 작업을 꽤 능숙하게 해치웠다.

"이번에는 나도 한번 해 볼까?"

다른 건설단원들도 흥미가 동했는지 한 명씩 나섰고 판자가 빠르게 쌓였다. 상판으로 쓸 판자들도 필요했기에 양은 많으면 많을수록 좋았다.

그 모습을 지켜보던 가온은 문득 놓치고 있는 것을 떠올리고 다시 움직였다.

그가 하려는 작업은 판자들을 연결해서 거푸집으로 만들기 위해서 꼭 필요한 것으로 판자의 가장자리 부분에 홈을 파거나 돌출부를 만드는 것이다.

홈에 끼울 돌출부 부분을 만드는 것은 쉬웠다. 단검에 검기를 생성해서 정확한 깊이로 일정하게 잘라 내면 되니 말이다.

하지만 홈을 만드는 작업은 좀 더 복잡했다. 가운데 부분에 돌출부와 딱 들어맞을 홈을 파야만 했기 때문이다.

물론 더 복잡할 뿐 어려운 것은 아니다. 다만 이번에는 검기뿐 아니라 망치와 끌까지 사용한다는 점이 추가될 뿐이다.

혼자 했으면 시간이 많이 걸렸겠지만 이 작업 또한 재미있게 보였는지 건설단원 열 명이 달려들었다.

이미 노화가 진행되어 육체적인 능력은 퇴화하고 있지만 마나 운용 능력은 한창 전성기에 있는 전사들보다 오히려 더 정교하고 능수능란한 그들은 처음 몇 번의 시행착오를 경험하더니 그 뒤로는 어렵지 않게 가온이 원하는 작업을 빠르게 해냈다.

그렇게 건설단원들이 교각을 만드는 작업을 하고 있을 때 가온은 오랜만에 나가족의 예하를 소환했다.

"강물의 흐름을 잠시 돌릴 거라고요?"

"응. 다리를 놓을 예정인데 중간에 단단한 교각을 설치할 생각이야. 교각을 철근 콘크리트로 만들 거라서 굳는 동안 강물의 흐름을 끊어야 하거든."

"교각이 뭔지, 철근 콘크리트가 뭔지는 잘 모르겠지만 강물의 흐름을 돌리는 건 어려울 것 같은데요."

"왜?"

“강 건너편도 넓은 암반지대고 이쪽도 암반지대잖아요. 양쪽 지형이 모두 임시 물길을 만들기에 어려워요. 정말 만들어야만 한다면 굉장히 멀리 우회를 해야 해요.”

생각해 보니 일리가 있었다. 다리를 놓으려고 하는 구간이 유난히 폭이 좁은 이유가 바로 강 양쪽의 암반지대 때문이었다. 다른 곳은 홍수가 났을 때 격류가 강둑을 쓸어버리기 때문에 자연스럽게 강폭이 확장되는 데 반해 이곳은 거대한 암반들이 이어져 있어서 그런 일이 일어나지 않았다.

“그럼 어떻게 하자고?”

“굳는 시간이 짧다면 차라리 상류 쪽에 호수를 하나 만드는 것이 나을 것 같아요.”

“호수?”

“네. 강물을 잠시 가둬 두는 용도로요.”

그거 좋은 생각이다. 카오스가 능력을 발휘하면 철근 콘크리트의 양생 시간을 확 줄일 수 있었다.

“좋은 생각이야. 적당한 곳을 찾아봐야겠네.”

“그 일은 저희 나가족에게 맡겨 주세요.”

“나가족이 해 보려고? 호수라고는 하지만 땅을 아주 넓고 깊게 파야 할 텐데. 게다가 물길도 막아야 하고.”

“할 수 있어요.”

왜 예하가 이렇게 적극적인지는 알 수 없지만 나가족이 그 일을 맡아 준다면 가온 입장에서는 더할 나위가 없었다.

가온은 예하를 아니테라로 역소환한 후 10여 분 후에 예하가 원하는 대로 나가족 전사 220여 명을 소환했다. 나가라자와 전사장 들이었다.

이곳의 10분이 그곳에서는 5시간에 해당하는 만큼 이미 얘기를 다 들었는지 전사장의 일부가 먼저 강 상류 쪽으로 재빠르게 이동했다.

얼마 후 강을 따라서 올라갔던 나가족 전사장들에게서 연락이 왔고 다 함께 그곳으로 향했다.

"다른 곳보다 지대가 낮아서 잠시 물을 가둬 두기에는 적당하네요."

가끔 홍수로 인해 강물이 범람했을 때 고였는지 다른 곳과 달리 수생식물들이 많이 자라는 땅이었는데, 예하는 보는 것만으로 이곳이 주위보다 지대가 낮다는 사실을 알아차렸다.

예하와 나가라자 그리고 전사장들이 곧 호수가 될 영역의 가장자리의 풀과 나무를 정리해서 표시를 했다.

그 후 예하부터 시작해서 전사들이 타이탄과 기가스를 소환했는데 전용 무기 대신 제조창에서 특별히 제작한 거대한 삽과 가죽 부대를 지참하고 있었다.

타이탄은 거대한 삽을 이용해서 땅을 팠고 나머지 기가스들은 판 흙을 큰 가죽 부대에 넣어서 표시된 곳 밖으로 날랐다.

그렇게 타이탄과 기가스들이 작업을 시작하자 작업 효율

이 엄청나서 30분 정도가 지나자 중앙의 깊이가 50미터에 직경이 대략 1킬로미터가 넘는 거대한 구덩이가 만들어졌다. 시간 대비 믿어지지 않을 정도의 작업량이었다.

"수고했어! 강물이 이곳을 가득 채울 때까지 얼마나 걸릴까?"

다른 나가라자 열 명과 함께 타이탄에서 나온 예하는 곧장 가온을 향해 달려왔는데 땀에 푹 젖은 속옷 차림이 아주 도발적이어서 가온은 자신도 모르게 눈길을 돌리며 물었다.

"수심과 유속을 고려하면 6시간 정도면 어느 정도 찰 거예요."

교각과 관련된 작업은 정령들이 있으니 서너 시간이면 충분했다.

"좋아. 그럼 이쪽의 물길을 터!"

가온의 지시에 베타급 타이탄 7기가 미리 예정된 구간의 강둑을 삽으로 파내기 시작했다.

그 모습을 지켜보던 예하와 열 명의 나가라자들이 강 속으로 들어갔는데 인간형이 아니라 하체가 뱀인 원래의 몸이었다. 그리고 일정한 간격으로 선 후 물의 흐름을 터진 강둑 쪽으로 이끌었다.

'염력의 일종인 것 같은데 대단하네. 그런데 설마 계속 저렇게 강물의 흐름을 조종하려는 건 아니겠지?'

그때 예하를 제외한 나가라자들이 천천히 움직이기 시작

했는데 놀랍게도 강의 바닥이 융기하기 시작했다. 더욱 놀라운 것은 그렇게 강바닥이 위로 솟구치는 가운데서도 예하는 집중력을 잃지 않고 물의 흐름을 제어하고 있었다.

얼마 후 강바닥은 어느새 높은 둑으로 변해 있고 한쪽 끝부분만이 열려 호수로 강물이 흘러 들어가고 있었다.

강물의 흐름이 끊기자 얼마 후 해당 지점의 강바닥이 드러났다. 이제 가온이 직접 움직일 차례다.

타이틴에 탑승한 가온은 거대한 삽을 이용해서 강의 중앙에 깊이가 5미터에 달하는 구덩이를 팠다. 그리고 지름이 4미터가 약간 넘게 작업을 했다.

다음 작업은 건설단원들이 만든 철근 구조물을 옮기는 것인데 전사들이 타이탄을 소환해서 처리했다.

그렇게 철근 구조물을 미리 판 구덩이에 집어넣은 가온은 미리 건설단원들이 홈과 돌출부를 이용해서 단단하게 결합시킨 판자를 철근 구조물 주위에 붙이기 시작했다.

그렇게 철근 구조물과 밀착이 되게 만든 거푸집이 완성되자 다음은 시멘트와 자갈을 섞는 일이 기다리고 있었지만 그건 물길을 돌린 후 구경을 하는 예하와 나가라자들이 맡았다.

교각이 들어설 자리와 가까운 곳에 깊고 넓은 구덩이를 여러 개 판 후 그곳에 시멘트와 자갈을 붓고 물을 집어넣으면

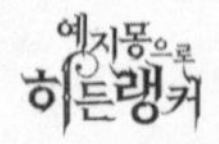

서 섞는 작업이었는데 달리 베타급 타이탄이 아니라서 굳이 마나를 쓸 필요가 없었다.

그렇게 콘크리트 용액이 완성되는 사이에 가온은 근처에서 크기가 다른 거대한 바위 몇 개를 집어 와서 검기를 사용해서 반듯하게 다듬은 후 거푸집 근처에 차례로 놓았다.

이제 마지막 작업이 남았다. 여전히 타이탄에 탑승한 나가라자들이 가온이 알름에게 부탁을 해서 만든 거대한 철제 용기에 콘크리트 용액을 담자 가온이 그것을 바위 디딤돌을 이용해서 강바닥 기준 7미터 높이의 거푸집 위로 올라가서 부었다.

단순 작업이지만 거대한 체구에 강력한 힘을 가진 타이탄이 아니라면 해낼 수가 없는 일이었다.

만들려고 하는 교각이 각 변이 4미터에 이르는 철근 콘크리트 구조물이었기에 들어가는 콘크리트 용액의 양은 엄청났지만, 시멘트 가루는 강변에 가득 쌓여 있었고 혼합할 인력도 충분했다.

얼마 후 거푸집이 가득 채워졌다. 이제 양생만 제대로 되면 교각이 완성되는 것이다.

원래라면 꽤 오랜 시간을 기다려야 했지만 시간을 줄여 줄 수 있는 능력을 가진 존재가 있었다. 바로 카오스였다.

콘크리트의 양생은 수분을 말리는 과정이 아니다. 시멘트는 물과 결합하면 처음에는 응결이 되지만 시간이 지나면 다른 방식으로 결합해서 강도를 증가시킨다. 그것을 시멘트의 수화작용이라고 한다.

그동안은 표면은 물론 내부의 수분이 증발하지 않도록 거푸집으로 보호를 해 주는 것이다.

이 과정을 제대로 거쳐야 철근 콘크리트의 강도가 수십 년 이상 거센 물살에 견딜 수 있었다.

물론 그 과정을 촉진시킬 수 있는 능력자가 가온의 곁에 있었다. 바로 카오스였다. 다양한 속성력을 가진 그녀는 수화 과정에 직접 개입해서 반응을 촉진시키는 한편 빨리 굳도록 만들 수 있었다.

처음에는 수화작용에 대한 이해가 부족해서 자신이 없어 하던 카오스는 다양한 시도를 통해서 수화작용이 촉진되어 빠르게 강도가 증가하는 최적의 방향을 찾아냈고 결국 철근 콘크리트 교각은 2시간 만에 완벽하게 완성되었다.

그렇게 교각이 완성되었지만 아직 할 일은 남아 있었다. 교각과 강 양편에 다리의 상판이 얹어질 거대한 암반에 통나무를 가공한 목재에 알맞게 홈을 내는 작업을 해야만 했다.

가온은 그 작업을 단검에 검기를 생성시켜서 간단하게 처리했다.

그 후 건설단원들이 거대한 원형 톱날을 이용해서 정사각의 기둥으로 가공한 목재들을 날아오자 타이탄을 소환해서 무거운 목재들은 가볍게 교각과 양쪽 암반에 만든 홈 사이에 제대로 끼우는 것으로 1차적인 다리의 모습이 완성되었다.

하지만 이게 끝이 아니다. 미리 상판용으로 만든 두꺼운 판자들을 카오스에게 부탁해서 잘 건조시켜 두었다.

자연건조를 시킨다면 부위마다 수분 함량이나 건조 정도가 달라서 우그러지거나 휠 수 있었지만 카오스는 판자 전체의 수분을 동일한 수준으로 날려 보내는 방식으로 반듯하게 건조시켰다.

강의 양쪽 암반과 교각 사이에 촘촘하게 고정된 목재들 위에 20센티미터 두께의 판자를 얹은 후 철근을 검기로 잘라서 만든 쇠못을 박아서 단단히 고정시켰다.

그것만으로도 지켜보던 시티 관계자들과 헤실런 상단 관계자 그리고 사냥한 마수와 몬스터의 사체를 챙기기 위해서 따라온 전사와 일꾼 들은 입이 떡 벌어졌지만 이게 마지막은 아니었다.

지름이 10센티미터에 길이가 2미터인 작은 사각기둥 수백 개를 뚝딱 만들어서 머리가 없이 양쪽이 뾰족한 못을 이용해서 다리의 양 가장자리에 일정한 간격으로 고정을 시키자 난간까지 갖춘 제대로 된 교량이 완성되었다.

"이제 교량의 인장강도를 시험해 볼 차례군요. 누가 마차 한 대를 빌려주시겠습니까?"

가온의 말에 눈으로 지켜봤으면서도 아직도 눈을 의심하

고 있던 사람들 중 노르딕이 나섰다.

"마차면 됩니까?"

"그렇습니다. 마차에 우리 건설단원들을 가득 태우고 시험 삼아서 건너갈 겁니다."

"괜찮을까요?"

"당연히 괜찮습니다. 우리 아니테라에서도 같은 공법으로 다리를 놓는데, 이 정도면 짐을 가득 실은 마차 10여 대가 동시에 지나가도 안전합니다. 다만 나중에 마차로 다리를 건널 때는 혹시 모를 상황에 대비해서 다리 위에 많은 마차가 올라가지 않도록 제어할 필요가 있을 겁니다."

어느새 다가온 박트 시장 등 라치온 시티의 수뇌부에게 그렇게 설명을 한 가온은 노르딕이 내준 마차에 단원 스무 명을 태우고 천천히 마차를 다리로 몰았다.

기대감과 긴장감이 교차하는 얼굴로 마차가 다리를 건너는 모습을 지켜보던 사람들은 마차가 무사히 다리를 건너자 일제히 주먹을 불끈 쥐고 환호성을 질렀다.

"우와아아!"

"다리가 전혀 흔들리지 않았어!"

사람들이 가장 유심히 지켜본 것이 마차가 지나갈 때 다리 바닥이 아래로 꺼지지 않는지와 다리가 흔들리지 않는지 여부였다. 이런 다리를 처음 보는 사람들이라 전문적인 지식은 없지만 그 정도는 기본적으로 알고 있었다.

다음은 마차의 숫자를 추가해서 다리를 건넜는데 짐을 가득 실은 마차 열다섯 대까지는 다리에 아무런 변화가 없었다. 한 상판에 마차가 여덟 대가 올라가자 비로소 아래의 목재에 고정된 상판에 변화가 생겼다.

"정말 엄청나군!"

"만약을 위해서 이곳에 사람을 상주시켜서 동시에 마차 열대 이상이 올라가지 않도록만 관리를 해 주면 오랫동안 사용할 수 있겠어요!"

"후아! 믿을 수가 없군요. 아무리 타이탄이라도 이렇게 튼튼한 다리를 불과 반나절도 안 되어 완성시키다니! 왜 타이탄의 쓰임을 전투용으로 한정하고 있었는지 모르겠습니다!"

박트 시장에 이어 무역부장인 이사벨과 산업부장인 바워드는 앞으로 시티의 재정 상황이 크게 개선될 수 있다는 사실에 춤을 추는 것처럼 두 팔을 크게 휘두르며 기뻐했다.

"교량 통행료만 받아도 수익이 엄청날 것 같아요!"

에보른 시티와의 교역량이 폭증할 것은 당연하고 다른 시티들도 이 교량을 통해서 라치온 시티를 오갈 테니 예상되는 수익이 엄청났다.

"가능하면 통행료는 받지 않거나 받아도 부담이 없는 정도였으면 좋겠습니다."

"네?"

가온의 말에 이사벨이 이해가 안 간다는 얼굴을 했다.

"통행료가 부담스러운 수준이 되면 교역량이 줄 겁니다. 그러느니 차라리 통행료를 징수하지 말고 더 많은 상인들이 라치온을 찾아오도록 만드는 것이 장기적으로 보면 이득이 될 겁니다."

"다들 통행료를 징수하고 있기는 한데 온 경의 고견이 그렇다면 한번 진지하게 고민해 보겠습니다!"

다행히 시장은 가온의 우려를 어느 정도 눈치챈 것 같았다.

공사 완료

튼튼하고 멋진 다리가 완성되는 모습을 지켜본 라치온 시티 사람들은 모두 감격했다. 이 다리가 놓임으로써 멀리 돌아가야만 했던 이전에 비해 족히 일주일은 여정이 짧아진 것이다.

하지만 가장 기뻐하는 사람은 따로 있었다. 바로 헤실런 상단의 노르딕 상단주였다. 그는 이 다리의 가치를 누구보다 잘 알고 있었다.

'당장 마차를 더 끌고 와야 해!'

이건 상인에게는 절호의 기회다. 이미 가온을 믿었기에 100대나 되는 마차를 끌고 여기까지 따라왔지만, 이 정도면 나머지 구간도 이미 지나온 곳처럼 넓고 반듯할 것이며 심지어 하루 거리에 존재하는 마수와 몬스터 들이 모두 토벌되어 안전해졌다.

다행하게도 헤실런 상단의 창고에는 에보른 시티로 가면 고가에 팔 수 있는 물품이 가득했다. 가죽은 물론 가죽을 가공해서 만든 방어구와 다양한 무구 그리고 에보른 시티에서 가장 필요로 하는 철광석 등 다양한 광석까지 말이다.

노르딕은 아들 리켈을 불러서 현재 라치온 시티의 상단 창고에 있는 모든 물품을 마차에 실어 오도록 지시했다.

“마차가 부족할 것 같은데요.”

“당연히 빌려야지. 다른 상단이 이 소식을 들으면 우리를 따라 할 가능성이 높으니 이 마차로의 비밀이 새어 나가지 않도록 비밀을 엄수한 상태로 최대한 많은 마차를 빌려서 실어 와!”

“알겠습니다. 그럼 다녀오겠습니다.”

노르딕은 아들이 호위전사 다섯 명과 함께 말을 몰아 라치온 시티로 달려가는 것을 확인한 후에야 마음을 놓을 수 있었다.

하지만 노르딕만 머리가 있는 것이 아니었다.

“시장님, 당장 시티로 사람을 보내 온 경에게 드릴 양을 빼고 광산 창고에 쌓여 있는 철광석들을 실어 와야 해요!”

“맞습니다. 거기에 무구들까지요! 아니지! 식량을 실어 올 빈 마차들이 더 필요합니다!”

이사벨과 바워드는 무역부장과 산업부장이라는 자리에 맞게 아니테라의 타이탄들이 만들고 있는 이 길의 중요성과 활용을 금방 파악했다.

"이렇게 되면 최근 들어 더욱 심해진 알펜의 가격 후려치기 때문에 철광석을 창고에 가득 쌓아 두길 잘했네. 우린 제값을 받을 수 있고, 알펜 놈들에게 엿을 먹일 수 있는 절호의 기회야! 자쿠마, 자네가 전사 몇 명을 이끌고 다녀오게."

"으하하하! 길이 좋아서 하루면 다녀올 수 있을 겁니다."

신이 난 자쿠마 부길드장이 십여 명의 전사들을 이끌고 라치온 시티로 급하게 말을 몰았다.

이제는 전원이 기가스를 포함한 타이탄 라이더인 아니테라의 전사단이 새로 건설할 도로 주위에 있는 마수와 몬스터들을 그야말로 쓸어버리는 동안 건설단의 타이탄들은 빠르게 도로를 건설하는 일이 벌써 나흘째 지속되고 있었다.

마지막 난공사가 기다리고 있었다. 물론 이곳까지 따라온 라치온 사람들은 난공사가 아니라 불가능하다고 여기고 있었다.

"저 넓은 습지만 곧장 통과할 수 있다면 에보른이 코앞인데……."

사람들이 보고 있는 거대한 습지는 그들이 서 있는 곳에서 에보른과 연결되는 지점까지의 거리만 해도 무려 3천 무에 달했다.

"도로를 이곳까지 낸 것을 보면 좀 이상한데. 설마 아니테라에서 이 습지에 길을 내려는 건 아니겠지?"

"에이! 그건 아니지. 사람 키를 훨씬 넘는 곳들이 수두룩하고 리자드맨이나 프로그맨부터 시작해서 독을 품은 마수와 마충이 들끓는 저 습지에 어떻게 길은 낸다고 그래."

"그야 그렇지만 이제까지 해 온 일들을 보니까 기대가 되네. 습지를 따라 돌아가면 5일이 걸리지만 질러가면 불과 몇 시간 만에 습지를 건널 수 있잖아."

그런데 그들의 기대와 걱정이 무색하게 만드는 일이 벌어졌다.

"나가족이다!"

거대한 체구의 나가족들이 모습을 드러낸 것이다.

이 습지에도 나가족이 있기는 했지만 숫자가 얼마 되지 않아서 대신 리자드맨이나 프로그맨 그리고 악어가 지배하고 있었다.

"우리가 아는 나가족이 아닌 것 같아!"

모습을 드러낸 나가족은 대략 200여 명이었는데 엄청난 체구들이었다. 다들 체고가 5미터가 훌쩍 넘어간 것이다.

나가족의 신체의 특성상 혼혈이 거의 없어서 사람들과 어울려 사는 경우는 별로 없지만 용병이나 사냥꾼이 많은 라치온 시티는 그런 나가족과도 교류가 있어서 나가족이 체구가 클수록 높은 신분이라는 점은 잘 알고 있었다.

그런 나가족들이 가온의 명령이 떨어지자 습지로 들어가서 빠르게 움직였다.

먼저 나가족 스무 명은 1무의 간격을 유지한 상태로 전진했고 나머지는 십여 명 단위로 습지 곳곳으로 흩어졌다.

그런데 경악할 일이 벌어졌다. 전진하는 스무 명의 나가족의 뒤쪽으로, 습지의 수면 기준으로 1무 정도 높은 땅이 솟아오른 것이다.

"허엇!"

"서, 설마 습지 바닥의 흙을 위로 끌어 올리는 건가?"

그게 아니라면 저런 일이 벌어질 수가 없었다.

그게 끝이 아니다. 가온 곁에 대기하고 있는 라이더 몇 명이 손에 든 카드를 만지작거리자 앞쪽은 배토판을, 그리고 뒤에는 거대한 롤러를 달고 있는 불도저 타이탄들이 나타났다.

네 기의 불도저 타이탄들은 나란히 서서 나가족이 끌어 올린 땅 위를 향해 움직였다.

주르르.

거대한 배토판은 울퉁불퉁하고 젖어있는 표면을 매끄럽게 다듬었고 뒤에 달린 롤러는 수분이 많은 흙을 강하게 눌러 다졌다.

그렇게 솟아오른 땅이 다져지는 과정에서 물기가 흘러나

오며 높이가 낮아지기 시작했다. 타이탄들이 몇 번 왕복을 한 구간은 습지의 수면을 기준으로 대략 0.5무 높이를 유지한 상태로 단단하게 굳어 버렸다.

그동안 건설한 도로의 폭은 대략 10무 정도였지만 습지를 가로지르는 도로는 폭만 무려 20무에 달했다. 폭이 두 배나 되는 것이다.

"이렇게 쉽게 습지를 관통하는 도로를 건설한다고?"

지켜보던 사람은 지금까지도 놀랐지만 그건 약과에 불과했다는 사실을 깨달았다. 나가족 스무 명은 어떤 능력을 사용하는지는 알 수 없지만 타이탄들과 함께 습지를 가로지르는 넓고 단단한 도로를 만들고 있었다.

"하아! 육지의 도로보다 폭이 넓은 것은 행여 발생할 수 있는 수생 마수의 기습에 제대로 대비하라는 의미겠군."

마차가 도로의 가운데 부분으로 이동한다면 수생 마수들은 나머지 공간 때문에 기습이 불가능하다. 어떻게 되었든 도로 위로 올라와야만 하는 것이다. 당연히 마차를 호위하는 이들은 그만큼 준비할 수 있는 시간적인 여유가 생기는 것이다.

게다가 습지 곳곳에서 마수와 몬스터의 그것으로 추정되는 비명이 들리는 것을 보면 열 명 단위로 흩어진 나가족 전사들이 리자드맨이나 프로그맨을 포함한 수생 마수들을 사냥하는 것 같았다.

"하하하! 어이가 없네."

너무나 충격적인 도로 건설을 끝까지 확인한 라치온 사람들은 허탈하게 웃었다.

"아무래도 시티로 돌아가서 건설용 타이탄 구입에 대한 진지한 얘기를 나누어야겠네."

그렇게 공사를 시작한 지 닷새 만에 마지막 구간인 거대한 습지를 관통하는 마차로가 완공되었다.

마침 공사가 끝난 시간은 해가 질 무렵이어서 헤실런 상단과 라치온 시티 직영 상단은 에보른으로 들어가고 라치온 시티의 시장과 수뇌들은 가온과 함께 습지 건너편에서 하루를 숙영하기로 했다.

저녁 식사를 하는 자리는 그 어느 때보다 화기애애했다.

"허헛! 눈으로 직접 공사 현장을 지켜봤으면서도 믿기지 않습니다. 두 달이나 걸려야만 했던 에보른 시티를 이제 무차도 아니고 마차로 이틀이면 도착할 수 있다니!"

심지어 말을 타면 하루 안에 도착할 수 있었다.

당연히 박트 시장은 안 먹어도 배가 불렀다. 물론 시티의 다른 수뇌들도 같은 마음이었다.

"그래서 말인데 온 훈 경, 저희 라치온 시티를 위해서 건설용 타이탄을 팔아 주십시오."

시장이 은근한 어조로 부탁을 해 왔다.

"으음. 그 부분은 일단 시티에 보고를 하고 회신을 받아 봐야 할 겁니다."

"그렇군요."

라치온 시티 관계자들은 미적지근한 가온의 반응에 안달이 났지만, 그들도 가온이 건설용 타이탄의 판매에 대한 전권을 가지고 있지 않다는 사실 정도는 짐작하기에 애써 마음을 눌렀다.

"그럼 타이탄, 아니 전사용 타이탄을 조금이라도 저희 시티에 판매해 주십시오."

"몇 기가 필요합니다."

라치온 시티 자체가 영인의 후예가 아니라 용병단과 상단 등이 연합해서 만들었다고 들었다. 그래서 경매와 무관하게 타이탄을 판매할 의향이 있었다.

"10기면 어려울까요?"

"가격은요?"

"평균 55만 골드에 낙찰이 되었다고 들었습니다. 저희 시티는 한 기당 60만 골드에 구입하겠습니다."

"안 그래도 생각은 하고 있었습니다. 그렇게 하지요."

"감사합니다! 감사합니다!"

박트 시장은 물론이고 시티 전사단장과 헌터국장이 허리가 부서지게 감사 인사를 했다. 물론 다른 시티 수뇌들도 마찬가지였다.

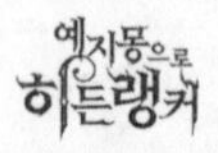

"대신 타이탄 기동과 정비에 대한 문제가 있으니 넘겨드리는 것은 경매가 열리는 날에 처리하도록 하지요."

이제까지 타이탄 라이더가 없었던 용병들을 대상으로 하는 경매이다 보니 당연히 따르는 문제였다.

"여부가 있겠습니까. 시티로 돌아가면 바로 준비하겠습니다."

"하하하. 라이더부터 선발해야 할 텐데, 난리가 아닐 것 같습니다."

"에보른 시티로 통하는 마차로까지 생겼으니 우리 시티가 날개를 펴고 비상하는 것도 머지않았습니다!"

"안 그래도 열두 마녀 측은 우리 시티가 영인의 후예가 세우지 않았다는 이유로 타이탄 판매를 거부해서 속이 상했는데 정말 잘됐습니다!"

"3년 전에 메인 상단주가 시장을 역임했을 때 방문했던 세이틀 마탑 측 사신의 말을 기억하십니까?

"당연히 기억하지요. 상급 마정석을 사용하는 것도 그렇고 전용 아공간 아이템도 없는 알파급 타이탄을 50만 골드에 팔겠다며 마치 은혜를 베푸는 것처럼 거드름을 떨던 그 돼지새끼를 어떻게 잊겠습니까!"

"그것도 꼴랑 3기였습니다. 그때 여기 있는 박트 시장께서 상대의 태도에 열이 받아서 자리를 엎어 버리셨지요."

"하하하. 그 작자가 지금 우리 상황을 보면 어떻게 생각할지 정말 궁금합니다!"

라치온 시티 수뇌부는 일단 10기의 타이탄을 확보했으며 투툼 용병길드 소속의 용병들과 상단들이 적어도 수십 기의 타이탄을 더 확보하는 미래를 생각하고 잔뜩 들떠서 떠들었다.

"그런데 온 훈 경, 혹시 경매에 자격을 제한할 의사가 있으십니까?"

한참 웃고 떠들다가 뭔가 떠올린 듯 시장이 정색을 하며 물었다.

"경매에 참가할 자격을 제한한다고요? 그럴 생각은 없습니다만."

"경이나 아니테라 시티의 입장에서는 경쟁을 통해서 높은 낙찰가를 유도할 수 있는 경매가 당연히 유리하겠지만, 행여 용병들이 아니라 다른 시티들이 대리인을 내세워서 타이탄들을 낙찰받을까 두렵습니다."

박트 시장은 그간 시간이 날 때마다 가온과 대화를 나누면서 가온이 용병들이 타이탄을 보유하는 것을 긍정적으로 생각한다는 사실을 확인했기에 이렇게 말하는 것이다.

"그런 움직임이 있습니까?"

"네! 이미 경매가 열렸던 알펜은 물론 곧 예정된 릴센 측도 열흘 후에 열릴 우리 시티의 경매를 주시하고 있습니다. 경매 예정일 사흘 전부터 전날까지 무려 서른 건이 넘는 텔레포트진의 허가 요청이 들어왔습니다."

이미 타이탄 경매에 대한 정보가 꽤 많은 시티에 알려진 것이다.

만약 자금력이 높은 시티들이 경매에 뛰어든다면 잔뜩 기대하고 있는 용병들은 1기도 낙찰받지 못하는 상황이 벌어질 수도 있었다.

"그렇다고 지금에 와서 경매 자격을 제한할 수는 없습니다. 대신 절반의 물량은 라치온에 근거를 두고 있는 용병단이나 상단에 돌아갈 수 있도록 해 보지요."

"그럼 경매 전에 규정을 그렇게 바꾸겠습니다."

가온의 허락이 떨어지자 언제 떠들었냐는 듯 조용했던 시티 수뇌들이 일제히 만면에 큰 미소를 떠올렸다.

'어차피 용병들은 우리 투툼 길드의 소속이니 상단에 적당히 양보하더라도 15기 정도는 낙찰받을 수 있을 거야!'

박트는 시장이기도 하지만 용병길드의 길드장이다. 당연히 용병의 권익에 민감할 수밖에 없었고 가온의 처분에 크게 만족했다.

물론 상단을 대표하는 수뇌들도 마찬가지다.

에보른 시티

에보른 시티가 난리가 났다.

라치온 시티의 두 상단이 시티에 입성한 지 3시간 만에 열린 시티 수뇌부 회의.

퇴근을 하고 집에서 푹 쉬다가 급하게 불려 나온 사람들이 모두 착석하자 시장이 재무국장을 쳐다봤다.

"라치온 시티와 연결되는 새로운 도로가 생겼다는 말이 사실인가?"

"그렇습니다. 해가 지는 바람에 더 가 보지는 못하고 타이렌 습지까지만 확인했는데, 놀랍게도 이전에는 없었던 넓은 도로가 습지를 가로지르고 있었습니다. 마차 두 대가 나란히 달리고도 남을 정도로 폭이 넓고 단단한 도로였습니다."

수백 대의 마차에 엄청난 양의 물품을 가지고 오후 늦게 입성한 헤실런 상단과 라치온 상단 관계자들을 면담한 재무 국장이 시장의 질문에 대답했다.

"대체 라치온 시티가 언제 그런 도로를 건설한 거지?"

당연한 의문이다. 거대한 습지를 가로지르는 길을 만들려면 엄청난 인력이 투입되어야 하고 그랬다면 에보른 시티에서 모를 수가 없었다. 인부들이 소비하는 식료품부터 시작해서 많은 것을 에보른에서 구입해야만 했다.

"저도 궁금해서 알아봤는데 그쪽 얘기가 너무 황당해서 믿기가 힘듭니다."

"뭔데?"

"아니테라라고 하는 시티의 타이탄 전사단에서 라치온에서 우리 시티까지 연결되는 안전하고 빠른 도로의 건설에 대한 의뢰를 맡았답니다."

"그런데?"

"처음에는 라치온 쪽에서도 긴가민가했답니다. 그래서 다소 과하다고 할 수 있는 보상을 내걸었고요. 그런데 아니테라에서는 건설용 타이탄과 전투용 타이탄을 동원해서 불과 닷새 만에 마차로 이틀밖에 안 걸리는 도로를 건설했다고 합니다."

"믿을 수 없는 소리군요. 불과 얼마 전까지만 해도 두 달이 넘게 걸렸는데."

"저도 처음 들었을 때는 말도 안 되는 소리라도 치부했는데 눈으로 직접 확인했습니다. 게다가 마차로의 건설과 병행해서 아니테라 시티의 전투용 타이탄들이 마차로에서 하루 거리에 있는 마수와 몬스터를 모두 토벌했다고 합니다."

"하아! 이게 사실이라면 그야말로 기적이군요. 그런데 타이탄이면 타이탄이지, 건설용은 뭐고 전투용은 뭡니까?"

시장이 나서기 전에 헌터국장이자 타이탄 전사단장인 케르미가 황당한 얼굴로 물었다.

"저도 들은 것에 불과하지만 아니테라라고 하는 시티에서는 열두 마녀에서 생산하는 타이탄에 비해서 1할 이상 전투력이 뛰어난 타이탄을 자체 생산한답니다. 그리고 그 타이탄을 경매로 판매한다고 합니다. 아! 심지어 그들의 타이탄은 전용 아공간 카드가 있어서 수납이 가능하다고 했습니다."

"그걸 믿습니까? 무수히 많은 시티와 마탑들이 그렇게 연구를 했지만 결국 열두 마녀를 제외하고는 제대로 된 타이탄을 만들 수 없다는 사실이 밝혀졌지 않습니까? 낭설이겠지요."

"아닙니다!"

헌터국장의 말에 정보국장은 단호한 얼굴로 고개를 저었다. 그러자 회의에 참석한 시티 수뇌부가 일제히 그를 주시했다.

"아나테라에서 제작한 타이탄들은 이미 알펜 시티에서는

경매로 10기나 판매가 되었답니다. 그리고 기존의 타이탄보다 더 높은 제원을 가지고 있다는 사실도 릴센 시티에서 발생한 몬스터 웨이브에서 확인되었답니다. 그리고 전용 아공간 카드가 있어 활용도가 엄청나게 높다는 사실까지 확인이 되었고요."

"정말입니까?"

다들 입이 떡 벌어졌다. 그들이 알고 있는 상식을 벗어난 일이었기에 정보국장이 이제껏 한 번도 과장하거나 없는 소리를 한 적이 없다는 사실을 잘 알면서도 쉬이 믿기가 어려웠기 때문이다.

"확실합니다. 우리 시티에서 활동하는 고위급 용병들에게 급하게 확인을 했습니다. 타이탄을 경매로 판매하는 것도 신기하지만 대상에 한계를 두지 않은 것도 사실이라 용병들 사이에서는 엄청난 화제랍니다. 며칠 후에는 릴센 시티에서도 경매가 열린다고 했습니다."

"그런 중요한 정보를 왜 우리 시티는 아직 입수하지 못한 겁니까?"

시장의 질문에 정보국장이 얼굴을 들지 못했다.

"그게, 최근 시티 주변에 마수와 몬스터의 수가 증가해서 웨이브의 가능성을 조사하느라고 바빴습니다. 지금 말씀드린 사항도 오늘 오후에 귀환해서 알게 되었습니다."

"으음. 내가 정보국장에게 무엇보다 그쪽에 전념하라고

지시했던 것이 기억나는군."

"호오! 타이탄을 대상으로 경매를 연 것도 신선하지만 용병에게도 타이탄을 판매한다는 것은 좀, 아니 많이 획기적입니다. 사실 용병이라고는 하지만 대부분 연고가 있는 시티에서 활동을 하니 시티 입장에서도 나쁜 일은 아니지요. 전사라고 해서 충성심을 담보할 수 있는 것은 아니니까요. 차라리 보수만 확실하게 챙겨 주면 언제 어떤 일이든 가리지 않고 나서는 용병 쪽이 차라리 나을 수도 있는데, 타이탄까지 보유한다면 시티 입장에서는 나쁠 것이 전혀 없습니다."

시장에 이어 시장의 동생이자 시티의 살림을 도맡아서 하고 있는 내무국장의 말에 용병이 타이탄을 보유한다는 사실에 잠시 거부감을 느꼈던 수뇌부들은 자연스럽게 고개를 끄덕였다.

"아! 무엇보다 아니테라의 타이탄이 각광을 받는 부분이 있습니다."

"뭔가?"

"아니테라의 타이탄은 상급 마정석이 아니라 중급 마정석으로 기동이 가능하답니다. 심지어 기동 시간도 더 길고요."

"……."

잠시 아무도 말을 하지 못할 정도로 획기적인 내용이다.

사실 타이탄을 많이 보유하고 있어도 기동하는 것은 다른 문제다. 한 번 기동할 때마다 한 기당 열 개의 상급 마정석이 필요하니 말이다.

아무리 상급 마정석이 충전이 가능하다고 해도 충전하는데 빠르면 9개월, 길게는 1년이 걸리기 때문에 타이탄이 있어도 쉽게 활용하기는 힘들었다. 예외라면 시티의 전력을 한계까지 동원해야 하는 몬스터 웨이브 정도였다.

"정말 중급 마정석으로 기동한다고? 사실인가?"

너무 황당한 내용이라서 한동안 말도 꺼내지 못했던 시장이 이제야 겨우 말문을 열었다.

"네, 시장님. 이건 릴센에서 활동하는 우리 시티의 용병들로부터 확인을 받았기에 확실합니다. 심지어 열두 마녀에서 생산한 타이탄보다 공격력은 물론 방어력까지 높았답니다."

"하아! 대체 아니테라가 어떤 시티이기에……."

"마르트 산맥 깊숙한 곳에 있다는데 고대 유적에서 타이탄의 설계도를 확보했고 100여 년에 가까운 연구 끝에 독자적인 타이탄을 개발한 거라고 알려졌습니다. 그리고 건설용 타이탄은 전혀 다른 외양을 가진 타이탄인데 길을 뚫고 도로를 만드는 데 특화되었다고 합니다."

시장은 정보국장의 말에 욕심이 생겼다. 전투용 타이탄도 그렇지만 건설용 타이탄에 마음이 동했다.

'다른 시티와 연결되는 도로만 제대로 있다면 우리 시티는 지금보다 몇 배는 더 커질 수 있어.'

지금도 암염산과 풍부한 물산으로 주위 시티에 강력한 영향력을 발휘하고 있지만, 그렇게 되면 명실상부 메가시티로 도약할 수 있었다.

"재무국장, 혹시 이번 마차로 건설을 한 아니테라 사람들이 어디 있는지 아나?"

"안 그래도 그쪽 상단 관계자에게 물어봤는데 온 훈이라는 타이탄 전사단장과 라치온 시티의 시장을 포함한 수뇌부가 마차로 건설 내내 참관했다고 합니다. 지금은 습지가 시작되는 지점에서 숙영하고 있고요."

"타이탄 전사단장이라면 아니테라 시티를 대표할 수 있는 인물이겠지?"

"우리 시티도 의뢰를 하게요?"

"당연히 의뢰도 할 생각이지만 그보다는 우리 시티에서도 경매를 열 수 있는지 확인해 보려고."

에보른 시티 역시 열두 마녀의 독단적이고 공평하지 않은 타이탄 판매에 큰 불만을 가지고 있었다.

시티의 영역이 넓은 만큼 많은 타이탄이 필요한데 열두 마녀는 아무리 뇌물을 찔러주어도 1년에 한 번, 그것도 두세 기밖에 판매하지 않았다.

"일단 만나서 대화를 나눠 보겠습니다!"

"아무튼 이번에 라치온 시티와 연결되는 도로가 건설됨으로써 우리 시티는 물론 라치온 시티도 함께 발전할 수 있을 것 같습니다. 우리에게 부족한 철광석을 비롯해서 다양한 광석의 수급이 안정될 뿐 아니라 좁고 험한 길 때문에 한정된 양의 생필품밖에 못 가져갔던 라치온 시티도 큰 도움이 될 겁니다."

빠르고 안전한 도로의 건설로 인해서 라치온 시티는 물론이고 에보른 시티 역시 큰 수혜를 받을 수 있었다.

"전투용도 전투용이지만 저는 건설용 타이탄이 더 욕심나네요."

산업부장의 말에 시티 수뇌부는 예외 없이 격하게 고개를 끄덕였다. 인근 시티와 연결되는 도로 때문이 아니더라도 시티의 영역은 넓은데 인력의 한계로 인해서 아직 제대로 개발이 안 된 땅이 엄청났기 때문이다.

"재무국장, 내무부장과 타이탄 전사단장과 함께 당장 숙영지로 가서 아니테라의 요인을 만나 봐."

"네! 바로 움직이겠습니다!"

재무부장도 지금이 에보른 시티의 발전에 얼마나 중요한 순간인지 알고 있었다.

그날 밤, 가온은 에보른 시티를 이끌어 가는 세 국장과 만났다.

"에보른 시티에서도 타이탄 경매를 열어 달라고요?"

"그렇습니다. 수수료는 받지 않겠습니다. 그리고 가능하면 건설용 타이탄도 경매에 올라왔으면 좋겠습니다."

에보른 시티의 재무국장이 간절한 얼굴로 부탁을 했다.

"건설용을요? 건설용이라고 해도 익스퍼트 중급의 실력을 가지고 있어야 제대로 활용할 수 있는데요?"

"우리 에보른의 전사들은 허울에 불과한 자존심을 부리지 않습니다. 좀 속물과 같은 분위기일 수도 있지만 우리 에보른은 직업에 귀천이 없으며 정당하게 번 돈만 있으면 누구라도 멋지게 살 수 있는 곳입니다. 오랫동안 그런 분위기를 만들기 위해서 시티에서 많은 노력을 했거든요."

시장의 친동생이라는 재무국장의 말에 가온은 내심 감탄했다. 그가 말한 현재 에보른 시티의 체제는 자본주의 사회에 가까웠다. 신분이 아니라 돈이 더 큰 권력이 되는 사회이며 그렇기에 많은 사람들이 돈을 벌기 위해서 노력을 하는 사회인 것이다.

'이런 곳이니 인근에서 가장 큰 시티가 되었겠지.'

가온은 에보른 시티의 수뇌부들이 가지고 있는 사고방식이 마음에 들었다.

"좋습니다. 얼마 후에 릴센에서 타이탄 경매를 엽니다. 그 다음은 라치온 시티고요. 그다음에 이곳 에보른 시티에서 경매를 열지요. 알파급 타이탄 30기 정도면 되겠습니까?"

"흐아! 30기나요?"

세 국장은 가온의 말에 깜짝 놀랐다. 설마 그가 알파급 타이탄 20기를 경매에 내놓겠다고 말할 줄은 몰랐던 것이다.

"네. 다만 절반의 물량은 에보른 시티에 적을 둔 용병단과 상단에 돌아가도록 하는 것이 조건입니다."

"그 부분은 익히 들어서 알고 있습니다. 받아들이겠습니다."

"그리고 건설용 타이탄은 전사나 용병에게 필요한 것이 아니니 경매가 아니라 시티와 직접 거래를 하겠습니다. 현재 우리 시티가 개발한 건설용 타이탄은 네 종입니다. 땅을 파는 것부터 시작해서 바위를 분쇄해서 도로를 건설하는 데 특화되어 있습니다."

"얼마나 팔아 주실 수 있습니까?"

타이탄 전사장이자 헌터국을 책임지고 있는 헌터국장이 눈을 빛내며 물었다.

"각각 2기씩은 판매할 수 있습니다. 물론 당연히 타이탄의 활용법을 전수할 교관의 교습과 부품까지 포함하는 조건입니다."

"1기당 가격은요?"

"재료나 희소성 그리고 활용도를 고려하면 1기당 100만 골드는 받아야 합니다."

"좋습니다! 8기 모두 구입하지요, 당장요."

가온은 어느 정도 가격을 절충할 생각으로 크게 질렀는데 시장의 동생이라는 재무국장이 가온이 말하기가 무섭게 받아들였다.

"대신 조건이 있습니다."

"곧 선발할 라이더들이 작동법이 익숙해질 때까지 훈련을 시켜 주셔야 합니다. 그리고 건설용 타이탄을 이용해서 도로를 뚫는 모습을 실제로 봐야겠습니다."

"훈련 프로그램은 당연히 마련하겠습니다. 그리고 참관의 경우 내일 당장이라도 보여 줄 수 있습니다."

"그럼 내일 직접 참관을 하고 정식 계약을 하면 어떨까요?"

"좋습니다."

그렇게 건설용 타이탄의 판매 계약이 체결되었다.

다음 날 아침, 이른 시간에 에보른 시티의 수뇌부가 숙영지를 방문했다. 전혀 예정에 없었던 에보른 시티와 라치온 시티의 수뇌부 간의 만남이 이루어진 것이다.

이 자리에서 양측의 새로운 마차로의 건설을 기념하는 대규모의 거래가 성사되었다. 무려 5천만 골드에 달하는 에보른의 암염을 포함한 생필품과 라치온의 금속 괴를 거래하기로 한 것인데, 이전부터 라치온 측에서 줄기차게 요구한 거래이기에 금방 성사된 것이다.

그렇게 대형 거래가 이루어진 직후 가온은 에보른 시티 수뇌부와 짧은 회담을 했다.

"건설용 타이탄의 계약에 대해서 다른 의견이 있으십니까?"

"그건 아닙니다. 경매 외에 라치온 시티 측에 타이탄, 아니 전사용 타이탄 10기를 판매하기로 했다는 말을 들었습니다."

에보른 시티의 시장은 처음부터 가온을 자신과 같은 레벨로 대하고 있었다.

"라치온에서 열릴 경매는 새로 건설된 마차로 때문에 뜨거운 분위기에서 진행될 것 같습니다."

가온의 말에 에보른 시티 수뇌들은 일제히 고개를 끄덕였다. 당장 자신들도 적극적으로 나설 예정이기 때문이다.

"이런 분위기에서는 라치온 시티에서 만족할 정도의 수량을 낙찰받을 수 없을 것 같아서 10기를 따로 판매하기로 했습니다."

"그렇군요. 그럼 혹시 우리 에보른 시티에도 동일한 조건, 아니 1기당 70만 골드로 판매를 해 주실 수 있겠습니까?"

거대한 암염 광산을 가지고 있어 자금력이 풍부한 에보른 시티는 라치온 시티 측보다 1기당 10만 골드를 더 불렀다.

"몇 기를 구입하실 생각이십니까?"

"10기는 어렵겠습니까?"

"10기라…… 생각 좀 해 보겠습니다."

가온은 일부러 고심하는 모습을 보인 후 고개를 끄덕였다.

"좋습니다. 다른 특사가 판매할 물량으로 에보른 시티로 돌리겠습니다. 대신 타이탄 거래는 라치온 시티에서 경매가 열리는 전날에 하도록 하지요."

"감사합니다! 그럼 계약서를 쓰도록 하지요."

에보른 시티 시장은 혹시 나중에 변수가 생길까 두려운지 그 자리에서 계약서를 작성했고, 안 받겠다고 말했음에도 불구하고 무려 350만 골드를 선금으로 수령했다.

"그럼 제가 가지고 다니던 예비용 타이탄 5기를 이 자리에서 넘겨드리겠습니다."

그렇게 말한 가온은 에보른 시티 수뇌부와 함께 막사를 나가자마자 5기의 타이탄을 넘겨주었다.

"오오오! 정말 전용 아공간 아이템이 있어!"

시장을 포함한 에보른 시티 수뇌는 가장 먼저 전용 아공간 카드의 존재에 놀랐고, 직접 시승한 타이탄 라이더들이 기동하는 모습에 경악했다. 동화 시간도 현격하게 짧았을 뿐 아니라 처음 시승함에도 불구하고 굉장히 자연스럽고 빠르게 기동한 것이다.

그렇게 10여 분에 걸쳐서 기동했던 5기의 타이탄은 다시 전용 아공간 카드로 수납되었고 시장의 손으로 들어갔다.

당연히 타이탄들의 기동 모습에 라치온 시티 수뇌들은 깜짝 놀랐다. 자신들은 경매가 열리는 날 인도받기로 했는데,

에보른 시티 측에는 5기를 넘겨준 것이다.

'이건 아니지!'

박트 시장을 포함한 라치온 시티 수뇌들이 가온에게 따지려고 했을 때 먼저 나선 사람이 있었다. 바로 에보른 시티의 재무국장이었다.

"정말 감사합니다! 선금을 드리긴 했지만 선금에 해당하는 타이탄을 바로 내주실 줄은 몰랐습니다!"

'아! 선금!'

선금이라는 말이 나오는 것을 보니 아무래도 에보른 시티는 정식으로 판매 계약을 맺은 모양이다.

그에 반해 라치온 시티는 구두로 판매 계약을 맺었을 뿐이다. 즉 상대의 입장에서는 타이탄을 미리 지급할 필요가 전혀 없었다.

'젠장!'

확고하게 체계가 잡혀 있는 다른 시티와 달리 시장을 포함한 시티 수뇌들이 돌아가면서 일정 기간 동안 시티의 업무를 처리하다 보니 거래나 협상에서 역량이나 순발력이 부족했다.

두 시장을 포함한 양측 시티 관계자들과 함께 숙영지를 나와 작업을 시작할 지점으로 이동했다.

이곳에서부터 습지까지는 대략 3천 무 정도의 거리였고

별다른 위험도, 장애물도 없어서 사람들의 통행이 자유로웠다.

얼마 지나지 않아서 키크렐이 이끄는 60명의 건설단원들이 도착했다. 그들은 아침 일찍 소환되어 근처에서 쉬고 있었다.

가온은 먼저 키크렐 단장에게 오늘 작업할 내용을 알렸다.

"여기 모인 사람들에게 습지까지 이어지는 도로를 건설하는 모습을 보여 줄 생각입니다."

가온은 은퇴한 전사들인 건설단원들에게는 존중의 의미로 말을 높였다.

"크고 작은 바위들이 무질서하게 흩어져 있는 짧은 구간을 빼면 힘든 구간은 없겠군요. 불도저 타이탄만으로 충분히 가능할 것 같습니다."

"그렇기는 한데 네 종의 타이탄을 모두 보여 주어야 하니 단장이 알아서 작업을 지시하세요."

"염려하지 마십시오. 제대로 보여 주겠습니다!"

숙영지에서 습지로 향하는 구간은 바닥이 울퉁불퉁하고 일부 구간은 곳곳에 크고 작은 바위가 널려 있었다. 하지만 마차도 다닐 수 있을 정도여서 굳이 도로가 필요하지는 않지만 그래도 있다면 이동속도나 편의성은 당연히 더욱 높아질 것이다.

그렇게 사람들이 지켜보는 가운데 키크렐에게 지시를 받

은 건설단원 네 명이 타이탄을 소환했다. 4기 모두 포클레인 타이탄이었다.

"저게 건설용 타이탄이구나!"

"신기하네! 저건 꼭 삽을 든 팔처럼 생겼는데."

사람들은 생경한 외형을 가진 거대한 타이탄들을 보고 충격에 빠졌지만 이내 포클레인 타이탄들이 기동을 시작하자 입을 다물지 못했다.

먼저 2기의 포클레인 타이탄은 10무 정도의 거리를 두고 떨어진 상태로 삽처럼 생긴 도구로 앞쪽의 땅을 가볍게 파더니 흙을 가운데 쪽으로 올리면서 조금씩 전진했다.

그 뒤로 또 다른 2기의 포클레인 타이탄이 동일한 작업을 통해서 가운데 쪽으로 흙을 퍼 올렸다.

사람들은 한 번에 사람 수십 명이 삽으로 할 수 있는 양의 흙을 퍼담을 수 있는 타이탄의 능력에 연신 탄성을 터트렸다.

"저 타이탄은 도로 건설보다는 물길을 내는 데 알맞겠네."

"맞아! 저 타이탄을 사용하면 지형과 상관없이 순식간에 물길을 낼 수 있겠어."

그렇게 4기의 포클레인 타이탄들이 작업한 결과 대략 10무 폭의 땅은 주위보다 0.5무 정도 올라간 상태였는데 흙과 돌들로 인해서 길이라고 볼 수가 없었다.

그때 또 다른 타이탄이 등장했다. 바로 불도저 타이탄이었다.

앞에는 배토판이라고 부르는, 중심부가 오목하게 들어간 거대한 강철판이 달려 있고 뒤에는 한눈에 보기에도 엄청난 무게감을 느낄 수 있는 둥그렇고 커다란 바퀴가 달려 있는 타이탄 두 기가 포클레인 타이탄들이 흙을 퍼 올린 공간으로 올라갔다.

2기의 불도저 타이탄이 배토판을 바닥에 내리고 전진하자 강철판의 양쪽으로 흙이 밀려나면서 바닥이 편평하게 다듬는 한편 단단하게 다져졌다.

그렇게 불도저 타이탄이 바닥을 편평하게 다듬은 후에 소환된 또 다른 타이탄 2기의 모습은 더 기괴했다. 앞뒤로 거대한 롤러를 장착한 타이탄이었다.

한눈에도 엄청나게 크고 무거워 보이는 롤러의 폭이 5무나 되었다. 그 타이탄 두 기가 지나가자 바닥이 아래로 내려앉았다. 앞뒤에 장착된 거대한 롤러로 인해서 단단하게 다져진 것이다.

결국 타이탄들이 지나간 곳에는 울퉁불퉁한 주위 땅과 달리 반듯하고 편평한 바닥이 남았는데 풀도 쉽게 나지 못할 정도로 단단한 상태였다. 게다가 폭도 10무에 달해서 마차 두 대가 충분히 지나갈 정도였다.

"화아! 엄청나네! 타이탄들이 지나가는 것만으로도 이렇게 멋진 도로가 만들어지다니!"

하지만 그게 끝은 아니었다. 바위가 많은 지형이 나오자 다른 타이탄이 등장했는데 이번에는 앞에 거대한 칼날들이 장착된 기이한 장치를 매달고 있었다.

사람들은 기이한 장치의 용도를 금방 알 수 있었다. 거대한 칼날들이 회전하자 앞을 가로막는 바위들을 모두 잘게 분쇄되면서 사방으로 날아갔다. 덕분에 마차가 바위를 피해서 이리저리 움직일 필요가 없는 곧고 편평한 길이 만들어졌다.

마지막으로 등장한 타이탄들도 사람들의 이목을 확 끌었다. 주위보다 대략 5미터 정도 높은 언덕이 나타나자 거대한 드릴을 장착한 타이탄 두 기가 소환되었는데 드릴이 고속으로 회전하면서 언덕에 굴을 뚫었고 굴이 무너졌음에도 무사히 빠져나와 다시 전진하면서 길을 뚫었다.

그렇게 네 종의 타이탄들은 1시간 정도 만에 에보른 시티의 성문과 얼마 떨어지지 않은 숙영지에서 습지까지 연결되는 3천 무 길이의 마차로를 완성했다.

그 모습을 끝까지 지켜본 에보른 시티의 수뇌들은 건설용 타이탄의 가치를 확신할 수 있었다.

"온 훈 경, 바로 계약합시다!"

다른 시티들도 마찬가지였지만 물산의 중심지로서 기능하는 메가시티를 지향하는 에보른 시티에서는 바로 건설용 타이탄 8기를 그 자리에서 구입하기로 했다.

그들은 건설용 타이탄을 활용하면 도로 건설은 물론 농경

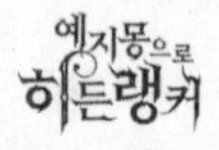

지를 쉽게 만들 수 있다는 점을 깨달은 것이다.

물론 릴센에서 열릴 경매가 끝난 직후에 물건을 넘기기로 했다. 건설용 타이탄은 시제품으로 각각 5기씩만 생산해 둔 상태였던 것이다.

습지를 가로지르는 도로까지 이어지는 마차로 건설이 끝나자 라치온 시티에서 이곳까지 따라온 이들은 귀환을 준비했다.

“온 훈 경, 마차로는 이틀 정도 걸리지만 말을 타면 해가 질 무렵에는 도착할 수 있을 것 같은데, 같이 가지 않으시렵니까?”

박트 시장을 포함한 라치온 시티 수뇌들은 가온과 함께 돌아가기를 원했지만 가온은 그 제안을 거부했다.

“경매 준비 때문에 함께 움직이지는 못할 것 같습니다.”

“그럼 먼저 돌아가서 보상을 준비하겠습니다.”

라치온 시티는 급하게 한 의뢰였기에 보상으로 주기로 한 다양한 광석에 대한 체크를 하지 못한 상태였다.

“그럼 릴센의 경매가 끝나는 대로 라치온으로 넘어가겠습니다.”

“경매 준비는 확실하게 해 두겠습니다. 빨리 뵙기를 기대하겠습니다.”

그렇게 라치온 시티 사람들이 출발한 직후 가온은 에보른 시티 측으로부터 초대를 받았다.

건설용 타이탄을 포함해서 꽤 많은 수량의 타이탄을 판매했기에 무시할 수 없는 초대였는데, 만찬까지 해 주겠다고 했지만 간단하게 함께 식사를 하는 정도로 합의했다.

가온은 에보른 시티 수뇌들에게 양해를 구하고 건설단원들과 함께 사람들의 눈이 닿지 않은 근처의 숲으로 향한 후 고생한 타이탄 라이더들에게 치하를 한 후 아니테라로 돌려보냈다.

시장 일행과 함께 에보른 시티로 입성한 가온은 시티 수뇌부와 점심 식사를 함께한 후 정식으로 건설용 타이탄 판매 계약을 맺었다.

계약금으로 200만 골드를 받았다. 일반적인 계약금보다 적었지만 가온은 별 불만이 없었다.

'아직 아니테라의 위치를 아무도 모르니 당연한 거지.'

그렇게 계약을 맺은 후 시티 측이 귀빈이 방문할 때 잡아준다는 여관에 들어온 가온은 오랜만에 뿌듯했다.

'용광로를 비롯한 제련 및 제철 설비를 구할 때까지 쓸 재료비는 확실하게 건졌네.'

이번에 에보른과의 거래를 통해서 확보할 수 있는 자금은 대략 1,500만 골드. 그동안 확보한 자금과 합하면 이제 타이탄 재료를 구입할 자금은 걱정할 필요가 없어졌다.

가온은 들뜬 기분을 억제하지 못하고 인근 시티의 생필품 공급을 맡고 있는 에보른 시티의 시장을 구경하기로 했다. 아직 시간이 일러서 손님이 찾을 수 있어 아니테라로 건너갈 수는 없었다.

그런데 시장 입구에서 헤실런 상단의 노르딕을 만났다.

"온 훈 경, 이곳은 어쩐 일이십니까?"

"우리 시티는 식량을 포함한 생필품이 부족한 곳이라서 품질과 가격이 괜찮다면 이곳에서 구입할 생각입니다."

"아! 그 말씀은 대량 구매를 한다는 것이겠지요?"

"그렇습니다."

"혹시 암염도 구하시려는 겁니까?"

"아니오. 우리 시티 근처에도 작기는 하지만 암염광산이 있습니다."

가온의 대답에 노르딕의 안색이 밝아지는 것을 보니 아무래도 암염 판매는 에보른 시티에서 직접 관장하는 것 같았다.

"그렇다면 제가 좀 도와드려도 되겠습니까?"

"그래 주면 좋지요."

헤실런 상단은 라치온 시티에서 열 손가락 안에 들어가는 대상단이다. 그가 거래하는 상단들이 있을 테니 굳이 발품을 팔 필요가 없이 필요로 하는 물품을 쉽게 그리고 대량으로 구입할 수 있을 것이다.

"그럼 먼저 곡물을 취급하는 상단으로 안내하겠습니다. 들으셨는지 모르겠지만 에보른 시티의 서쪽에 있는 평야는 높은 산맥이 가로막고 있어서 마수나 몬스터의 출현 빈도가 낮아서 막대한 양의 곡물이 생산됩니다."

그렇게 운을 뗀 노르딕은 시장에서 좀 떨어진 곳으로 가온을 안내하면서 에보른 시티에서 생산되는 곡물의 질이 무척 높으며 많은 시티들이 위험을 무릅쓰고 이곳까지 와서 곡물을 사 간다는 설명을 해 주었다.

노르딕이 안내한 곳은 상단의 창고였다. 대량 구매 건이라는 소리에 상대 상단의 최고위층이 직접 나와서 창고들을 가득 채우고 있는 곡물들을 보여 주며 설명을 했다.

'아니테라의 곡물보다는 못하지만 그래도 상태가 괜찮네.'

무엇보다 이 상단이 보유하고 있는 곡물의 종류가 아주 다양했다. 주식이 빵인 아니테라에서는 주로 밀을 중점적으로 재배하지만 이곳은 보리, 호밀, 귀리, 옥수수까지 아주 다양했다.

가온은 그 자리에서 무려 50만 골드에 달하는 곡물을 구입했다. 알펜이나 릴센에서도 시장을 돌아봤는데 노르딕 때문인지 가격이 현저하게 낮았다.

"어, 어떻게 가지고 가시려…… 헉!"

100만 골드에 해당하는 곡물의 양은 엄청났지만 가온은 얼마 전 던전에서 보상으로 얻은 아공간 아이템을 이용해서 가볍게 챙겼다.

대상인인 노르딕도 놀랄 정도로 통이 큰 가온의 행보는 계속 이어졌다. 막 도축한 다양한 고기들이 끝없이 매달린 거대한 창고들까지 털어 버렸고 생과일과 말린 과일 그리고 신선한 채소들까지 대량으로 구입해 버린 것이다.

그렇게 상단을 돌아다니면서 쓴 돈만 무려 150만 골드에 달했으니 노르딕도 기함할 수밖에 없었다.

"혹시 마정석을 취급하는 상단도 있습니까?"

"아, 안내하지요."

노르딕은 기가 질린 얼굴이었지만 안면이 있는 상단으로 그를 안내했다.

가온은 그곳에서 상급 마정석 1천여 개와 중급 마정석 5만 개를 구입하는 것으로 큰손임을 증명했다. 한 상단이 보유한 양이 그 정도로 많지 않아서 무려 열두 개나 되는 상단을 순회해야만 했다.

'생각보다 상급 마정석을 보유하고 있는 상단이 별로 없네.'

아쉽긴 했지만 생각해보니 그럴 수밖에 없는 이유가 있었다.

상급 마정석은 시티와 마탑이 주로 구입한다. 시티야 타이탄 때문이고 마탑은 마법 실험과 매직 아이템의 재료 때문에 구입하는 것이다.

더구나 상급 마정석은 오크 대전사장이나 트롤에 해당하는 등급의 몬스터들이 가지고 있었다.

그 정도 등급의 몬스터 사냥이 활성화되지 않아서 상급 마정석은 몬스터 웨이브가 발생할 때만 대량으로 시장에 나오는 것이다.

활력 포션

명상에 이어 마나 연공과 마력 서킷까지 마무리한 가온이 눈을 뜨자 강렬한 안광이 방출되었다가 사그라들었다.

자신의 몸을 심안으로 살펴본 후 단검으로 검기를 생성하는 데 성공한 가온은 고개를 끄덕였다.

'이제야 익스퍼트가 되었네.'

소드마스터의 경지를 아득히 초월한 분신과는 비교할 수도 없지만, 이렇게 짧은 기간에 익스퍼트가 된 것은 기적이나 다름없었다.

'깨달음과 경험이 아니었다면 아무리 영약을 밥 먹듯 복용하고 하루에 18시간을 수련으로 보냈어도 불가능한 일이었겠지.'

생각해 보니 영약을 많이도 먹었다. 콰르 고기부터 시작해서 최근에 손에 넣은 성장유까지 입에 달고 살았다.

'그러니 이렇게 황당한 상태창이 나왔겠지.'

가온은 상태창을 뿌듯한 눈으로 살펴봤다.

이름 : 가온	**레벨** : 14
음양기 : 241,050	**마력** : 194,740
영력 : 66,000	
근력 : 124	**민첩** : 104
체력 : 147	**지력** : 314
관찰력 : 345	**집중** : 417

직업도 칭호도 특성도 없는 개인 정보란에 이어 신성력이 빠진 에너지 항목이나 육체 스텟도 분신과 비교하면 초라하기만 한 수준이다.

심지어 속성력은 물론이고 명예 포인트도 없어서 갓상점에 접속조차 하지 못하는 상태다.

'아니지. 이 정도면 훌륭하지.'

어나더 문두스가 육체를 스캔하고 판정한 수치가 건강한 성인의 경우 스텟별로 10이 한계라는 점을 고려하면 현재 본신의 능력은 어마어마한 수준이다.

'지력과 관련된 스텟들이 이렇게 높을 줄은 몰랐네.'

아무래도 어나더 문두스의 플레이어인 분신의 지적 능력

에 영향을 많이 받은 것 같았지만 분신의 상태창 내용과 비교하면 너무 크게 차이가 나는 건 어쩔 수가 없었다.

'그래도 스킬창을 볼 때는 너무 뿌듯해!'

이번에는 스킬창을 열어봤다.

소드 마스터리

비도술(C, 3Lv.), 에트나 검술(A, 2Lv.), 포르투 검술(A, 2Lv.)

매직 마스터리

파이어볼(E, 3Lv.), 윈드커터(E, 2Lv.), 힐(E, 1Lv.)

기타 마스터리

심안(B, 1Lv.), 철월보신경(B, 2Lv.), 음양신공(SSS, 1Lv.), 청뇌 명상법(B, 1Lv.), 염력(B, 1Lv.)

분신에 비하면 보유한 스킬의 숫자도 적고 레벨도 낮은 편이었지만 그래도 수련 기간을 생각하면 충분히 만족할 수 있는 내용이었다.

'분신 덕분에 스킬북 없이 스킬을 익힐 수 있어서 다행이야.'

그게 아니었다면 이 스킬들을 갓상점에서 구입해서 익혀야만 했는데 아마 천만 단위의 명예 포인트가 필요했을 것이다.

'이제 현실로 돌아가야겠군.'

자신이 생각했던 최소한의 경지에 이른 것도 있지만 이제

현실에서 하고 싶은 일을 펼칠 시간이 도래했다.

곧 그의 몸이 아니테라의 황무지에서 사라졌다.

오랜만에 본 집 안은 여전히 황량했다. 애초에 최소한의 가구만 샀고 한동안 아니테라에서 지냈기 때문에 집 안은 휑했다.

소파에 앉아서 할 일을 생각하던 가온은 일단 벼리에게 의념을 보냈다.

'벼리야, 내가 쓸 수 있는 자금이 얼마나 되지?'

-어나더 문두스가 출시되기 전에 사 둔 골드와 세이뷰어 컴퍼니의 주식을 처분하면 100억 정도 돼요.

'그렇게 많다고?'

골드의 가치나 세이뷰어 컴퍼니의 주가가 상승할 거란 사실은 잘 알고 있었지만 이 정도의 금액이 될 거라고는 생각하지 못했다.

-제가 따로 투자하고 있는 자금까지 합하면 네 배 정도 더 많은걸요.

'벼리, 너 정말 대단하다!'

순수한 감탄이었다. 대체 뭘 어떻게 투자했기에 이런 거금이 되었단 말인가.

-호호호. 제가 좀 대단해요. 하지만 오빠 아공간에 있는 것들의 가치를 생각하면 아무것도 아닌걸요.

하긴. 마정석이야 지구에서 처분할 수 없지만 금괴나 은괴 처럼 처분이 가능한 것들을 생각하면 천문학적인 금액이 될 것이다.

—세금 문제까지 정리해서 계좌로 바로 넣어 드릴게요.

'고마워. 잘 쓸게.'

—더 필요하면 말씀하세요.

'일단 그 정도면 될 것 같아. 앞으로 자주 소통해야 할 것 같은데 바쁘지?'

—학회지에 워낙 흥미를 끄는 내용들이 많아서 당분간은 마법 연구만 할 것 같아요. 하지만 얼마든지 시간을 낼 수 있어요.

'그래. 앞으로 너와 알테어의 도움이 많이 필요할 것 같아.'

예지몽에서는 세계적인 제약그룹이 개발한 제품을 먼저 개발하는 것이니 둘의 도움이 절대적으로 필요했다.

—걱정하지 마세요. 요즘 알테어도 저와 함께 마법 연구를 하고 있으니 얘기를 해 둘게요.

'그래.'

의념을 끊고 샤워를 하고 난 후에 앱으로 자신의 계좌를 확인한 가온의 입꼬리가 높이 올라갔다.

'좋아! 시작하자!'

성공만 한다면 인류는 삶의 질이 달라질 것이다.

이틀 후 가온의 거실은 작은 실험실로 바뀌어 있었다. 이틀에 걸쳐서 벼리의 조언을 받아서 온라인과 오프라인에서 직접 구입한 실험 기자재들로 채워진 것이다.

물론 고가의 수제 장비는 없었다. 그런 것은 주문을 해도 받을 때까지 시간도 많이 걸리는 데다가 굳이 필요하지 않았다.

그사이에 가온은 벼리로부터 화학과 생물학적 지식을 배웠다. 물론 현실이 아니라 시간이 느리게 흘러가는 아니테라에서였다.

벼리의 핵심을 뚫는 지도와 뇌를 최상의 상태로 만들어 주는 명상법 그리고 마력 서킷 덕분에 지적 능력이 크게 높아진 가온은 짧은 시간에도 불구하고 두 분야의 필수적인 지식은 물론 실험에 대한 기초를 쌓을 수 있었다.

그렇게 준비가 되자 가온은 알테어를 소환했다.

–주인님!

'마법 연구는 잘되어 가?'

–흥미로운 가설들이 아주 많아서 요즘은 시간의 흐름조차 잊고 살 정도입니다.

'다행이네. 그런데 지구의 물질 중에서 누구에게나 활력을 줄 수 있는 물질은 찾아냈어?'

–주인님이 각별히 말씀하셨는데 어찌 신경을 쓰지 않을까요. 일단 가장 뚜렷한 효과를 보이는 물질은 홍삼의 진세

노사이드 성분입니다.

가온도 이런 결과는 미리 예상했다.

현재 지구에도 활력을 강화해 준다고 선전하는 건강보조식품은 수없이 많다. 대표적인 것이 아주 오래전부터 영약으로 취급을 받았던 홍삼이다.

많은 연구를 통해서 홍삼의 대표적인 약용 성분인 진세노사이드는 중추신경계, 내분비계, 면역계, 대사계 등 인간의 신체 기능 전반에 뚜렷한 약용 효과를 가지고 있으며 최근에는 항암 효과까지 보고되고 있다.

하지만 그런 진세노사이드 성분을 함유하고 있는 홍삼도 사람에 따라서 약성이 달라지거나 약효에 차이가 나는 단점이 있었다.

일단 체질로는 몸에 열이 많은 경우와 성장기 어린이 중 허약 체질인 경우에는 홍삼을 복용할 경우 다양한 부작용이 나타날 수 있다. 또한 혈압약이나 에스트로겐, 정신과 약을 복용할 경우에도 홍삼을 피해야 한다.

–그 밖에도 피로 회복에 탁월한 약효를 가진 알리신, 아르기닌, 아연, 비타민B1, 비타민C, 구연산, 아스파라긴산, 테오브로민, 글루코산 등 다양한 물질이 있습니다.

'후보군이 많네.'

–벼리에게 들으니 이미 지구 차원에는 이런 물질을 함유한 건강 기능 식품이 엄청나게 많다고 하더군요. 하지만 막

상 복용한 사람들은 즉각적인 효과를 느끼지 못한다고 합니다.

'그건 그렇지.'

건강 기능 식품은 장기간 섭취를 해도 뚜렷한 효과를 느끼지 못하는 경우가 태반이다.

'혹시 그 이유를 알아?'

–몇 가지가 있습니다. 일례로 남미의 고산지대에 자생하는 마카라는 식물의 경우 면역력 증진, 성 기능 강화, 폐경기 증상 완화 등 다양한 약효를 가지고 있음에도 단일 성분만 섭취할 경우 효과를 체감하기 어렵습니다. 하루 최소 2,000mg 이상을 아르기닌과 함께 섭취해야만 제대로 약효를 기대할 수 있기 때문이지요. 하지만 가장 중요한 이유는 따로 있습니다.

'뭔데?'

–인간의 육체는 저나 벼리도 다 파악하지 못했을 정도로 아주 복잡한 메커니즘을 가지고 있습니다. 또한 건강, 혹은 활력 증강에 효과가 있는 물질들을 모두 한데 모아서 섭취한다고 해도 사람의 체질이나 물질들의 상호작용에 의해서 기대했던 약리작용이 일어나지 않을 가능성도 아주 높습니다.

'그럼 해결책은 있는 거야?'

–네. 독성을 뺀 트롤의 피를 첨가하는 겁니다. 트롤의 피는 지구 문명의 과학 수준으로는 규명할 수 없는 엄청난 생

명력을 품고 있습니다. 그 생명력이 활력 증강에 도움이 되는 물질들의 상호작용을 방해하고 각각의 약효를 높일 수 있습니다.

'상호작용을 방해한다고?'

-그렇습니다. 거기에 트롤의 혈액은 강력한 재생력을 가지고 있으며 몸에 해로운 성분을 소멸시키고 필요한 성분을 흡수하는 데 도움을 줍니다.

알테어의 말을 들어 보니 새로 개발한 활력 포션에 트롤의 피는 반드시 들어가야만 했다.

'트롤의 피라…….'

트롤의 피는 현재 아이테르 차원에서 널리 애용되고 있는 다양한 포션에 필수적인 원료다. 그렇기에 마탑에서 엄청난 가격에 구매하는 것이다.

'이왕이면 지구에 존재하는 물질이었으면 좋았을 텐데.'

아쉽지만 어쩔 수가 없었다.

'아마 지금쯤이면 락타 메디컬도 활력 포션을 개발하고 있을 거야.'

원래 대기업이기는 했지만 락타 메디컬은 활력 포션 하나로 제약업계에서 세계 1위를 찍을 만큼 성장했다. 그만큼 활력 포션은 피로에 전 사람들과 큰 병을 앓은 직후의 사람들에게 엄청난 효과가 있었다.

'설마 락타에서 트롤의 피를 입수했을까?'

생각해 보면 락타에서 시판한 활력 포션의 주재료는 인삼과 페루의 산삼이라고 불리는 마카였다.

두 식물 모두 오래전부터 만병통치약처럼 생각되었을 정도로 뚜렷한 약효를 가지고 있었고, 무수히 많은 제약회사와 식품회사 들이 가공 식품을 만들었지만 활력 포션과는 비교할 수도 없었다.

'그래! 그럴 가능성이 아주 농후해.'

예지몽 속에서도 그런 소문이 돌았고 실제로 락타 메디칼, 아니 락타 그룹의 배후에 시가총액 기준으로 세계 10위권을 오랫동안 벗어나지 않았던 글로벌 대기업이 있었다.

'그리고 그 글로벌 대기업이 운영하는 길드인 화이트맘바에는 초랭커들이 다수 포함되어 있었지.'

추측이기는 해도 초랭커 중 누군가가 영혼과 연결된 아공간을 얻었을 가능성이 아주 높았다.

갓상점을 활용했을 수도 있지만 어나더 문두스의 아바타라면 모르지만 플레이어들은 캡슐을 통해서 이제 겨우 르테인, 아니 마나를 몸에 축적하는 과정이니 명예 포인트를 얻었을 리가 없었다.

'저장 용량이 무척 작은 아공간이거나 1회성 아이템일 테지.'

만일 저장 용량이 크거나 영구적으로 사용할 수 있었다면 엘릭서까지는 아니더라도 최상급이나 상급 포션이 지구에도 풀렸을 것이고, 그렇게 되면 자연스럽게 그에 대한 소문이 퍼졌을 것이다.

물론 판매자와 구매자가 모두 입을 다물었을 수는 있지만 그런 물건이 일단 존재하고 복용한 사람이 나오면 얘기가 안 돌 수가 없었다. 세상에는 그런 포션이 꼭 필요한 부자나 권력자 들이 많으니 말이다.

'혹시 모르니까 트롤의 피를 대신할 수 있는 물질을 좀 찾아줘.'

-네, 주인님. 그럼 제가 개발한 활력 포션의 성분비를 알려 드리겠습니다.

알테어가 알려 주는 성분비와 포함된 원료 물질의 약효를 듣던 가온에게 좋은 생각이 떠올랐다.

첨가되는 트롤의 혈액량에 따라 포션의 효과나 유지 시간 등이 많은 차이가 났다.

'일단 가장 낮은 레벨부터 차츰 품질을 업그레이드하면 되겠네.'

굳이 트롤의 피가 들어갔다는 의심을 받을 필요는 없었다.

드디어 포션 사업의 창립자 네 사람이 모였다.

장소는 학교 앞의 노천카페였다. 예전이라면 이 시간에도 사람이 꽤 많았을 카페였지만 지금은 고객층 상당수가 어나더 문두스를 즐기고 있어서 한적했다.

"그동안 잘 지냈습니까?"

오랜만에 만난 세 사람의 얼굴은 다크서클이 길게 내려왔지만 눈빛만은 형형했다. 힘은 들지만 자신이 하고 싶은 일을 하는 사람들의 전형적인 얼굴이었다.

"우리 중 가장 고생을 많이 했을 텐데 얼굴이 아주 보기 좋네."

"그러고 보니 얼굴에 생기가 가득해요. 형, 좋은 거 혼자 먹지 말고 같이 먹자고요!"

"오늘따라 무척 보기가 좋아요."

헤븐힐은 눈을 흘겼고 바로는 농담을 했으며 매디는 왜인지는 알 수 없지만 귀가 붉게 달아오른 모습으로 가온을 제대로 쳐다보지도 못했다.

"이제 시작하는 거야?"

"네! 드디어 활력 포션을 완성했어요."

"예잇! 호호호. 나도 그동안 논 건 아니야. 실험과 생산을 담당할 수 있는 식품회사와 제약회사 몇 곳을 수배해 두었어."

"저는 광고 기획을 해 봤어요."

"저는 사업을 도와줄 분들을 찾아봤어요."

사업을 하려면 아이디어가 가장 중요했지만 생산 라인과

광고 그리고 유통망이 필수적이다. 그런 면에서 세 사람은 아주 중요한 일을 한 것이다. 물론 내용은 아직 알 수 없지만 말이다.

“다들 고생했네요.”

“에이! 우리가 한 일은 아무것도 아니지. 가온이 가장 중요한 부분을 맡고 있잖아.”

헤븐힐의 말에 매디와 바로가 격하게 고개를 끄덕였다. 중요도에 차이가 있기는 하지만 사업에서 가장 중요한 것은 판매할 상품이 아닌가.

“그래서 말인데 한번 시음을 하고 느껴 보세요.”

가온은 미리 빈 박카스 병에 담아 둔 활력 포션을 가방에서 꺼냈다. 집에서 실험삼아서 제조한 것 중 트롤의 혈액이 가장 적게 들어간 제품이다.

“활력 포션?”

“맞아요. 세 종을 만들어 봤는데 이건 피로 회복에 즉효가 있어요.”

육체 피로의 대표적인 물질은 젖산이다. 구연산은 젖산을 적극적으로 태워서 에너지로 환원시켜 노폐물을 체내에 남기지 않는다. 그리고 운동으로 인해 발생한 젖산을 빨리 분해하는 효과가 있는 비타민B1의 경우 마늘에 많이 들어 있는 알리신을 함께 섭취할 경우 흡수가 빠르고 활성이 오래 지속되는 효과가 있었다.

물론 일부를 제외하고는 즉각적인 효과를 체감하기는 힘들다. 인체는 다양하고 복잡한 메커니즘을 가지고 있으며 개인의 체질이나 몸 상태에 따라서 물질의 흡수 속도나 흡수량이 다르기 때문이다.

하지만 그런 변수들은 트롤의 피에 함유된 재생력 앞에서는 아무런 힘도 쓰지 못한다. 그러니 즉각적인 효과를 체감할 수밖에 없었다.

어쨌거나 호기심과 기대 그리고 불안감이 뒤섞인 얼굴로 조심스럽게 활력 포션을 마신 세 사람은 입맛을 다셨다.

"맛이 좀 그러네."

"쇠 맛이 느껴지는 것 같아요."

"인삼이 들어갔나 보네요. 삼 특유의 씁쓸한 맛이 강하게 느껴지네."

아무래도 효과에만 치중했기 때문에 맛이나 향은 미흡한 모양인데, 그건 첨가물을 통해서 금방 해결할 수 있었다.

"그나저나 사업은 어떻게 시작할 거야?"

"그게 무슨 말입니까?"

헤븐힐의 말에 가온의 이마에 주름이 졌다.

"내 말은, 처음부터 시작할 것인지 아니면 이미 있는 사업체를 인수할 거냐는 거야."

"적당한 기업이 있습니까?"

"몇 개 봐 두었어. 인수 대금이 문제지 공장도, 생산 시설이나 인력도 있으니 바로 영업을 시작해도 돼.”

“문제는 자금이네요.”

“공식적으로 나온 매물이에요, 누나?”

헤븐힐의 말에 자금을 거론한 매디의 반응은 자연스러웠지만 바로의 질문은 좀 뜬금없었다.

“왜 그게 궁금하니, 바로야?”

헤븐힐 역시 뜬금없는 질문이 귀에 먼저 꽂힌 모양이다.

“공식적인 매물은 메리트가 없어서요. 이미 직원들이 다 알고 있잖아요. 능력이 있는 사람들은 벌써 다 이직하고 없을걸요. 누나도 아시겠지만 능력이 있는 사람은 구하기가 어려워요. 가능하다고 해도 시간도, 자금도 많이 소요될 거예요.”

맞는 말이다. 회사의 대표가 은밀하게 매각을 타진하는 경우와 이미 공식적으로 매각을 선언한 기업은 내용 면에서 큰 차이가 있었다.

“꽤 오래 식품회사를 운영하며 인맥을 쌓아 온 막내 삼촌에게 은밀하게 들어온 제의들이니 그건 걱정할 필요가 없어.”

“다행이네요. 그런데 몇 군데나 되는 거예요?”

“총 세 곳인데 두 곳은 식품회사이고 하나는 제약회사야. 최근 재무 상태가 급격하게 악화되었다는 공통점이 있지. 자료는 미리 뽑아 왔어.”

헤븐힐은 두툼한 서류 봉투 세 개를 가방에서 꺼냈다.

"망하는 기업이 정말 많이 나오네요."

아마 언급된 회사에 대한 자세한 내용이 들어 있는 것 같았지만 아직 볼 필요는 없었다.

"맞아. 소비재 기업들이 최근 많이 쓰러지고 있어. 우리나라뿐 아니라 선진국 대부분이 같은 상황이지."

"그거야 동접자가 2억이 넘는 어나더 문두스의 영향이 크죠. 선진국일수록 플레이어들이 많으니 소비가 크게 위축될 수밖에요."

대표적인 소비재 기업이 바로 식품회사와 제약회사다. 경기 불황에도 크게 영향을 받지 않는 기업들이지만 세이뷰어 컴퍼니가 출시한 가상현실 게임 어나더 문두스가 크게 인기를 끌자 브랜드의 힘이 약하고 자금력이 낮은 식품회사들이 흔들리는 것이다.

게임을 하고 싶어도 할 수가 없는 후진국과 달리 퇴근 후에는 바로 귀가해서 최소한으로 배를 채운 후 어나더 문두스를 플레이하는 인구가 비약적으로 증가하자 자연스럽게 소비가 위축된 식품 및 제약 분야가 불황에 빠지게 된 것이다.

"셋 중 어떤 회사가 가장 괜찮은가요?"

"제약회사야. 해무리제약이라고 3년 전에 창립되었고 주로 약품의 원료 물질을 생산해서 다른 제약회사에 납품을 하고 있어. 비상장 기업이고 글로벌 제약사인 폰티악에서 수석 연구원이었던 대표가 지분 100%를 가지고 있어."

"폰티악에서 수석 연구원이었다면 능력이 대단한 인물이네요."

"맞아. 우리도 들으면 아는 몇 가지 약을 개발하는 데 큰 공을 세워서 인센티브는 물론이고 지분까지 받았는데 부연구소장 자리를 놓고 경쟁을 하다가 낙마를 하고 한국에 돌아와서 해무리제약을 세웠대."

"그 정도로 능력이 있는 인물이고 오리지널 약이나 복제약을 생산하는 것도 아닌데, 왜 회사를 내놓으려는 거죠?"

약의 원료가 되는 물질을 생산하는 제약사가 따로 있는 것은 알았지만 가온 역시 바로나 매디처럼 이해가 가질 않았다.

"3년 동안 회사를 운영하면서 자신은 경영자로서의 자질이 없다는 사실을 깨달은 거지. 대중에게 익히 알려진 브랜드 약품이 없는 상태에서 원료 물질만 생산하는 것은 사업의 성장 부분에서 이미 한계가 있고."

아무래도 천생 연구자 타입인 모양이다.

"얼마를 요구합니까?"

"60억."

엄청난 액수에 매디와 바로의 눈이 커졌지만 가온은 무심한 얼굴로 고개만 끄덕였다.

"적정 가격인가요?"

"3년밖에 안 된 기업이라 공장이나 사무동도 그렇고 기계들도 최신식이야. 거기에 폰티악에서 퇴직을 하면서 데리고 온 연구원은 네 명밖에 안 되지만, 꽤 능력이 출중한 것으로 파악되었고. 매출도 안정적이야. 게다가 화성에 있는 공장 부지만 해도 40억이 넘으니까 임자만 만나면 그 두 배까지도 받을 수 있을걸."

무려 80억에 해당하는 가치를 지니고 있다는 얘기다.

문제는 비교적 최근까지 이어진 전 세계적인 감염병 사태로 인해서 제약사의 숫자가 크게 늘었으며 어나더 문두스로 인해서 사람들의 외출이 크게 줄어들면서 수요는 줄었는데 시장은 이미 포화되었다는 사실이다.

"그 정도면 괜찮은 것 같네요. 땅도 그렇고 기계도 3년밖에 안 썼다면 망해도 큰 손해는 보지 않을 것 같아요."

나이는 가장 어리지만 금전 감각이 확실한 바로는 마음에 드는 모양이다.

그사이에 세 회사의 정보가 담긴 서류를 한번 훑어본 가온도 판단을 내렸다.

"70억, 70억에 인수하겠다고 하세요."

"……왜?"

세 사람의 눈이 커졌다. 상대가 60억을 부르는데 왜 10억을 더 올려서 준단 말인가.

"대신 대표와 연구원들은 향후 5년 동안은 퇴직이 안 된다는 조건을 붙이세요. 연봉은 폰티악에서 주는 것만큼 지급할 겁니다."

"정말이야? 그렇게 딜을 하라고?"

헤븐힐로서는 도무지 이해가 가지 않는 말일 것이다. 이미 활력 포션을 개발한 상태인데 굳이 그 엄청난 연봉을 지급하면서 연구원들을 데리고 있을 이유가 없었기 때문이다.

"그들의 연구 능력도 필요하지만 글로벌 제약회사인 폰티악의 수석 연구원이라는 경력은 우리가 생산할 활력 포션이 쉽게 시장에 진입하는 데 큰 도움이 될 겁니다."

"듣고 보니 그럴듯해요! 언니가 제약 분야와 좀 관련이 있기는 하지만 우리 셋은 나이도 나이지만 제약이나 건강 기능식품 분야와 관련된 이력이나 자격증도 없는 상황이니, 활력 포션이 정말 효과가 있다고 해도 사람들은 쉽게 믿지 않을 거예요."

"그러니까 얼굴마담으로 쓰자는 거…… 헙!"

말을 하던 바로가 눈이 튀어나올 것처럼 놀란 얼굴로 자리에서 벌떡 일어났다.

"뭐, 뭐야? 왜?"

뭔가 심각한 일이 떠오르기라도 한 얼굴이라 다들 긴장했다.

"몸이 너무 개운해요!"

"뭐?"

"어젯밤까지도 사업에 필요한 내용을 숙지하고 도움을 줄 사람들을 만났고, 새벽까지 어나더 문두스를 플레이하느라고 제대로 잠을 못 자서 엄청 피곤했거든요. 그런데 머리는 좀 무겁지만 몸은 푹 자고 일어난 것처럼 개운해요. 몸에 활력이 넘친다고요!"

"어멋! 그러고 보니 나도 그래! 포션을 마신 지 채 10분도 안 되는데……."

"몸이 날아갈 것처럼 가벼워요! 설마 이게 우리가 마신 활력 포션의 효과인가요?"

바로와 마찬가지로 경악한 헤븐힐과 놀란 와중에서도 가온을 쳐다보며 묻는 매디.

가온은 천천히 고개를 끄덕이며 입을 열었다.

"새로 개발한 세 종의 활력 포션 중 육체적 피로를 풀어 주는 포션이었습니다."

"그럼 다른 두 종은 어떤 효과가 있어요?"

"하나는 면역력을 증강시켜 주며 신체의 기능을 건강할 때처럼 만드는 데 도움을 주는 포션이고, 다른 하나는 스트레스를 비약적으로 줄여 주는 동시에 뇌의 피로를 풀어 주는 효과가 있습니다."

"끼아앗!"

"대박!"

가온의 대답에 직접 물어봤던 매디는 헤븐힐과 끌어안고

방방 뛰었고 바로는 시뻘겋게 달아오른 얼굴로 양 주먹을 쥐더니 미친 듯이 흔들었다.

약효를 확인한 활력 포션은 한 종이었지만 다른 두 포션의 효과는 안 마셔 봐도 알 수 있었다.

세 사람은 시간이 지나도 흥분을 가라앉히지 못해서 가온은 얼음이 들어간 음료를 다시 주문해서 받아 왔다.

찬 음료를 마시자 흥분이 좀 가라앉은 것 같았던 매디가 문득 눈을 빛내며 조심스럽게 입을 열었다.

"가온 씨, 혹시 활력 포션에 탄 차원의 무언가가 들어갔나요?"

"……?"

전혀 예상하지 않았던 질문에 가온은 바로 대답을 할 수 없었다. 세 사람에게 비밀을 알려도 될지 확신이 들지 않았기 때문이다.

무슨 소리인지 모르겠다는 얼굴로 가온과 매디를 쳐다보던 헤븐힐과 바로는 방금 자신들이 마신 박카스병을 쳐다보더니 혀로 입술을 핥았다. 마치 목으로 넘어간 포션의 맛을 다시 맛보려는 듯.

"설마? 아니야! 아니지, 형?"

"그럴 수 있을 리가 없잖아. 어떻게 게임 속에만 존재하는……."

"제가 이쪽 분야에 대한 지식이 부족해서 제대로 알 수는 없지만 그동안 한국은 물론 전 세계의 유수한 식품 및 제약 회사들이 활력 포션과 같은 건강 기능성 식품이나 약품을 개발해 왔지만 이렇게 즉각 피로를 풀어 주는 건 없었어요. 가온 씨 역시 이쪽 전공자도 아니고요. 전 이 포션에 트롤의 혈액이 들어갔다고 생각해요."

바로와 헤븐힐은 도저히 믿을 수 없다는 얼굴이었지만 매디는 뭔가 확신하는 얼굴로 가온을 뜨겁게 쳐다봤다.

그 짧은 시간 동안 격렬하게 갈등했던 가온이 입을 열었다.

"혹시 갓상점에 대해서 들어 봤습니까?"

"당연…… 허업!"

매디는 너무 놀라서 헛바람을 토했고 바로와 헤븐힐은 입만 떡 벌린 상태로 넋이 나가 버렸다.

갓상점을 언급한 것만으로도 답이 되었다. 지구에 존재하지 않는 약초를 구입해서 활력 포션을 만들었다고 자백한 것이다.

"서, 설마 현실에서도 갓상점에 접속할 수 있는 거야?"

잠시 후 헤븐힐은 그 어느 때보다 뜨거운 눈으로 가온을 쳐다보며 물었다.

그때였다.

"끼아아악!"

갑자기 옆에서 비명이 나서 쳐다봤더니 여대생 세 명이 밖에 설치된 대형 TV에 시선을 집중하고 있었다.

화면에는 직립보행으로 하는 거대한 쥐를 닮은 괴물들이 도망을 치는 사람들을 공격하는 모습과 출동한 군인들의 일제사격을 받고 죽는 모습이 이어졌다. 그리고 하단에는 믿을 수 없는 자막이 있었다.

속보!

중국 광시성에서 던전 출현! 가상현실 게임에 등장하는 랫맨으로 추정되는 몬스터에 의해서 현재까지 400여 명의 사상자 발생!

다음 권으로 이어집니다

ROK
MEDIA
로크미디어
우리 교황님 좀 말려주세요
판미손 퓨전 판타지 장편소설

망한 가문의 검술천재가 되었다

소구장 퓨전 판타지 장편소설

역사에서도 잊힌 비운의 검술 천재
최강의 꼰대력으로 무장한 채
후손의 몸으로 깨어나다!

만년 2위 검사 루크 슈넬덴
세계를 위협하던 마룡을 물리치며
정점에 이른 순간

이대로 그냥 죽어 다오, 나를 위해서.

라이벌인 멀빈 코넬리오에게 목숨을 잃……
……은 줄 알았는데,
200년 후의 몰락한 슈넬덴가에서 눈뜨다!
가족이라고는 무기력한 가주, 망나니 1공자뿐
망해 버린 가문을 살리기 위해
까마득한 조상님이 팔을 걷었다!

설풍 같은 검술, 그보다 매서운 독설로
슈넬덴가를 정점으로 이끌어라!